KB040504

괜찮으면 웃어주세요

괜찮으면 웃어주세요

초판 1쇄 인쇄 2013년 7월 4일
초판 1쇄 발행 2013년 7월 14일

지은이 정진홍
펴낸이 박미옥
디자인 이원재

펴낸곳 도서출판 당대
등록 1995년 4월 21일 제10-1149호
주소 121-838 서울시 마포구 합정동 355-7 1층
전화 02-323-1315~6   **팩스** 02-323-1317
전자우편 dangbi@chol.com

ISBN 979-89-8163-160-3 (03840)

괜찮으면

웃어
주세요

정진홍 지음

당대

세월에 틈이 없어집니다. 전에는 그렇지 않았습니다. 그런데 점점 그렇습니다. 어제와 오늘이 틈이 없이 붙어 있습니다. 사월에 들어선 듯했는데 어느새 오월마저 지나고 벌써 유월이곤 그렇습니다. 해를 지나는 것, 그것은 더 말할 나위가 없습니다. 그저 숨가쁘게 세월이 가는 것을 확인할 뿐 잠깐잠깐만이라도 멈춰 흐른 세월을 짚어보면 좋겠는데 그렇게 되질 않습니다. 세월이 틈을 내주지 않기 때문입니다. 나이가 들 만큼 들어 세월을 사는 모습이 이러합니다.

그런데 정작 헤는 세월은 이전보다 훨씬 더뎌졌습니다. 그것을 기대수명이 길어진 탓이라고 하던데, 까닭이야 어찌 됐든 마디도 틈도 없이 세월이 빨라졌는데도 끝에 가닿는 일은 사뭇 느려졌습니다. 어느 시인은 아예 이를 '시간의 사라짐' 그리고 '사라진 시간의 발효(醱酵)'라고 하면서 그때의 삶을 앞으로 나아가는 걸음도 아니고 뒷걸음도 아닌 '게걸음'이라고 묘사하기도 했습니다. 그러면서 '느리게 정말 느리게' '게걸음으로 느리게' 이제는 헤어져야 한다고 말합니다(이사라, 「느린 이별」, 『훗날, 훗사람』, 문학동네, 2013).

4

이른바 은퇴라는 것을 한 지 열 해를 넘겼습니다. 이제는 '시간이 사라진' 길에서 '게걸음으로 느리게' 살아야 하는 것이 지금 여기에서의 제 삶이어야 합니다. 그런데 지난 10년 동안 저는 그렇게 살지 못했습니다. 아직도 제법 앞을 향해 내딛는 삶을 살아가야 한다고 생각했고, 그것이 늙음을 잘사는 것이리라고 여겼습니다. 게다가 횡보(橫步)는 그렇게 걸어서는 아니 되는 걸음일 뿐만 아니라 그렇게 걷는다 하더라도 다만 최선의 경우 착한 사람들의 연민을 자극할 수도 있겠지만 대체로 비정상적인 모습에 대한 다른 사람들의 사시(斜視)를 자극하는 것이리라고 여겼습니다. 저는 제가 그렇게 슬픈 모습이기를 스스로 거절하고 싶었습니다.

제가 학교를 그만둘 때, 어지럽게 흩어진 제 거친 글들을 『잃어버린 언어들』(당대, 2003)이라는 표제의 책으로 곱게 엮어주신 도서출판 당대의 박미옥 사장님께서 심영관 실장님과 함께 지난 늦은봄에 여기에 엮여 있는 제 글뭉치를 제게 가져오시기 전까지는 그랬습니다. 그런데 거의 은퇴 뒤에 쓰인 그 글들을 읽으면서 저는 커다란 충격을 받았습니다. 도무지 생각과 글이 '바른 걸음'이 아니었습니다. 그것은 불가피한 느림 속에서 두리번거리며 쫓기듯 서두를 뿐 앞으로나 뒤로나 전혀 나아가지 못한 '게걸음'이었는데 그나마 옆으로 옮긴 거리도 거의 확인할 길이 없었습니다. 스스로 앞으로 나아가고 있다고 여기며 살고 있다고 자신했는데 실은 그렇지 않았습니다. 이미 저는 '느리게 게걸음으로' 삶을 이어가고 있었습니다. 자신을 감추고 싶은 부끄러움을 어떻게든 가려야겠는데 모두가 이미 드러난 글이어서 그럴 수도 없습니다.

글들을 살펴보니 나이든 자의식이 밴 글들이 많습니다. 죽음 언저리를 맴도는 저 자신의 모습이 보이기도 했습니다. 지난 일들이 되살아나 지금 여기에 서려드는 것도 외면하지 못했습니다. 사사로운 감상(感傷)이 넘친 그런 글들도 많습니다. 내 전공분야인 종교현상에 대한 발언은 불가피했습니다. 세상살이에 대한 이런저런 발언은 실은 내가 하지 말았어야 할 것들입니다. 어쭙지 않은 지식에다 공연한 노기(怒氣)까지 다스리지 못한 것들이어서 지금 생각하면 후회스럽기 짝이 없는 발언들입니다만, 생각해 보면 이런 세상살이 주제들이 독자들과 소통할 수 있는 진정한 창구 노릇을 해줄 수도 있으리라는 어림없는 기대조차 지닙니다.

아무튼 '더 느리게 헤어지는' 것이 우리의 운명이라면 그 느림 속에서 이루어진 횡보의 족적(足跡)을 지우지 말고 그대로 두는 것이 지금 여기에서 제가 할 수 있는 일일 수도 있겠다는 생각이 들었습니다. 그러니 이 책을 읽으시는 분들께서 너그러워 주십사 하는 부탁말씀을 감히 드리지 않을 수 없습니다.

두루 죄송하고 고맙습니다. 이런 글을 이렇게 쓰고 있노라면 왜 그리 많은 얼굴들이 스치는지요. 그리고 왜 그리 고맙다고 말하기 전에 미안하다고 하면서 용서를 빌어야 하는 고마운 분들이 많은지요.

당대의 박미옥 사장님, 심영관 실장님. 감사합니다. 염치가 없습니다. 그리고 마음의 추(錘)를 내려놓지 않으시고 그 무게에 맞추어 일을 하시면서 살아가시는 모습, 늘 부럽습니다.

멀리 있어 아늑한 창영, 명신. 가까이 있어 포근한 경영, 지선. 그리고 "네가 있어 내가 있다"고 말하고 싶은 물색처럼 맑고 웃음 환한 상헌에게 고맙다는 인사 전합니다. 막상 발언한 주인은 기억할는지 몰라도 이 책의 표제 "괜찮으면 웃어주세요"를 내게 들도록 해준 경영에게 각별한 고마움을 표합니다.

"말없이 누구나 단풍들고 낙엽지고, 말없이 봄볕 들고 새순 돋는다는 말"을 '다정한 말'이라고 하면서 그 다정한 말을 '믿는다'는 아내 사라에게 이 글모음을 스무 해 지난 예순번째 유월 선물로 드립니다.

2013년 유월 아흐레
소전재(素田齋)에서   글쓴이

1

삶을 바라보는 자리

기억 속에
담아야 할 **것**들

잊어버리고 싶은 일이 많았습니다. 옛날에는 그랬습니다. 남에게 들킨 것이든 나만 아는 것이든 실수는 어서 잊고 싶었습니다. 한데 왜 그리 그런 기억들은 잘 사라지질 않는지요. 슬며시, 때로는 불쑥불쑥, 마음속에서 일어 불편하기 짝이 없었습니다. 실패만이 아닙니다. 미움도 잊고 싶은 일 중의 하나였습니다. 살다 보니, 마음에 들지 않고 함께 있으면 불편할 뿐만 아니라 대놓고 나를 비난하곤 하는 사람과 더불어 지내기란 여간 힘든 게 아니더군요. 그러다가 급기야 부닥쳐 꿍음이라도 난 일은 도무지 잊히지 않았습니다. 마음 편하기 위해서라도 잊어야 하겠고, 또 그렇게 부닥친 사람이란 대체로 늘 만나지 않으면 아니 될 사람인 경우가 많아 삶이 우울해서라도 어서 잊어야 할 텐데 그것이 쉽지를 않았습니다.

그런데 어쩐 일인지 잊지 말아야 할 것들은 왜 그리 쉽게 잊히는지요. 나이를 먹으면 건망증이 생긴다는 것이 참 옳은 말입니다. 한평생 같이 지낸 친구이름이 갑자기 생각이 안 나질 않나,

삶을 바라보는 자리

아파트 자동자물쇠 번호를 몰라 절절 매지를 않나, 강의하다 무슨 이야기를 하려다 이 이야기를 했나 깜빡 잊기조차 하니 참 기가 막힙니다. 우산이나 장갑은 그것을 들고 끼고 나가는 날이 그것 잃어버리는 날이 되고 말았습니다. 잊어야 할 것은 잊히지 않고 잊지 말아야 할 것은 쉽게 잊고, 왜 사는 것이 이렇게 괘가 안 맞는지요.

그런데 잊고 싶다든지 잊지 않고 싶다든지 하는 것과 상관없이 나에게 늘 지녀지는 기억들이 있습니다. 지난일인데도 지나가지 않습니다. 과거는 과거여서 이제는 여기에 없는데, 그런데 과거인 채 지금 여기에 있는 과거가 있습니다. 말을 하다 보니 꼬이고 말았습니다만 그렇게밖에 표현을 못하겠습니다. 다시 말하면 나와 더불어 늘 함께 이어지는 기억이 있다는 말을 하고 싶은 것입니다.

이를테면 제가 호박잎쌈을 좋아한다고 비가 오는데도 밭에 나가서서 호박잎을 뜯고 삼베적삼이 흠뻑 젖어 뛰어오시던 어머님 모습은 까마득한 아주 먼 옛날인데 오늘인 듯 생생하게 기억속에 머물러 있습니다. 비오는 이야기를 하니 또 생각나는 것이 있습니다. 어느 여름이었습니다. 누님과 저는 밀가루자루를 이고 지고 넓은 들판을 가로질러 집으로 가고 있었는데, 멀리 먹구름이 끼나 했는데 어느 틈에 소나기가 다가오며 쏟아져 아무데도 피할 곳이 없어 우리는 밀가루도 온몸도 흠뻑 젖고 말았습니다. 그때 눈물인지 빗물인지 모를 물이 흐르는 내 얼굴을 젖은 손으로 훔치던 누님도 제 기억 속에서 사라지질 않습니다. 아무래도 하나만 더 이야기를 해야 하겠습니다. 군대 있을 때, 어쩌다 서울에 출장을 왔다가 사랑하는 사람과 직접 연락을 하지 못해 결국 만나지도 못하고 귀대해야 했는데, 그래서 맥이 빠진 채 용산역으로 터벅터벅 걸어가는데 갑자기 거기 기다리고 있던 그녀를 만난 일, 아직도 그 일은 지금이 그때인 양 가슴이 두근거립니다.

누가 시키지 않아도, 나 자신이 의도적으로 결심하지 않아도, 어떤 지난 일들은 이처럼 기억이나 망각을 아예 뛰어넘은 모습으로 우리와 함께 있습니다. 참 신기하죠. 그리고 그러한 일들이 내 마음속에 일게 되면 사는 것이 맑아지고, 따뜻해지고, 고요해집니다. 속상한 것도 사라지고, 추한 것도 보이지 않습니다. 초조도, 불안도, 혼란스러움도 없어집니다. 뿐만 아니라 만나고 보고 듣는 것이 다 좋아집니다. 정이 가고, 다정하게 만나지고, 그래서 온갖 것이 사랑스러워진다고 말해도 될 것 같습니다. 그런 기억들이 있습니다. 이런 것들은 과거인 채 지금 여기에 생생하게 있습니다.

어쩔 수 없이 이제는 내 삶이 회상을 그 내용으로 고이 다듬어야 할 때가 되었습니다. 그리고 이 세월을 사는 삶은 몸도 마음도 쉬 피곤해지게 마련입니다. 아무래도 무릇 되살핌은 후회를 낳으니까요. 그리고 후회는 조금은 힘이 빠지는 경험입니다. 그러

삶을 바라보는 자리

니 생기가 나질 않습니다. 게다가 몸도 마음처럼 움직여주지 않습니다. 여기저기 삐거덕거리는 몸을 사랑하는 것이 그 아픔을 견디는 유일한 처방이지 않으면 안 되게 되었습니다. 그러니 사는 것이 가볍고 즐거울 수가 없습니다.

그래도 참 다행스럽습니다. 회상할 것이 있다면, 의도하지 않아도 내 속에서 지워지지 않고 끊임없이 솟는 아픈, 그러나 아름다운 기억들이 있다면 나는 쓸쓸할 까닭이 없습니다. 나는 가난하지 않아도 됩니다. 세월이 다 흘러가 남은 가닥이 얼마 없어도 그것이 초조하거나 안타까울 까닭도 없습니다. 삶이 넉넉하니까요. 행복하니까요.

서둘러 지워지지 않는 기억들을 지워야 하겠습니다. 서둘러 잊었다고 아차 하며 아쉬워하는 건망증에 대한 두려움도 버려야 하겠습니다. 그래서 잊음도 잊지 못함도 다 비워버린 텅 빈 기억 속에 아름다운 회상만이 가득 채워지도록 그렇게 해야 하겠습니다. 그리고 아무리 남은 세월이 짧아도 내일, 오늘을 그렇게 기억할 수 있을 삶으로 지금 여기를 살아야 하겠습니다. 정말 그렇게 하고 싶습니다.

비움
空

우리 참 오래 살았습니다. 아직 살아갈 세월이 창창한데 무슨 말이냐고 하실지 모르지만 이제까지 살면서 한 일들을 생각해 보세요. 겪은 일들 헤아려보세요. 참 '많이 오래' 살았습니다. 그 세월들이 우리가 한 일로 꽉꽉 채워져 있습니다. 그래서 우리는 할말이 많습니다. 어떤 책에 보았더니 "노인이란 다른 것이 아니라 이야기 덩어리"라고 했더군요. 공감이 됩니다.

그런데 한결같지는 않습니다만 사람들이 우리 노인들의 이야기를 들으려 하지 않습니다. 언제부터인지 우리 이야기에 메아리가 없습니다. '세상'이, '젊은이'가 그리고 '자식'도 우리 이야기를 들으려 하지 않을 뿐만 아니라 듣고도 침묵해 버립니다. 가끔 메아리가 없지 않지만 그 소리에는 '언짢음'이 실리곤 합니다.

서서히 외로워집니다. 변두리로 밀려나는 것이 실감됩니다. 아무도 인정해 주지 않습니다. 겨우 친구를 찾아 '쌓인 이야기'

17

를 풀어놓습니다. 그런데 그런 친구조차 하나둘 사라집니다. 때로 우리는 옛날 노인들의 '먼산바라기' 하시던 그런 모습의 자신을 발견하고는 소스라치게 놀랍니다.

우리 모습이 대체로 이러합니다. 그런데 '우리 이야기'의 거절은 '우리 삶'에 대한 총체적 부정과 다르지 않습니다. 이쯤 되면 우리는 이 정황을 견딜 수 없습니다. 배신과 모욕에 직면하면서 분노가 치밉니다. 그러다 무엇을 잘못해 이 지경에 이르렀나 하는 자책에 시달립니다. 참 허무합니다. 내 삶을 빈틈없이 가득 채워온 세월 같은데 그 채움이 순간에 덧없어집니다. 게다가 죽음은 멀지 않습니다. 회복의 기회란 없습니다.

보람과 긍지, 성취와 만족이 왜 없겠습니까? 하지만 저리게 시린 허무함, 채우고 채우려 안달하며 가꾼 삶인데 이제는 텅 비어버린 데 대한 허탈이야말로 발언을 거절당한 노인의 현실입니다. 그리고 보면 삶은 누가 비우라하지 않아도 늙어가면서 저절로 비워지는 것인 듯합니다. 그것이 삶의 본연인지도 모릅니다. 그러니 비워지는 삶을 원망하는 것처럼 어리석은 짓은 없습니다. 그렇게 밀려나다 사라지는 것이 자연인걸요.

훌륭한 어른들께서는 오래전부터 삶을 채우려 하면 욕심에 찌들어 사람답지 못하게 되니 '비움'[空]을 이뤄 사람다운 사람이 되라 하셨습니다. 비움은 미덕이기를 넘어 인간다움을 빚는 존재의 구조라고 말씀하신 거죠. 그런데 노년이 되면 애써 비우려 하지 않아도 결국 텅 비게 됩니다. 비움[空]이 저절로 이뤄지는 것이지요. 그러니 노인이 된다는 것은 축복입니다. 저절로 도통(道通)을 이루는 것이니까요.

그렇지만 여전히 비움을 배우고 가르치는 일을 그만둘 수는 없습니다. 비움은커녕 죽으리라는 것도 모르고 늙어가는 사람들이 한둘이 아니고, 죽지 않겠다고 기를 쓰는 노인들이 적지 않으니, 그 딱한 분들을 위해 그런 가르침 백번 되풀이해도 모자라지 않습니다. 게다가 살아온 삶이 텅 비어가는 것을 못 견디게 아쉬워하기도 합니다. 비워지는 것이 자연이라 할지라도 텅 빈 공동(空洞)이 주는 늘그막의 처절한 고독을 어떻게 살아야 할지 초조하기 때문입니다.

하지만 그렇게 겁낼 일만은 아닙니다. 비워져 생길 공허가 두렵다면 이제는 비워도 상관없을 것으로 채우면 됩니다. 남이 무시해도 속상하지 않고, 다 잃어도 아쉽지 않은 것으로 채우면 됩니다. 사라지지도 않고 가득 쌓여 무게를 지니지 않는 것으로 채우면 그 채움은 실은 있는 듯 없고 없는 듯 있는 것이 됩니다. 그것이 곧 '비움[空]'이지 않습니까?

삶을 바라보는 자리

노인은 살아온 영욕을 세월 따라 비워야 합니다. 그렇게 되게 되어 있습니다. 억지를 쓰지 말아야 합니다. 대신 영욕의 빈자리를 감사와 용서로 채워넣어야 합니다. 저절로 그렇게 되어야 노인입니다. 그러므로 노인은 있는 것, 이룬 것을 과시하며 자기를 증언해서는 아니 됩니다. 그저 텅 빈 말없는 웃음으로, 그런 따듯한 얼굴로 나를 증언해야 합니다. 세월 따라 채워진 것을 비우면 그 빈자리에 그 웃음이 채워지게 마련입니다.

비움은 허무도 아니고 체념도 아닙니다. 일상 속에 담긴 그윽한 '자유'입니다. 살아온 삶의 밝음과 어두움을 모두 비우고 감사와 용서로 되채우는 '노년의 자유'입니다. 이 자유로운 날갯짓을 하면서 빙그레 웃으며 세상을 떠나고 싶지 않으십니까? 그것이 비움의 실현, 비움의 완성이 아닐는지요. 그것이 삶의 종국이어야 하지 않을는지요.

해가 저물고 새해가 오는데 이 기회에 내 살아온 삶을 비우고 새것으로 채워 자유로워지는 연습 좀 하면 어떨는지요. 해가 아니라 곧 우리 삶이 저물고 있으니까요.

봄
비

휴전 직후, 서울에 처음 온 시골아이는 모든 것이 낯설었습니다. 서울역에 도착하자마자 그 아이는 또래아이들한테 끌려가 있는 돈을 다 털렸습니다. 진눈깨비가 오는 날이었는데 문득 그 시골아이는 생각했습니다. "날이 화창했으면 없었을 일일 거야!"

대학생들은 교복을 입었습니다. 하지만 그 아이는 교복값이 없어 두 달 남짓 고등학교 교복을 입고 학교에 다녔습니다. 여름이 성큼성큼 다가오고 있었는데 동복은 그처럼 더 칙칙하게 무거워지고 있었습니다.

어느 주택가 골목에서 환한 옷을 입은 여대생이 막 대문을 나서는 것을 보았습니다. 엄마와 아빠가 잘 다녀오라고 손을 흔들고 있었는데, 그 아이는 '도대체 학교에 가는 건데 저렇게 전송을 하다니!' 하고 생각했습니다. 낯설기보다 잘 이해가 되지 않았습니다. 하지만 그 여자아이가 사라지고 부모가 들어간 대문에 걸린

삶을 바라보는 자리

문패를 보면서 그 아이는 '서울에 자기 집을 가지고 자기 문패를 달고 사는 사람도 있구나!' 하고 생각했는데, 둘러보니 모두 그런 집들로 가득 차 있었습니다. 아이는 갑자기 현기증이 났습니다.

'서울아이들'은 달랐습니다. 시골아이는 그렇게 생각했습니다. 이른바 명문 고등학교 출신들은 아주 달랐습니다. 머리도 좋고, 아는 것도 많고, 생각도 번듯하고, 진지했습니다. 아니, 그 아이들은 꿈을 가지고 있었습니다. 어떤 꿈도 구체적으로 지닐 수 없어 아예 꿈이 없어 절망조차 모르던 시골아이는 서서히 절망을 학습하기 시작했습니다. "나는 이제야 내가 어떤 아이인지 알겠구나!" 그 아이는 그렇게 혼자 되뇌었습니다.

버스값이 없으면 걸었습니다. 점심값이 없으면 굶었습니다. 몸이 아프면 조금 울었습니다. 그러나 외로움은 견딜 수 없었습니다. 서울아이들은 사람을 쓸모를 재어 만나는 것 같았습니다. 그 아이는 그 훌륭한 아이들 앞에 나서지 않기로 마음을 먹었습니다. 그럴수록 그 아이 옆에는 아무도 없었습니다. 이북에서 1·4 후퇴 때 갖은고생을 다하시면서 청계천에서 폐품장사를 하시던 그 아이의 같은 과 친구 어머니가 가끔 불러 자기 아들과 함께 그 아이에게 저녁을 먹이셨습니다. 두께도 크기도 그 어머니의 고생한 손바닥만한 햄을 지글지글 구워주셨습니다. 배불러 행복했습니다. 그때만 그리고 그때 고향의 어머니를 그리워할 수 있을 때만, 그 아이는 웃었습니다.

　　외로움을 견딜 수 없을 때, 이를테면 교정(校庭)의 라일락
이 꽃향기를 진동하거나 은행잎들이 지천으로 떨어져 바람에 휘날
릴 때면, 그리고 버스값이 아직 몇 푼 남아 있을 때면, 그 아이는
강의실에 들어가지도 않고 버스를 탔습니다. 그리고 하루종일 종
점에서 종점을 오갔습니다. 그러면서 그 아이는 자신이 낭비하는
삶에 대한 죄책감에 시달리는 자기와 그것과 상관없는 외로움에
시달리는 또 하나의 자기를 모두 안고, 알 수 없는 분노가 안에서
이는 것을 어찌할 수 없었습니다. 미움의 대상도 분명하지 않았습
니다. '너'이기도 하고 '그들'이기도 했습니다. '나'이기도 했고, '전쟁'
이기도 했습니다. '젊음'이기도 했고 '서울'이기도 했습니다. 그 아이
는 스스로 생각했습니다. '누구든, 무엇이든 미워하지조차 않는다
면 나는 숨을 쉴 수가 없어!'

　　세월이 그 아이를 끌어왔는지, 아니면 그 아이가 세월을
타고 흘렀는지는 알 수 없습니다. 그런데 참 오랜 세월이 지난 뒤,
그 아이는 이제 '서울노인'이 되었습니다.

　　그 노인은 지금 서울역 뒷골목에 어떤 아이들이 살고 있
는지 모릅니다. 서울에 살지만 모릅니다. 그 노인은 늘 스스로 말
합니다. "참 좋아졌지…. 열심히 일했어, 나도!" 그리고 이런 말도

　　　　　　　　　　　　　　　삶을 바라보는 자리

하곤 합니다. "교복이 없으니 얼마나 다행이야. 개성이 신장되고, 자기 마음대로 옷을 입을 수 있으니 패션감각도 다듬어지고, 스스로 우아할 수 있으니 말이야!"

가끔 그 노인은 진심으로 힘주어 이런 말도 합니다. "집 없는 것, 게으른 탓이지. 누구는 태어날 때 집 지니고 태어나나? 그리고 싹수가 있는 훌륭한 아이는 훌륭한 대접을 받아야 해. 그것이 정의인 거야!"

그 '서울노인'은 자신의 삶을 가끔 되돌아보기도 합니다. 이른바 '춥고 배고팠던' 세월과 '바로 그래서 외로웠던 세월'을 되살피기도 하는 것입니다. 감격과 감사의 눈물을 흘리기도 합니다. 그럴 때면 철없이 모든 것을 미워하고 대상도 분명치 않은 분노를 사르며 살던 세월이 부끄러워집니다. "내가 참 어리석었지. 이렇게 감사한 것이 삶인데!" 그 노인은 그렇게 말하곤 합니다.

그런데 얼마 전, 그 노인은 조그만 어느 잡지에서 자기를 묘사한 글을 읽었습니다. 아니, 정확히 말하면 자기가 아니라 자기의 경험이 놀라울 만큼 그대로 드러난 어떤 아이에 대한 글을 읽은 것입니다. 어느 아동보호기관에 봉사를 나가는 한 대학생의 글은 이러했습니다.

나는 거기 있는 아이들에게 무언지 도와주고 싶었다. 그래서 몇 아이들에게 원하는 것을 말하면 할 수 있는 것을 도와주겠다고 했더니 제각기 자기 소원을 이야기했는데 별 것이 아니었다. 색연필이 갖고 싶다든지, 손전지가 있으면 좋겠다든지 그런 것이었는데 한 아이가 이렇게 말했다. "저하고 하루종일 버스 종점에서 종점까지 갔다 왔다 해주실래요?" 나는 그 아이를 데리고 버스를 탔다. 그리고 종점에서 종점을 두 번 왕복하기 전에 나는 그 아이를 끌어안고 엉엉 소리내어 울고 말았다. 그는 저리게 외로웠던 것이고, 그 외로움이 저리게 나를 아프게 했기 때문이다.

'서울노인'은, 서울노인이 된 '시골아이'는 자기의 감사가 얼마나 독선적인 것이었는가 하는 것을 느꼈습니다. 바다에 가닿는 전철노선이 있었습니다. 그 노인은 그것을 거저 타고 종점을 왕복해 보리라 다짐했습니다. 종점에서 마주한 바다는 거울처럼 자기 모습을 보여주고 있었습니다. 회한과 부끄러움이 일었습니다. 하지만 종점에서 집으로 되돌아오는 것마저 몸이 견디지 못했습니다. 늙었기 때문입니다. "참회의 기회조차 이제는 잃어야 하나?" 하고 그는 말했습니다.

며칠 전, '서울노인'은 미국 버지니아 텍에서 총기를 난사한 조승희군에 관한 기사를 읽었습니다. 2007년 4월 21일 『워싱턴포

스트』지는 다음과 같은 기사를 실었습니다.

조승희는 낯선 세상의 고립된 아이였다. 초중고 대학까지 절친한 친구 한 명이 없을 정도로 학교와 사회로부터 철저히 격리된 채 생활하면서 자신만의 세상에서 살았다. …그의 부모도 그와 이야기할 시간을 내지 못했다. 부모는 먹고살려고 일밖에 모른 사람이었다….

"버스종점, 종점의 왕복…" 그는 그렇게 혼자 말했습니다. 하늘을 바라보았습니다. 맑았습니다. 꽃바람이 아름답게 시원했습니다. '시골아이'는 기도하듯 말했습니다. "비야 오거라. 봄비야 쏟아져 내리거라…"

친구들
이야기

이제는 족히 마흔 해가 다되는 것 같습니다. 아무도 처음 시작한 정확한 때를 기억하지 못하는데 친구들끼리 매달 한번씩 모이기를 그렇게 이어왔습니다. 서너 친구들이 만나기를 거듭하다 한둘 더 늘게 되고, 그러다 그것이 커져 어느 친구네 집에서 모이기를 이어 한동안은 사람이 늘자 호텔로 옮겨 모였고, 사업을 하던 친구의 빌딩에서 모이기도 했고, 지금은 또 다른 친구의 병원 지하에 있는 그윽한 그의 화실에서 모입니다. 그러고 보니 기억이 흐려 처음을 알지 못한다고 하기보다 처음을 언제로 해야 좋을지 몰라 그때가 몽롱하다고 해야 옳을 것 같습니다.

세월이 길다 보니 모임장소뿐만 아니라 시간도 달라졌습니다. 처음에는 조찬모임이었는데 이제는 오찬모임입니다. 얼마 전까지만 해도 아침 7시 모임을 위해 조치원에서 차를 몰고 서울까지 오던 친구도 있었습니다. 그러나 새벽잠은 없는데, 새벽에 출근할 일도 없는데, 아무래도 조찬모임은 '잔인하다'고 해서 바꾼 시간

삶을 바라보는 자리

입니다.

사람도 참 많이 바뀌었습니다. 오래 참여를 해 낯익은 친구들도 있는가 하면 요즘 새로 참여한 반가운 친구도 있습니다. 그러나 우리는 이 모임의 오랜 친구건 아니건 모두 참으로 '오랜 친구' 들입니다. 시골 고등학교의 동기들이기 때문입니다. 그런데 사람이 바뀌었다는 표현도 아무래도 토를 달아야 할 것 같습니다. 실은 참 여러 친구들이 '제풀에 훌훌 이 세상을 떠났기' 때문입니다. 그렇습니다. 제풀에요.

이야기를 털어놓기 시작했으니 모임의 성격도 밝혀야 할 것 같습니다. 이 모임의 이름은 '기독동문회'입니다. 그래서 예배를 봅니다. 아코디언을 하는 친구와 색소폰을 하는 친구가 반주를 합니다. 기도도 하고, 목사도 아닌 친구가 설교도 합니다. 이렇게 말씀드리면 무척 경건한 모임이라고 생각하실지 몰라도 그렇지는 않습니다. 우리 말투는 전혀 점잖지 않습니다. 호칭도 다르지 않습니다. 아니, 어렵게 생각하실 것 없습니다. 딱 고등학교의 '선생님 안 계신 교실'이라고 생각하시면 됩니다. 그래서 마냥 희희낙락하지만 그래도 꽤 진지합니다. 나잇값은 제법 합니다.

매달 회장이름으로 모임 안내서가 우송됩니다. 그런데 그 통지서에 이제는 시골에 내려가 농사를 짓는 한 친구가 써넣는 짧은 글이 있습니다. 우리는 누구나 그 통지서를 기다립니다. 그 글이 기다려지기 때문입니다. 어떤 달에는 이런 글이 실렸습니다. 코미디언 보브 호프가 한 말입니다. 영문으로 실렸었는데 제가 엉터리 번역을 해보았습니다.

> 일흔을 지나면서, 나는 여전히 여인의 꽁무니를 따라다닌다.
> 비록 내리막길에서만 그럴 수 있지만.
> 여든을 지나면서, 나는 아직은
> 생일에 입을 양복을 다려야 할 때라고 생각한다.
> 아흔을 지나면서, 나는 케이크 값보다
> 거기에 꽂을 초 값이 더 비쌀 만큼 늙었구나 하고 생각한다.
> 백 살을 지나면서, 나는 내가 늙었구나 하고 느낀다.
> 그런데 실은 한낮이 될 때까지는 아무 것도 느끼지 못한다.
> 그런데 이때가 내가 잠을 잘 시간인 것이다.

그런데 지난달 통지문에 다음과 같은 글이 실렸습니다. 그대로 옮기겠습니다.

104년 만의 최악의 가뭄으로 농작물의 피해가 극심하다. 논바닥이 거북등같이 갈라지고, 말라죽은 고추밭을 살리기에 농부들은 물 한 방울에 목숨을 걸고 물을 퍼날라 보지만 사막에 두레질하기다. 마음이 타들어가는 할배(79)는 고추밭에 물 주느

삶을 바라보는 자리

라 숨가쁘게 정신없이 일하다가 틀니가 빠져나가는 것도 몰랐
고, 할매(77)는 고추농사 3년 지어서 맞춰준 틀니를 잃어버렸다
고 90도로 휜 허리를 이끌고 3일 동안 고추밭을 헤매고 다녀도
못 찾았다고 울상이다.

자비로우신 하느님
사람답게 살지 못하는 무리가 날뛰는 세상이지만 노여움 푸시고
사랑의 단비로 불쌍하고 어리석은 백성을 구원하여 주옵소서.

이 글을 읽은 한 친구가 말했습니다. "자아식, 지 얘긴 모
양인데, 가슴 찡하게 하네…! 그래도 그녀석은 행복에 겨운 거야.
사흘 밭고랑 뒤져 틀니를 찾는 마누라가 있으니 말야…"

저는 그날 하루 종일 곱빼기로 가슴이 찡했습니다.

학처럼 산
친구

그 친구는 학처럼 살았습니다. 맑고 고왔습니다. 살아온 흔적이 그랬습니다. 이룬 것이 그리 크다고 할 수는 없습니다. 밖에서 보면 그 길로 들어섰다면 마땅히 다다라야 할 그런 자리에 미치지 못하고 직장을 그만두었기 때문입니다.

하지만 이제 우리 모두 다 늙음에 기울어 사는 자리에서 보면 그것이 그리 아쉬운 일은 아닙니다. 높은 자리를 차지했거나 그렇지 못했거나, 큰돈을 벌었거나 겨우 생계를 이어왔거나, 이름을 널리 알렸거나 이름 없는 들풀처럼 살았거나, 이제는 우리 모두 그저 너나없이 '초라해지는' 늙은이들이기 때문입니다.

그런데 그럴수록 친구들을 반세기 훨씬 넘게 겪다 보니 겉에 드러난 것보다 그 사람됨에서 솟는 어떤 품김을 새삼 진하게 느끼게 됩니다. 그리고 당연하지만 때로는 그 품김이 역할 경우도 있고 그렇지 않고 향기로울 경우도 있는데, 그중에서도 제가 지금 말

삶을 바라보는 자리

씀드리는 그 친구는 올연했습니다. 애써 찾으려 해도 별로 티를 볼수 없었고, 친구들 만남에서 늘 둥글어 그 옆에 있으면 따듯함이전해지곤 했습니다.

그 친구의 부음을 들었을 때, 우리 친구들은 모두 커다란충격을 받았습니다. 앓고 있다는 소식도 없던 터라 그 충격은 더했습니다. 우리는 늙은 소나무 끝에 앉았던 학 한 마리가 날개를 활짝 펴고 멀리멀리 하늘로 날아가는 모습을 연상했습니다.

대학병원 빈소에서 그 친구의 아내와 아들 둘, 딸 하나가우리를 맞아주었습니다. 대체로 상주도 모르는 빈소에 뭐라고 조문을 가느냐며 친구들 죽음문상을 내켜하지 않는 것이 우리 친구들 정서인데도 그날은 꽤 많이 모였습니다.

발인이 언제고 장지는 어디냐고 상투적인 조문인사를 하는 중에 우리는 또 한번 충격을 받았습니다. 그 친구는 이미 스무해 전에 자기 시신을 대학병원에 기증했다는 것이었습니다. 죽음조차 학처럼 그렇게 맑고 우아하게 스스로 마무리를 했구나 하는생각을 하면서 마음속 깊은 데서부터 진심으로 존경의 염을 지니지 않을 수 없었습니다.

그러면서 한편으로는 우리 나름의 고민을 했습니다. "나도 그래야 하지 않을까?" "세상 제대로 보람 있게 살아오지 못했는데 마지막 시신기증으로나마 무언가 다른 사람들을 위해 기여를 해야 하지 않을까?" "어차피 죽은 몸인데 묻고 태우는 것보다 그래도 그렇게 해야 그나마 쓸모 있는 인간이 되는 것 아닐까?" 그렇지만 누구도 선뜻 그래야겠다고 다짐하는 친구들은 없어 보였습니다. 시신 없이 치러지는 장례식에 참석하면서 우리는 죽은 친구에 대한 아쉬움이나 그리움보다 모두 제각기 자기 죽음을 어떻게 '처리'해야 할까 하는 생각에 더 빠져 있는 듯했습니다.

그 친구가 간 지 서너 주 뒤에 저는 그 친구의 딸의 방문을 받았습니다. 많이 수척해 있었습니다. 직장도 상고로 인한 휴가 외에 며칠 연가를 더 내고 집에서 쉬다가 여행을 다녀왔다고 했습니다. 그리고 이런 말을 저에게 해주었습니다.

"선생님, 저는 아버님을 존경해요. 저는 아버님을 사랑해요. 그러나 참 원망스러워요. 당신의 시신기증 이야기를 미리 저희 자식들한테 하셨어야죠…. 저는 지금도 거의 잠을 자지 못해요. 아버님 몸이 병원 냉동고에 저장되어 있다는 것을 생각하면 미치겠어요. 돌아가셨는데 아직 병원에 계셔요…. 그러다가 언젠가는 해부학 교실에서 온몸이 조각조각 각이 떠질 거잖아요…? 아버님 뜻 모르지 않아요. 다 알아요. 또 그렇게 하는 일이 얼마나 필요한 일인지

삶을 바라보는 자리

도 알아요. 그런데 저는 못 견디겠어요…"

할말이 없었습니다. 마음껏 울고 하고 싶은 말 다하도록
두었다가 일어나 나가는 친구의 딸을 문밖까지 나아가 배웅을 하
면서 겨우 한마디했습니다. "내가 죽고 나서 네 아버지 만나면 네
가 한 이야기 다해 줄게. 아주 고약한 아버지라고 하더라고…" 그
리고 웃으며 보냈습니다.

방에 들어와 저 혼자 말했습니다.
"야, 이 친구야. 자네 아무리 학처럼 고고하더라도, 그래서
자식들한테 조금도 폐 끼치지 않고, 또 사회를 위해 진심
으로 선행을 하려 했다 할지라도, 그러면 못써! 자식들하
고 서로 이야기하며 공감대를 가지고 결정을 했어야지…!
아무런 준비도 안 된 채 갑자기 유언을 확인하고 네 장례
를 치르며 가슴에 못이 박일 자식들 생각을 그렇게도 하
지 않았단 말이냐…? 자네 혼자 학처럼 살면 뭘 해…. 에
이, 이 못된 친구야!"

그러면서도 그 친구가 존경스럽고 부러웠습니다.

사진첩의
무게

이제까지 살면서 참 여러 번 이사를 했습니다. 과장한다면 수를 헤일 수가 없습니다. 내 집을 갖겠다고 허리띠를 조아매면서 이사를하던 때도 있었습니다. 그런데 그때는 이사를 하면서도 힘이 들지않았습니다. 조금이라도 크고 나은 집으로 옮겨가는 것이었기 때문입니다. 그런데 점차 세월이 고비를 넘기자 집을 줄이는 이사도 여러 번 거듭하게 되었습니다. 그런데 그 이사는 여간 힘들지 않았습니다. 짐을 덜어내야 했기 때문입니다.

그야말로 빈손으로 시작한 살림인데 어쩌면 그렇게 많은 것을 끌어안고 살아왔는지 이삿짐을 내놓다 보면 어처구니없습니다. '축복의 흔적'인지 '욕심의 흔적'인지 가늠이 되지 않는 그저 넘침이 저를 짓누릅니다. 그래서 이제는 새집으로 옮기는 것이 이사가 아니라 살림을 치우고 버리고 없애는 일이 곧 이사를 하는 일이 되어버렸습니다.

35

삶을 바라보는 자리

그릇이나 주방기구들은 집안 젊은 아이들한테 주기도 하고, 쌓인 책은 후배들에게 주기도 하고 헌 책방에 넘겨버리기도 합니다. 옷은 잘 빨고 개어 아파트단지에 있는 옷 모으는 함에 넣기도 하고, 아무도 원하지 않는 가구들은 신고를 하고 처리비를 물고 마당에 내려놓으면 얼마 뒤 없어진 것을 확인하기도 합니다. 그렇게 하다 보면 웬만큼 치워지고, 그래서 몸무게가 덜어져 가벼워진 그런 기분으로 이사를 하게 됩니다. 문득 아쉬운 정이 때로 견디기 힘들게 하는 것들도 없지 않지만 그야말로 '털어내는' 즐거움으로 이를 넘어섭니다.

　　그런데 버릴 수도 버리지 않을 수도 없는 무거운 짐이 있습니다. 물론 접시 하나라도 버리려면 마음이 가볍지 않지만 그것과는 비교가 되지 않게 나를 망설이게 하고 안쓰럽게 하는 짐이 있습니다. 그리고 대체로 그 짐은 '마침내' 버려지지 않습니다. 끝내 끌어안고 움직입니다. 그것을 꼭 '짐'이라고 해야 하는지, 더 나아가 '무거운 짐'이라고 해야 하는지, 그러한 묘사 자체가 부담스럽기조차 한 그러한 살림이 있는 것입니다. 다른 것이 아닙니다. 사진첩입니다.

　　사진 찍는 일이 무척 귀한 세월부터 시작했는데도 어쩌면 그렇게 한살이 사진이 많은지요. 책장을 여러 칸이나 채운 그 앨범들은 왜 또 그리 무거운지요. 자식들이 자라 떠나가 제 살림들

을 하고, 평생 같이 있자고 하던 식구마저 훌쩍 떠나고 보니 남은
것은 사진뿐이어서 실은 온갖 살림 다 버려도 이것만은 단단히 지
니고 살아야겠다고 다짐하기도 합니다. 그러면서도 이사할 때마다
앨범들을 꺼내놓고는 버릴까 버리지 말까 거듭거듭 고민을 하곤
합니다.

　　사진을 '정지의 미학'이라고 했던가요? 흐르는 시간을 멈
추게 하여 순간을 영원이게 하고자 하는 희구가 빚은 문화라는 이
야기지요. 참 옳은 설명입니다. 사진이 있어 내 젊음도 거기 있고,
이제는 기억조차 희미한 부모님이 거기 계시고, 아직도 옹알이하
는 자식들이 거기서 잠을 자고 있고, 팽팽한 친구가 거기 꿈을 꾸
며 웃고 있습니다. 사랑하는 사람의 아름다움, 그 황홀했던 전율
도 되살아납니다. 사진이 있어 사진첩을 넘긴다는 것, 기막힌 감격
입니다. 이보다 더 '신비한 일상'은 없을 듯합니다.

　　그러나 이제 다른 살림처럼 이 마지막 살림도 서서히 버려
야 할 때가 온 듯합니다. 나 아니면 누구도 열어보지 않는 것이 이
제 내게 남은 앨범의 운명인데, 나 죽기 전에 한장 한장 되살아나
는 옛날과 옛사람들을 이제는 마음속에 담으면서 더 이상 이 사진
첩들의 무게 때문에 시달리지 말아야 할 듯합니다. 더 이사할 필
요가 없는 집으로 이사할 때면 가지고 가야 할 짐은 아무것도 없
어야 할 테니까요. 흐려진 기억만으로도 행복한 순간에 그 이사를

　　　　　　　　　　　　　　삶을 바라보는 자리

해야 할 거니까요.

오늘, 가을아침인데, 쓰레기를 버리러 나갔다가 빛바랜 찢어진 결혼사진을 보았습니다. 아마도 누구의 할아버지나 어머니의 것이리라고 짐작되었습니다. 마음이 서둘러졌습니다.

어르신께
친구에게
후배에게

이제는 이 땅에 없으신 먼 어르신들께 올립니다. 귀하게 가꾸고 알뜰하게 보살펴 남겨주신 이 땅에서 저희가 지난해도 잘살았습니다. 해가 바뀔 때마다 새삼 그 음덕(蔭德)을 크고 무겁게 느끼게 됨을 고하지 않을 수 없습니다. 혹 산정(山頂)에 올라 바람을 맞거나 바닷가 그칠 줄 모르는 파도의 출렁임 곁에 서 있으면 어르신들의 숨결과 간절한 어루만짐이 느껴지면서 가슴속 깊은 곳에서부터 어떤 신비가 온몸을 감싸는 경험이 없지 않습니다.

그러나 그뿐, 저희는 아직 '역사'를 '사랑'하고 있지 못합니다. 마음에 들지 않는다고 뜯고 허물고 고치고 새 단장을 하는 일에 부지런합니다.

아무리 구겨진 삶에도 자손들 위한 사랑은 있는 법인데, 아니 자손들 사랑 때문에 구겨질 수밖에 없는 삶도 있는 법인데, 각박한 삶을 살다 보면 더욱 그러한데, 하물며 우리는 그 자손들인

삶을 바라보는 자리

데, 저희는 너무 잘나 그 아픔을 헤아리려 하지 않습니다.

꿈을 준거로 해도 모자를 지경에서 이미 지난 세월을 빙자한 '나 세우기'에 급급하다 보니, 이것이 역사의식인지 몰라도, 어르신들께 죄송하기 그지없습니다. 그런데도 이 물결을 헤어나오지 못하고 있음을 용서하옵소서. 새해에는 어르신네의 아픔을 헤아리면서 내일을 어제보다 더 중히 여기며 살도록 하겠습니다. 감히 여쭈오니 기다려주시옵소서.

친구야. 아직 살아 있구나. 건강하냐? 하는 일 별로 없을 거고, 자식들 풀풀 다 흩어졌을 거고, 돈도 넉넉지 못할 거 뻔하고, 몸인들 마음대로 움직일 턱이 없지. 그런데 그저 입만 살아서 올해도 또 작년에 하던 말 열심히 뱉고 살 작정이냐? 천하에 못된 놈들이라느니, 다 망했다느니, 내가 옛날에 일할 때는 이러지 않았다느니, 살아온 것이 허망하고 원통하다느니 하는 말, 말이다. 그래, 모르지 않는다. 배신감에 짓눌린다는 것, 그래도 열심히 살아왔는데 철저하게 자존심이 일그러진다는 것, 그런 것이 얼마나 견디기 힘든 일이지 잘 안다. 난들 별 수 있는 줄 아니?

하지만 올해는 입을 다물자. 그런 소릴랑 아예 입 밖에도 내지 말자. 그리고 만약 아직도 하고 싶은 말이 있다면 내 삶을 증언하고 고백하는 것으로 하자. 내 잘못, 그 치사한 의도적인 기만과 기획된 과오가 내 삶 속에서 얼마나 많이 방법론적 정당성으로 자리잡고 있었던가 하는 것을 고백하고 증언하는 발언을 하자. 결과적으로 배부른 돼지가 되는 일이 삶의 꿈이었다는 부끄러운 고백도 빼놓아서는 안 된다. 그러한 발언 후에도 할말이 남았거든 그때 얼마든지 욕하고 질책하고 화를 내도 늦지 않다. 친구야. 우리 올해는 그렇게 살자.

젊은 친구들. 나는 당신들을 신뢰하고 싶소. 아니, 그 일 밖에 내가 할 일이 없소. 당신들을 불신하는 것은 그것이 꿈이라도 두려울 자학이오. 그렇게 내가 미련하게 살고 싶지는 않소.

나는 당신들의 사유가 단속적(斷續的)인 이미지의 점철로 이루어져 있다는 것을 불안해하지 않으려 하오. 당신들의 시간과 공간이 가상과 현실을 모두 아우르면서 이루어지고 있다는 사실도 솔직히 말해 부러운 심정이오. 기존의 서술범주와 개념들을 한꺼번에 무너뜨린다든지, 아니면 그 적합성 없음을 논의조차 거절한 채 아예 자연스럽게 살아간다든지, 당신들의 감성과 상상이 어제 우리의 이성이었다는 사실조차도 흔쾌히 수용하고 싶소. 어떤 모습으로 살든 당신들은 내 삶의 의미이기 때문이오.

하지만 '신(神)의 창조'는 없는 것에서 있는 것을 있게 하는 것이지만 '인간의 창조'는 이미 있는 것에 새것을 덧붙이는 작업이

삶을 바라보는 자리

오. 그것만 기억해 주시오. 인간이 차마 오만할 수는 없기 때문이오. 새해에는 그렇게 살아달라고 부탁하고 싶소.

　　새해입니다. 두루두루 덕담을 나누고 싶었습니다. 그런데 말씀을 드리다 보니 어느 틈에 아픈 독백이 되어버렸습니다. 용서해 주십시오.

나이듦에
대하여

노인을 존경하라는 가르침은 동서고금을 가리지 않고 당연한 인간의 도리로 여겼습니다. 논거는 여러 가지입니다. 오랜 삶을 통해 이런저런 일들을 경험하면서 터득한 그분들의 지혜가 우리의 삶을 위해 더할 수 없이 귀한 것이기 때문이라고 주장하기도 하고, 그분들이 온 생애를 기울이면서 우리의 삶을 따뜻하고 넉넉하게 해주신 공덕을 감사하고 기려야 하기 때문이라고 설명하기도 하며, 이제는 어쩔 수 없이 세월 따라 늙어 쇠약해지고 당신 자신들조차 추스를 수 없게 된 분들이기 때문에 잘 보살펴드려야 하는 것이라고 말하기도 합니다.

물론 노인을 귀찮고 짐이 되는 사람들로 여긴 경우도 없지 않습니다. 절차나 방법이 문화권에 따라 다르기는 하지만 '고려장'으로 대표되는 '노인을 버리는 일' 또한 인류의 문화·역사 속에서 찾아볼 수 있는 보편적인 현상입니다. 노인들이란 생산적이지 못한데다 그와 더불어 있는 많은 사람들의 삶을 황폐하게 하기조차

삶을 바라보는 자리

하는 그러한 존재라 여겼기 때문입니다. 하지만 노인에 대한 일반적인 정서는 인간의 삶 속에서 아름답고 성숙한 모습으로 자리잡고 있습니다. 존경, 감사, 염려 등으로 채워져 있기 때문입니다.

그런데 저 자신이 이른바 '노인'으로 '대접'을 받기 전까지만 해도 저는 이러한 '노인존경의 문화'를 마땅한 것으로만 생각했었습니다. 하지만 막상 노인이 되고 보니 그게 그렇지 않다는 것을 느끼게 되었습니다.

우선 제가 존경받을 만한 지혜를 가지고 있는지 자신이 없습니다. 스스로 지혜라고 여기지만 오히려 오랜 세월 살면서 나도 모르게 생긴 고집을 지혜나 신념으로 주장하고 있는 것은 아닌지 하는 걱정이 생깁니다. 노인이 된다는 것이 저절로 지혜롭게 되는 것은 분명히 아닌 듯합니다. 그렇다면 노인과 지혜로움을 등가화하는 것처럼 위험한 판단은 없습니다. 그렇다고 하는 것을 늙어보니 겨우 알겠습니다. 그러니 노인은 지혜로운 어른이기 때문에 존경해야 한다는 말을 들으면 겁이 납니다.

노인이기 때문에 감사하다는 인사를 받아 마땅하다는 가르침을 들어도 어색하고 민망합니다. 생각해 보면 나 자신과 나 자신의 가족을 위해서는 열심히 살았다고 할 수 있습니다. 그리고 그러한 삶이 결과적으로 모든 사람에게 덕이 되었을 수도 있습니다.

하지만 그와 꼭 같은 논리로 내 삶이 나도 모르게 얼마나 많은 사람들에게 부덕한 것이었을까 생각해 보면 끔찍해집니다. 감사를 받기는커녕 오히려 제가 뭇사람들에게 감사를 해야 옳은 것 아닌가 하는 생각이 듭니다. 늙었다고 무조건 감사의 대상이 될 수는 없는 일이라는 생각이 새삼 절실해집니다.

노인들은 힘없고 무능력한 분들이기 때문에 우리가 보살펴드리는 것이 마땅하다는 주장을 들을 때도 쑥스럽기는 마찬가지입니다. 저도 젊었을 적에는 그렇게 생각했습니다. 노인이라는 사실 자체 때문에 노인은 염려와 보살핌의 대상이 되는 것이라고 말입니다.

그런데 늙어보니 늙어 대접받는 일보다 더 다른 사람들을 괴롭히는 일이 없다는 생각이 듭니다. 내가 늙고 쇠약해진 것이지 그들이 그 책임을 질 까닭도 없는데, 그들을 희생시키고 있다는 것을 생각하면 몸둘 바가 없습니다. 그것이 '자연'인데 다른 사람들이 나를 돌보아주는 것을 굳이 신세진다고 생각하는 것이 오히려 병적인 태도라고 할 수도 있습니다. 또 늙으면 어차피 남 신세를 지지 않을 수 없다는 것도 모르지 않습니다. 하지만 늙어보니 그것도 마음 편히 받을 수 있는 것이 아니더군요.

하기야 저처럼 못난 사람이 아니라면 존경과 감사와 보살

삶을 바라보는 자리

핌을 당당하게 요청하면서 노년을 사실 수도 있습니다. 그런 분이 참 부럽습니다. 하지만 노인이라는 것이 그것 자체로 무조건 존경과 감사와 염려의 대상이 되는 것은 아닌 듯합니다. 그럴 수 있는 노인다움을 스스로 지니고 있어야 하고, 그때 비로소 우리는 마음 편히 늙은이 대접을 받을 수 있는 것 아닌가 하는 생각이 듭니다.

그런데 어쩌면 이런 이야기는 이미 다 늙어 이러나저러나 바로 그 늙었다는 이유만으로 존경과 경멸을 엮어가며 사는 우리끼리 할 이야기가 아니라 실은 젊은이들에게, 아직 늙지 않았지만 서서히 늙어가는 이들에게 해야 할 말일지도 모르겠습니다.

어떻게 늙어야
하는지요

제게는 못된 고정관념이 있었습니다. 스스로 그 생각이 강박적인 것이라고 진단하면서도 그것에서 벗어나기가 쉽지 않았습니다. 사람을 판단할 때면 으레 그 잣대가 등장했습니다. 그리고 저는 제가 스스로 마련한 그 잣대가 옳다고 여겼습니다. 그렇다고 해서 저 자신에게 그 잣대를 들이댔을 때 온전하냐 하면 그렇지 않습니다. 오히려 제 모자람 때문에 더 그 잣대에 집착해 사람들을 평가하고 판단했는지도 모릅니다. 다른 것이 아닙니다. '게으름'입니다.

이를테면 아침에 늦잠을 자는 것은 제게는 게으름의 전형 (典型)입니다. 약속시간을 지키지 않는 것도 다르지 않습니다. 밥을 먹고 즉시 설거지를 말끔히 하지 않는 것도 제게는 견디기 힘든 게으름입니다. 이러다 보니 나중에는 별별 것을 다 게으름을 잣대로 해서 측정을 하곤 했습니다. 학생들에게서 도대체 그것이 무어냐는 항변을 거칠게 받은 적이 있습니다만 "정답이지만 게으른 답안이어서 만점을 줄 수 없다"는 것도 그 하나입니다. 교과서에 있는

47   삶을 바라보는 자리

내용이나 강의내용을 그대로 옮겨놓은 '성실한 답안'을 저는 '게으른 답안'이라고 못박은 것입니다.

그런데 세월을 꽤 살다 보니 고정관념이란 것도 서서히 제풀에 달라지는 것 같습니다. 늦잠을 잘 수밖에 없는 사정이 두루 보입니다. 늦잠이 게으름일 수는 없다는 것을 저도 모르게 승인하고 있는 것입니다. 달리 말해 여전히 게으름이라는 잣대를 들이댄다 하더라도 일컬어 '게으를 수밖에 없는 경우'가 있음을 인정하게 된 것이라고 말할 수 있습니다.

약속시간 못 지키는 것, 설거지 나중에 하는 것도 다 그럴 만한 사정이 없지 않다는 것이 이제 겨우 읽혀집니다. 평가척도와 상관없이 답안지마다 특성이 보이기 시작하면서 게으른 답안지라고 화를 낼 답안지가 따로 있는 것이 아니라는 것도 슬그머니 인정하게 되었습니다.

그러다 보니 이제는 게으름이라는 것이 부정적인 것만이 아니라는 생각조차 하게 됩니다. 부지런함만으로 삶이 흐른다면, 그래서 가빠지는 숨 때문에 언젠가는 더 이상 숨쉴 겨를도 확보하지 못하게 된다면, 이윽고 숨이 막혀 덜커덕 쓰러지지 않을까 하는 염려까지 하게 되는 것입니다.

이쯤 되면 '게으름 예찬론자'로 탈바꿈한 저를 짐작하실지 모르겠는데 그렇지는 않습니다. 게으름에 대한 부정적인 고정관념은 변하지 않고 있습니다. 여전히 늦잠은 게으름이고, 정답이지만 게으른 답안지도 있습니다. 아침 설거지를 저녁끼니 때까지 미룰 수는 없습니다.

그런데 달라진 것은 이전의 게으름의 범주 안에 들어 있던 많은 것들이 이제는 그 울을 벗어나 다른 언어로 제게 자리잡고 있다는 사실입니다. 이를테면 이전에는 '게으름'만으로 꽉차 있던 제 관념 속에 느긋함, 넉넉함, 여유, 심지어 성숙이라든지 하는 것들이 스스럼없이 들어가 제각기 자기 자리를 확보하게 된 것입니다. 게으름 예찬론자가 된 것이 아니라, 이제야 겨우 게으름을 들여다볼 수 있게 된 것이라고 해야 옳을 것 같습니다.

제 고정관념의 이러한 완만한 변용(變容)이 제가 사람다운 사람이 되어가고 있다는 것을 드러내는 것인지 그렇지 않은지는 잘 모르겠습니다. 옳고 그름의 준거가 흐려지고, 그래서 판단이 불분명한 채 어떤 일도 제대로 결정을 하지 못하게 되고, 너그러운 듯해도 결과적으로는 무책임한 태도를 일상화하는 데 이르고 있는 것이라고 보면 제 변화는 아주 못된 것일 수밖에 없습니다. 나이 들면서 흐물흐물 허물어지는 추한 모습이 바로 이러한 것일 터이기 때문입니다.

삶을 바라보는 자리

하지만 원칙과 분명한 준거를 지니고 산다는 것이 실은 자기방어적인 유치한 본능을 정당화하는 것일 수 있고 인식 이전의 설명할 수 없는 신념에 의한 배타적인 독선일 뿐이며, 그래서 결과적으로 내 인식과 판단과 실천이 나 아닌 모든 존재들에게 의도한 것이든 의도하지 않은 것이든, 폭력으로 귀결될 수밖에 없는 것일 수 있다고 한다면, 제 변용은 여간 다행스러운 것이 아닙니다. 왜냐하면 그것은 비로소 세월을 살면서 나잇값을 하게 된 성숙한 모습을 드러내고 있는 것이기 때문입니다. 다시 말하면 내 관념이 실은 병리적(病理的)인 것이었다는 것, 곧 내 의도와 상관없이 내 의식이나 표상에 거듭 떠올라 내 이념과 인식을 지배하고 행동에 영향을 미친 고착된 관념에 불과한 것이었다는 것을 깨달은 것과 다르지 않기 때문입니다.

그런데 문제는 게으름이라는 고정관념에서 서서히 풀려나는 일이 제 성숙인지 아니면 퇴행인지 잘 분간이 되기도 전에 게으름과 다르지 않게 온갖 고정관념들이 똬리를 틀고 제 안에서 머물고 있다 게으름이 모호해지는 틈에서 끊임없이 자신들의 머리를 내밀고 있다는 사실입니다. 이를테면 양비론(兩非論)이나 양시론(兩是論)도 그 하나입니다.

저는 이도 저도 다 옳다든지 옳은 측면이 있다든지 하는 양시론이나 양쪽이 모두 그르다든지 그른 측면이 있다고 하는 양비론을 주장하는 것은 떳떳하지 못하다는 고정관념을 가지고 있었습니다. 옳으면 옳은 거고 그르면 그른 것이지 그러한 모호하고 애매한 인식이나 태도로 살아간다는 것은 비겁할 뿐만 아니라 예상 가능한 피해에서 간교하게 도피하려는 기회주의적인 태도라고 생각했습니다. 덕스러움을 가장한 책임 면피용(免避用) 괴변쯤으로 여긴 것입니다. 더구나 모두가 수긍하는 대안을 뚜렷하게 제시하지 않고 그러한 '설명'을 하는 경우는, 그것이 지성(知性)이라는 이름으로 발언되는 것 자체가 부끄럽기만 했습니다.

그런데 이도 세월 탓인지 모르겠습니다만 이러한 생각이 고정관념의 틀을 서서히 벗어나 제 인식이나 실천의 잣대가 되기보다 사색이나 고뇌의 내용이 되고 있습니다. 다시 말하면 양비·양시론은 처음부터 불가능한 진술일까? 오히려 그러한 논의야말로 사물의 인식과 판단을 위한 전제가 아닐까? 만약 그렇다면 이에 대한 부정적 비판은 그 양비·양시론을 거친 귀결로 발언되는 것일까? 그렇지 않고 이 논의를 건너뛰어 이른 질타라면 그 비난의 논거는 과연 무엇인가? 이러한 생각들이 꼬리를 물면서 양비·양시론은 그릇된 것이라는 제 고정관념을 흔들고 있기 때문입니다.

아직은 제 삶의 정황이 절박하지 않아 이러한 관념의 유희를 하고 있는지도 모르겠습니다. 하지만 두 가지 사실을 감히 고백하지 않을 수 없습니다. 어떤 고정관념이든 삶의 지평이 넓게 보일수록 그에 따라 완만한 흔들림을 겪는다는 것 그리고 그 흔들림의 승인도 분명한 하나의 선택이고 결단이라는 것이 그것입니다.

하지만 이것도 제 못난 소치인지 모릅니다. 오히려 세월 따라 고정관념이 불변하는 신념으로 상승하고, 그것은 선택이 아니라 지엄한 당위라고 증언하는 분들이 적지 않기 때문입니다.

어떻게 살아야 하는지요. 어떻게 늙어야 하는지요.

'잘 살자'는 운동이 한창입니다. 서양에서도 동양에서도 다르지 않습니다. 이른바 well-being은 누구나 일컫는 일상적인 언어가 되었습니다.

생각해 보면 아주 반가운 현상입니다. 춥고 배고픈 세월 속에서는 그저 추위를 가리고 허기를 채우는 것이 '잘 삶'의 내용이었습니다. 그런데 지금 우리가 일컫는 '잘 삶'은 이전 경우와 같지 않습니다. 그때에 비하면 지금은 그저 잘 사는 것이 아니라 '더 잘 살자'는 것이 그 내용이라고 해도 좋을 듯합니다.

더 맛있게 먹고 살기, 더 건강하게 살기, 더 쾌적하게 살기, 더 아름답게 살기 등이 그 내용이 되고 있습니다. 그렇다고 해서 이른바 물질적인 면에서만 '잘 삶'을 이야기 하지 않습니다. 여유 있는 삶 살기, 넓고 그윽하고 따뜻한 마음으로 살기, 자기보다 남을 아끼는 삶을 살기, 보람과 의미를 짓고 찾으며 살기 등 또한 그 내용이 되고 있습니다.

혹 보기에 따라서는 이제 "등 따듯하고 배가 부르니 사람 구실 좀 하겠다는 거구나!" 하고 이 일을 좀 낮추어 평하실 분도 계실지 모르겠습니다만 그렇게만 보실 것도 아니고, 또 그렇게 보여 나쁠 것도 없습니다. 어찌 되었든 지금 우리가 관심을 가지고 있을 뿐만 아니라 그렇게 살기를 바라는 '잘 살기' 곧 well-being은 오늘 우리의 삶 속에서 일어나는 매우 의미 있는 사실 중의 하나입니다. 사람답게 살자고 하는 것이니까요. 그래서 우리는 누구나 이 일에 동참하고, 또 이를 준거로 자신의 삶을 돌아보는 일에 마음을 쓰면 좋겠다고 말씀드리고 싶습니다.

그런데 '잘 살자'는 움직임만 있는 것이 아닙니다. 이와 대구(對句)가 되어 마찬가지로 오늘 우리 삶 속에서 널리 퍼져 나아가는 현상이 있습니다. '잘 죽기' 운동, 곧 well-dying이 그러합니다. 어찌 보면 이것은 그리 반가울 턱이 없는 일이기도 합니다. 살고 싶고, 살되 오래 살고 싶고, 그래서 죽음은 한껏 멀리 있어야 하는 것일 뿐만 아니라 우리 담화에 담기조차 거북한 것으로 여기는 것이 우리네 실정인데 '잘 살기'와 더불어 '잘 죽기'가 아울러 부각되어 오늘의 중요한 주제가 된다는 것은 별로 서로 어울리지도 않고, 반가울 수 없는 현상이기도 합니다.

그렇지만 '잘 죽기'가 무엇을 주장하고 있나 하는 것을 살펴보면 이를 반드시 그렇게 우울한 현상으로 여길 일은 아닙니다. 생각해 보십시다. 죽음은 생명을 가진 존재가 도달하는 자연스러운 끝입니다. 그리고 우리는 살아 있는 존재들입니다. 그러므로 우리는 누구나 죽습니다. 당연한 일입니다. 그렇다면 죽음은 삶과 대칭되는 다른 어떤 것이 아니라 생명이 지닌 마지막 모습, 그러니까 죽음은 생명과 단절된 다른 것이 아니라 생명현상의 한 모습이라고 할 수 있습니다.

좀 억지인 것 같아도 사실이 그러합니다. 제 할머니께서는 옛날이야기를 들려주시면서 그 끝을 "그래서 그 사람이 이러저러하게 갖은고생을 다 이기고 잘 살았단다!"라고 하시지 않았습니다. "그렇게 온갖 고생을 옛말로 이르면서 잘 살다가 죽었단다!"라고 하셨습니다. 그러한 묘사의 맥락에서 보면 죽음은 끝이어서 삶과 분리된, 삶 아닌 다른 어떤 것이 아니라 또 하나의 분명한 삶의 현실입니다. 다시 말하면 그렇기 때문에 우리는 '죽음도 살아야' 한다고 말해야 합니다.

well-dying의 기본적인 이념은 바로 이것입니다. 죽음도 '잘 살자'는 것입니다.

'잘 죽자'는 이야기의 내용을 더 좀 직접적으로 살펴보면

삶을 바라보는 자리

더 명확해집니다. 이를테면 스스로 자신이 존엄한 삶의 주체이기를 죽음과 직면하면서 포기하지 말기, 죽음을 맞는 내 태도가 유치하거나 치사하게 되지 말고 의연하고 담담하고 아름답기를 추구하기, 살아 있는 사람들과의 관계에서 맺히거나 얽힌 것이 남아 있지 않도록 못다 한 사랑을 베풀고, 미처 받지 못한 용서를 빌고, 이루지 못한 일에 대한 회한을 털기, 마지막 자리가 지저분하지 않도록 정리하고, 맡길 것 맡기고 버리고 치울 것을 분명하게 하기 등이 그러합니다.

'잘 죽기'의 내용이 이러하다면, well-dying이란 어차피 죽을 거니까 죽음을 향해 떳떳이 나아가자는 투의 주장과는 전혀 다릅니다. 의학적으로 고통스럽지 않고 편안하게 죽기를 희구하는 것도 아닙니다. 내가 죽고 나서 내 혈연들이 재산싸움을 하지 않도록 미리미리 법률적인 문제를 해결해 놓자는 것도 아닙니다. 그 모든 것들이 포함되어야 마땅합니다. 하지만 실은 그보다 더 중요한 것은 삶을 바라보는 관점을 바꾸어보자는 더 깊은 뜻이 그 안에 담겨 있습니다.

조금 더 이야기한다면 이러합니다. 우리는 태어나 열심히 살아갑니다. 죽음에 이를 거라는 생각은 하지 않습니다. 때로 죽음의 그림자가 느껴지고, 그로 인한 두려움에 사로잡히는 일이 없지 않지만 '죽음을 향해' 살아가지는 않습니다. 그렇게 되면 건전한

삶을 살지 못합니다. '죽음을 향한 존재'라는 자의식처럼 병적인 것
이 없습니다. 그러므로 할 수 있으면 죽음을 간과하려 하고, 죽음
을 의식하지 않고 살아가려 합니다. 이러한 삶은 늘 푸릇푸릇해서
좋습니다. 삶이 건강하고 능동적이고 힘찹니다.

하지만 이러한 태도는 때로 심각하게 자기를 속일 수도 있
습니다. 빤한 사실을 아니라고 우기는 것 같은 어리석은 삶일 수
도 있습니다. 죽어야 하는 존재인데 죽음을 생각하지 않는다면
그것은 매우 부정직한 태도일 수밖에 없습니다. 밤낮 없이 죽음
만을 생각하면서 사는 것도 병적인 것이지만, 죽음을 아예 자기
삶에서 지워버리며 살고자 하는 것도 바른 삶의 태도일 수는 없
습니다.

그렇다면 가장 좋은 방법은 삶에서 죽음을 바라보는 태도
그리고 죽음자리에서 삶을 되돌아보는 태도, 그 둘의 관점을 두루
갖추어 아우르는 일입니다. well-dying은 바로 이 둘 중의 뒷자리의
시각을 가지고 삶을 투시해 보자는 운동입니다.

물론 아직 끝자리에 다다른 것은 아닙니다. 그러나 불원간
누구나 끝자리에 이를 수밖에 없습니다. 그렇다면 미리 그 끝자리
에 서양 바로 그 자리에서 내 삶을 되살핀다면 끝이 없는 듯 살아
가는 내 삶 속에서는 볼 수 없었던 어떤 내 모습을 볼 수 있을지도

삶을 바라보는 자리

모릅니다. 그런데 중요한 것은 바로 그러한 자리에서 내 삶을 바라보는 새로운 성찰이 내 지금 여기에서의 삶을 그렇게 하지 않았을 때보다 더 온전하게 해준다는 사실입니다.

well-dying의 교육 프로그램 중에 여러 질문들에 대한 답을 하도록 한 문제가 있었는데 사람들이 가장 진지해지고 곤혹스러워한 질문은 다음 두 가지였습니다. "당신이 죽었을 때 누가 가장 많이 울 것 같습니까?" 그리고 "죽은 다음에 당신은 살아 있는 사람들로부터 어떤 사람으로 기억될 것 같습니까?" 하는 물음이 그것입니다. 이 두 질문은 죽음자리에서 삶을 되돌아보게 하는 가장 직접적인 것들입니다. '잘 죽자'는 운동은 바로 이것입니다. 삶의 자리에서 미처 보지 못한 자기 삶의 모습을 죽음자리에서 되살펴 자기 삶을 완성시키자는 것입니다.

그렇다면 well-dying은 결코 well-being과 대칭되는 것도 아니고 모순되는 것도 아닙니다. '잘 죽자'는 '잘 살자'의 내용입니다. 잘 죽을 수 있을 때 비로소 삶은 완성됩니다. 또 잘 살아야 잘 죽기도 온전해집니다. 그러므로 well-dying은 well-being을 위한 가장 직접적인 불가결한 필수적 요소입니다. 지금 곧 죽자는 것이 아닙니다. 죽음만을 바라고 살자는 것도 아닙니다. 잘 살기 위해 죽음자리에서 삶을 살펴 삶 자체를 죽음에 의해 좌절시키지 말고 완성시키자는 '간절한 잘 삶의 희구'입니다. 그것이 well-dying의 내용입니다. 거듭 말하지만 이러한 의미에서 well-dying은 종국적으로 well-being을 위한 것입니다.

'삶과 죽음을 생각하는 회'라든지 '소망 소사이어티'라든지, 그 밖에도 이러한 성격의 여러 모임들이 많이 있습니다. 이 모임들은 '잘 사는 일'과 '잘 죽는 일', 이 둘을 조화롭게 잘 다듬어 우리에게 펼쳐주고 있습니다. 나 자신의 삶이 아름답고 보람 있고 자랑스러운 것으로 영글어질 수 있는 귀한 마당을 마련해 주고 있는 것입니다.

얼마나 감사한 일인지요. 그럴 수 있는 이러한 모임들은 분명히 우리에게 주어진 '새로운 축복'이라고 말하고 싶습니다. 그러고 보면 우리는 행복합니다. 죽음을 향한 칙칙한 어둠이 아니라 새삼 밝음 속에서 우리 삶을 '누릴 수' 있고 그렇게 따뜻함 속에서 우리 삶을 '완성할 수' 있기 때문입니다.

삶을 바라보는 자리

냄새

모든 만물에 냄새가 있다는 것은 아무리 생각해도 오묘합니다. 꽃 향기라든지 맛의 냄새라면 당연합니다. 그런데 이렇게 말씀드리면 웬 뚱딴지같은 말이냐고 하실지 몰라도 돌에서도 냄새가 납니다. 이를테면 차돌의 냄새와 감람석의 냄새가 같지 않습니다. 그런가 하면 아침의 냄새와 저녁의 냄새가 다릅니다. 그뿐만이 아닙니다. 그리움에도 냄새가 있습니다. 회상은 정경만으로 다가오지 않습니다. 그윽한 향기, 아니면 어떤 특정한 냄새를 지니고 내게 스밉니다. 사랑은 어쩌면 냄새의 샘이라고 해도 좋을 듯한데, 분노나 미움의 냄새를 짐작하는 우리에게 그 냄새는 그대로 희열이고 행복입니다.

만물에 냄새가 있다는 것도 그렇지만 좋은 냄새가 있고 고약한 냄새가 있다는 사실은 더욱 오묘합니다. 당연히 사람들은 좋은 냄새를 좋아하고 나쁜 냄새를 싫어합니다. 하지만 어쩔 수 없이 악취나 역겨운 냄새가 없을 수 없어 사람들은 애써 좋은 냄새를 만들어 나쁜 냄새를 상쇄하려는 노력조차 합니다.

　　뿌리는 향수나 사르는 향이 아득한 때부터 사람들의 삶 속에서 지속하는 것을 보면 냄새가 얼마나 뚜렷하게 사람살이를 짓는 중요한 요소인지 충분히 짐작하게 합니다. 그러므로 우리는 마땅히 좋은 냄새를 풍기는 사물을 골라 즐겨야 하고, 그렇지 못한 것에는 향기가 나도록 해주어야 하는 의무를 지닙니다. 그것이 사람이 사람답게 사는 모습입니다.

　　그런데 무어니 무어니 해도 냄새라면 이른바 '사람냄새'를 빼놓을 수 없습니다. 인내라 하여 대체로 사람들이 즐겨하지 않는 냄새가 있습니다. 그런데 그거야 치료를 할 수 있는 거라니까 그것을 '사람냄새'라고 할 수는 없습니다. 우리가 말하려는 것은 사람의 품성에서 풍기는 냄새를 말합니다. 인격의 냄새라고 해도 좋을 것 같습니다.

　　물론 사람됨을 이야기하면서 드는 비유는 많습니다. 따듯한 사람이라든지 찬 사람이라든지, 곧은 사람이라든지 휘어지는 사람이라든지, 맑은 사람이라든지 탁한 사람이라든지 하는 것들이 그러합니다. 그런데 그런 것들은 대체로 그저 사람을 일컬을 때 두루 쓰입니다.

　삶을 바라보는 자리

한데 노인들을 이야기할 때면 묘사가 달라집니다. 냄새가 나는 늙은이라든지 향기가 나는 노인이라든지 하는 묘사가 다른 묘사보다 두드러지게 많습니다. 그리고 그렇게 사람됨을 냄새에 견주는 것이 노인들에게는 잘 어울립니다. 왜냐하면 노인에게는 정말이지 일생 동안 밴 냄새가 있게 마련이기 때문입니다.

그래서 그렇겠습니다만 나이를 많이 먹어 머리가 희어지고 근육이 늘어지기 시작하니까 없던 걱정이 이것저것 생깁니다. 그런데 다른 사람들한테 이른바 늙은이 냄새를 풍길까 봐 걱정이 되는 것도 그 하나입니다.

얼마 전에 제가 겪은 일입니다. 아침에 아파트에서 승강기를 타고 아래층으로 내려가는데 중간에 어떤 젊은 엄마하고 다섯 살쯤 되는 사내아이가 탔습니다. 그저 웃으며 목례를 하고 내려가는데 갑자기 아이가 엄마를 부르면서 이렇게 이야기하더군요. "엄마, 할아버지 냄새난다!"

저는 처음에 그 할아버지가 저인 줄 몰랐습니다. 그런데 그 자리에 저밖에 다른 노인이 없다는 것을 확인하는 순간, 가슴이 철렁하면서 얼마나 당혹스러운지요. 아이엄마가 그런 말을 하는 것 아니라고 야단치는 것을 듣는 둥 마는 둥 하는 사이 어느 틈에 1층까지 내려온 저는 서둘러 밖으로 나와 도망치듯 전철역으로 향하면서 내내 마음이 편하지 않았습니다.

아무리 생각해도 어린아이가 거짓말을 할 리는 없고, 그렇다면 내 몸에서 고약한 냄새가 난 것이 틀림없는데, 어제 저녁에도 오늘 아침에도 샤워를 했고 옷도 아침에 갈아입었는데 냄새가 나다니 참 알 수 없는 노릇이었습니다. 그날 저는 종일 사람들 곁에서 있지를 못했습니다. 전철을 타려다 그만두었고, 버스를 타려다 그만두었습니다. 그리고 마침내 거금을 내고 택시를 타고 집에 들어왔습니다.

그날 저녁 저는 뜻밖의 손님을 맞았습니다. 바로 그 아이의 어머니였습니다. 어머니는 자식이 잘못했노라고 사과를 하면서 실은 그 아이의 외할아버지를 모시고 사는데 너무 담배를 피우셔서 자기가 담배를 끊으시라고 말씀드리면서 별 생각 없이 자식한테 "할아버지 냄새난다. 그렇지?" 하고 말하곤 한 것이 그만 이런 결례를 하게 되었다고 하더군요. 얼마나 마음이 놓이고, 또 그 젊은 엄마가 고마운지요.

그러나 그 엄마에게 정말 물어보고 싶은 것이 있었는데 묻지 못한 것이 있습니다. 다른 게 아닙니다. 담배를 피우지 않으니 담배에 찌든 냄새가 나지 않을 것은 분명하지만 나한테서는 도대체 어떤 사람냄새가 나느냐고 물어보고 싶은 것이 그것이었습니

삶을 바라보는 자리

다. 그러나 용기가 없었습니다.

　　늙은이 냄새야 씻고 다듬고 하면 그래도 꽤 가시리라 생
각합니다. 하지만 저는 몰라도 다른 사람들은 저로부터 맡는 냄새
가 어떤지 틀림없이 알고 있을 겁니다. 60년 70년 쌓은 세월과 삶
인데 냄새가 없을 리 없잖습니까? 그 냄새가 악취가 아니기만을
남몰래 빌 뿐입니다.

어버이날에
있었던 일

어제 좀 급한 일이 있어 아침에 전철을 타고 이촌역에서 이수역을
거쳐 논현동까지 다녀왔습니다.

　　그제 저녁에 자식한테서 전화가 와 내일 아침에 찾아뵙겠
다고 하면서 몇 시에 나가느냐고 해서 무심코 일찍 나간다고 했더
니 그럼 나가시기 전에 가서 뵙겠다고 하기에 그러라고 하고는 집
사람에게 애들한테 무슨 일이 있는 것 아닌가 하고 걱정스럽게 물
었습니다. 집사람 표정이 어이없다는 투로 바뀌는 것을 보고는 그
제야 어제가 어버이날인 것을 떠올렸습니다.

　　어머님께서 살아 계셨을 적에는 참 행복했습니다. 이 나이
에 어버이날 찾아뵐 어른이 작년만 해도 계셨으니까요. 그러나 이
제는 계시지 않습니다. 외로움은 나이 따라 시린 바람처럼 온 마
음과 몸을 휘감습니다. 그렇다고 이러한 마음을 이야기할 혈연이
쉽게 찾아지지도 않습니다. 겨우 친구들 만나 흉허물 없이 털어놓

삶을 바라보는 자리

곤 하는데, 그렇다고 외로움이 가시는 것은 아닙니다. 헤어지고 나면 더 깊은 무게로 허전한 후회가 가슴을 누를 때조차 있습니다.

젊었을 때, 한 푼이 새로울 때, 저는 명절 다가오는 것을 꿈에 가위눌리듯 하곤 했습니다. 그런 명절날만 없으면 한결 사는 것이 가벼울 것만 같았습니다. 그때는 어떤 분이 "가끔 이런 날이라도 있어야 사람이 사람구실을 하지, 그러잖으면 자기를 돌아볼 기회조차 없었을 테니…" 하고 말씀하시는 것을 들으면서 "참 한가한 사람이다. 당신도 돈 한 푼 없이 이른바 일컫는 날을 당해 보라. 그런 말이 그리 쉽게 나오냐" 하고 혼잣말을 하기도 했습니다. 참 못나고 못됐었습니다.

그런데 저는 어제 아침에 꽃바구니에 용돈까지 자식한테서 받았습니다. 그 아이가 이 일을 앞두고 가위눌리듯 하지는 않았을까 하는 생각이 흠칫 들기는 했습니다만, 고맙고 행복한 기분에 그런 쓸데없는 상념은 제풀에 사라지고 말았습니다. 부모님 생각에 마음이 저리기는 했지만 그것도 실은 잠깐 일렁인 물결 같은 것이었을 뿐, 그것에 얽매이지는 않았습니다. 저도 나이를 많이 먹었으니까요.

아무튼 서둘러 나선 전철에서 저는 제 나이와 엇비슷하게 보이는 노인 한 분을 만났습니다. 소담하고 화려한 꽃바구니를 들고 있었습니다. 행복해 보였습니다. 내가 느끼는 잔잔한 만족스러움을 저 노인도 만끽하고 있겠구나 하는 생각을 하면서 마음이 편했습니다. 그런데 어쩐지 그 꽃바구니에 비해 입으신 옷이 좀 남루하다 싶었지만 별 생각 없이 저는 논현동에서 내렸습니다. 막 내리다 생각하니 분명히 제 옆자리가 둘이나 비었는데 그 노인이 거기 앉지 않았던 것이 생각났습니다.

논현동 지하철에서는 교회 어깨띠를 두른 신도들이 카네이션 송이를 지나가는 어른들에게 드리고 있었습니다. 조금 쑥스럽고 미안해서 받지는 않고 그저 감사하다는 인사만 했지만 보기가 좋았습니다. 옆에 음료대도 마련한 것을 보니 어버이날을 맞아 두루 생각하고 준비한 것 같았습니다. 하지만 꽃을 받거나 음료를 드는 사람들은 거의 없었습니다. 역시 어버이날은 혈연사이의 날이구나 하는 생각을 했습니다.

일을 끝내고 한 시간도 채 안 되어 다시 지하철을 탔습니다. 교인들의 봉사는 여전했고, 승객들은 조금 더 많았습니다. 그런데 참 의아했습니다. 올 때 만난 꽃바구니를 든 그런 행색의 노인들이 여기저기 족히 네다섯 분이 보였습니다. 저는 교인들의 봉사활동을 본 터라 어떤 교회에서 노인들에게 아침대접을 하고는 꽃 한 바구니씩을 드린 모양이라고 생각했습니다.

요즘 젊은이들은 예의가 밝습니다. 꽤 복잡한 전철 안이었는데 꽃바구니를 든 노인 한 분이 노약자석에 앉아 있었고 그 옆자리가 비어 있었습니다. 제가 그 자리에 앉았습니다. 얼마 지나지 않아 그 노인이 제게 이수역이 아직 멀었느냐고 물었습니다. 그렇게 묻는 노인에게 저는 그저 그 노인에게 일종의 동류의식을 가지고 이제까지 참았던, 하고 싶던 말을 했습니다. "이번 서는 데가 이수역인데요…. 행복하시겠어요. 꽃도 받으시고…" 그런데 그 노인은 편하지 않은 어투로 막 자리에서 일어서면서 뜻밖의 말씀을 하셨습니다. "좋지요. 이렇게라도 먹고사니까…"

제 공연한 발언이 그 노인께 상처가 됐겠다는 생각은 그 노인이 내린 다음, 언젠가 노인들의 새 직업으로 꽃배달이 속칭 뜨고 있다는 신문기사를 읽은 것이 얼핏 스친 다음이었습니다. 그것을 기억한 순간, 저는 꼭 죄를 진 것 같았습니다. 그러다 그 노인의 자조적인 어투의 답변이 가슴을 먹먹하게 했습니다. 그래서 저는 "좋지요. 이렇게라도 먹고사니까…" 하던 그 노인의 발언이 실은 힘 있고 활기찬 거였는데 내가 자학적인 발언으로 잘못 들었겠지 하는 생각도 억지로 해봤습니다.

어버이날에 어떤 어버이는 꽃을 받습니다. 어떤 어버이는 꽃을 전해 줍니다. 꽃을 전해 주는 어버이가 그날 아침에 일을 나오기 전에 이미 자식한테서 꽃을 받은 어버이였을 수도 있습니다.

하지만 아무 꽃도 받지 못한 채 그저 다른 자식의 심부름으로 그 다른 자식의 어버이에게 그 자식의 꽃을 전해 주는 일로 어버이날을 보내는 어버이일 수도 있습니다.

전철 입구를 나와 집으로 걸어가면서 저는 생각했습니다. 늙는 모습 천차만별인데 남의 자식 꽃을 남의 부모에게 전해 주는 것도 생각해 보면 아름다운 일 아닐까? 별로 아름답지 않은 일일 거야 하는 생각이 꾸역꾸역 속에서 솟는데 저는 아냐! 아름다운 일일 거야! 아름다운 일이야! 하면서 크게 고개를 저었습니다. 저는 10분 거리의 집에 가면서 내내 그렇게 되뇌었습니다. "아름다운 일이야! 아름다운 일이야!"

그런데 왜 자꾸 이렇게 가슴이 아파지는지요.

삶을 바라보는 자리

살림
치우기

나이가 차서 직장에서 물러난 지가 벌써 열 해도 더 되었습니다. 지금 생각하니 그때 저는 무척 긴장했던 것 같습니다. 그것이 비록 '몸의 끝냄'은 아니었어도 저 나름의 '제 삶을 끝내는 계기'였기 때문입니다.

잘살지 못한 것에 대한 회한이 밀물처럼 닥쳤습니다. 서둘러 추스를 일들이 여기저기서 한꺼번에 눈에 띄었습니다. 미처 하지 못한 일은 왜 그리 쌓였는지요. 은퇴를 여러 해 앞두고 제법 미리미리 제 삶을 다듬는다고 부지런히 애쓰지 않은 것이 아닌데, 막상 2월 정년을 앞둔 마지막 방학은 그런 의미에서 '모질게 추운 겨울'이었습니다.

몇 날을 지새우다시피 하면서 책을 치웠습니다. 세월의 흐름을 그대로 보여주는 낡은 책들, 그야말로 손때가 묻은 책들, 그런가 하면 욕심으로 사놓고는 목차와 서문만을 읽고 둔 책들이 권수를 셀 수도 없이 많았습니다. 그런데 책들마다 사연이 얽혀 있었습니다. 아픈 사연도, 뿌듯했던 사연도 있었습니다.

그런 것들이, 마무리를 해야 하는 제게 '치우는 일'을 가볍게 할 수 없게 했습니다. '미련 없이' 그 일을 한다는 것이 이렇게 '용기'를 가져야 비로소 이루어지는 것인 줄 정말 몰랐습니다. 학과 도서실에 줄 책들을 따로 보내고, 다른 연구소에 보낼 책들도 추려 냈습니다. 휴지만큼의 값어치에 지나지 않는다고 판단된 책은 과감히 쓰레기로 버렸습니다. 그리고 어떤 책들은 학생들에게 필요하면 골라 갖게 했습니다. 그런데 퇴직한 뒤에 푹 쉴 줄 알았는데 뜻밖에 아직도 '현직'에 있습니다. 가끔 치운 책들이 아쉬운 때가 없지 않습니다. 조금은 너무 서둘렀다는 생각이 들기도 합니다.

그러나 이 경험은 제게 '삶의 마무리'가 어떠해야 한다는 것을 잘 가르쳐주었습니다. 마음을 잘 다스려 가볍게 하는 일도 중요합니다. 애써 모은 이른바 재산을 잘 다듬어 탈없이 하는 일도 그렇습니다. 하지만 죽기 전에 해야 할 많은 일들 중에 자칫 우리가 잊는 것이 '살림 치우기'입니다.

살림이란 늘 내 삶의 일부를 이루고 있는 자디잔 일상들이어서 없으면 아쉽고, 낯설면 서툴고, 많으면 귀찮습니다. 그러한데도 이를 치우기란 그리 쉽지 않습니다. 마치 내 일부가 사라지는

삶을 바라보는 자리

것 같은 아픔이 따르기 때문입니다.

그럴 수밖에 없습니다. 작은 돌멩이 하나도 사연이 있어 고이 지닌 것인데, 그것을 그리 이제는 나 몰라라 하기가 쉬울 까닭이 없습니다. 그런데 그 '치우기'를 잘하지 못하면 마지막 떠나는 자리가 정갈하지 않습니다. 그리고 분명한 것은 그러한 자리가 내 혈연은 물론이고 다른 사람들에게 덕이 될 까닭이 없습니다.

생각해 보면 참 많이 지니고 삽니다. 그 많음을 이제는 가볍게 덜어야 할 것 같습니다. 그런가 하면 기억을 담은 것들이 너무 지천으로 쌓여 있습니다. 그런데 그런 것조차 때로는 왜 거기 그것이 있는지 생각이 가물가물합니다. 그렇다면 그런 것 저런 것 이제는 치워도 괜찮지 않나 하는 생각이 듭니다. 나누어주고, 버리고, 없애면서요.

잘사신 분 중에는 당신의 삶의 향기를 이런저런 당신의 살림들을 통해 전해야겠다고 다짐하시는 분도 계십니다. 참 부러운 분입니다. 또 그렇게 전해진 것들을 통해 옛 어른들의 삶을 지금 숨쉴 수 있기도 합니다. 감동스러운 일입니다. 하지만 그런 분들의 삶이란 스스로 치우셔도 남고 버리셔도 모아집니다. 그것은 떠나는 사람의 몫이 아니라 남은 자들의 몫이기 때문입니다.

그렇다면 떠나는 자의 마땅히 할 일이란 스스로 자신의 삶의 마무리를 정갈하게 하기 위해 조금은 서두는 일이 아닐까 하는 생각을 하게 됩니다. 특별히 크고 귀한 것들이 아니라 그저 자디잔 살림들을 치우는 일을 하면서요.

간디를 흉내내는 것은 아닙니다만 제 죽음자리에는 제 안경만 덩그마니 남아 있으면 족할 듯합니다. 그러고 싶습니다.

삶을 바라보는 자리

철
새

친구들이 하나둘 세상을 떠납니다. 꼭 철새들 같습니다. 그렇게 생각해 본 적이 한번도 없었는데 요즘 그런 생각이 듭니다.

아내는 새를 좋아했습니다. 퍽 오래전에 아내와 함께 낙동강 하구에 철새를 구경 간 적이 있습니다. 날씨가 꽤 추웠고 바람도 세고 시렸습니다. 지금은 참 편해졌지만 그때만 해도, 이를테면 을숙도 가는 길이 쉽지 않았습니다. 우리는 간신히 택시를 대절해 강어귀에 이르러 나룻배를 돈을 주고 얻어타고는 갈대 우거진 섬 안쪽으로 들어갈 수 있었습니다.

갈대가 키를 넘고 있었습니다. 사공이 배를 젓지 않았다면 우리는 물과 뭍도 분간하지 못했을 것입니다. 새는 한 마리도 보이지 않았습니다. 누런 갈대숲 사이에서 하늘은 더없이 파랬습니다. 바람은 그 골짜기 같은 갈대숲 속에서도 어찌나 세게 부는지 아내는 긴 머플러를 풀어 머리가 날리지 않게 거듭 매곤 했지만 얇은 천이 찢어질 듯 펄럭거리는 힘을 머리카락도 어쩌지 못하는 것 같았습니다.

그때 갑자기 푸드득거리는 소리가 들리는 듯했는데 삽시간에 헤아릴 수 없이 많은 새들이 갈대숲 속에서 새까맣게 날아올랐습니다. 정말 순식간이었습니다. 마치 거대한 구름떼처럼 새들은 하늘을 뒤덮었습니다. 그러나 다음 순간, 새들은 까만 무수한 반점(斑點)의 무리처럼 멀리서 선회하는 듯 하늘을 흐르더니 어느덧 우리 시야에서 사라졌습니다. 그런데, 그런가 싶었는데 어느 틈에 새들은 우리 머리 뒤로 그처럼 커다란 떼를 이룬 채 소리 없이 하늘에서 내려와 갈대숲 속으로 사라지는 것이었습니다.

장관이었습니다. 아니면 아예 경이로웠다고 해야 할지도 모릅니다. 아무튼 아내와 나는 거의 멍하니 우리 자신마저 잃어버린 채 그렇게 되풀이되는 새들의 비상(飛上)과 회귀(回歸)를 한 시간 남짓이나 보고 있었습니다.

더 견디기가 어려울 정도로 바람이 세고 추웠습니다. 나는 이제 서둘러 배를 돌리자고 아내에게 말했습니다. 그때 못내 떠나기가 아쉬운 듯 갈대숲 저쪽 하늘을 바라보던 아내가 실크머플러를 머리에서 풀었습니다. 그러더니 하늘을 향해 힘껏 던졌습니다. 깜짝 놀라 어리둥절한 나한테 아내가 말했습니다.

삶을 바라보는 자리

"나도 날고 싶어서!"

우리는 하늘을 향해 깔깔거리며 마음껏 웃었습니다. 그 머플러가 얼마나 높이 그리고 멀리 하늘을 날다 갈대숲 어디쯤에 돌아와 앉았는지 나는 알지 못합니다. 바람에 낚인 듯 얼핏 스친 팔랑거리는 모습만 잠깐 보았을 뿐입니다.

아내의 묘비에는 자식들이 쓴 다음과 같은 글이 새겨져 있습니다.

아가와 꽃
새와 노래
시와 가을을 사랑하시던 어머님
여기 잠드시다.

친구들이 하나둘 세상을 떠납니다. 꼭 철새들 같습니다. 돌아올 때까지 내가 기다려야 하는지, 아니면 서둘러 나도 떠나야 하는지 잘 모르겠습니다. 하지만 떠나지 않으면 어찌 돌아올 수가 있겠습니까. 그렇게 생각해 본 적이 한번도 없었는데 요즘 그런 생각이 듭니다.

얼마나 더 살아야
빚을 다 갚을는지요

어느 친구가 말했습니다. 이전에는 세밑이면 이런저런 한 해 기억을 더듬어 지난세월 다듬고 마무리하느라 분주했고, 새해 아침이면 새로 맞는 한해살이 마련을 하느라 마음이 바쁘게 설레었다고요. 그런데 나이를 자꾸 먹어가면서 이제는 이런 오랜 자기 삶의 모습이 많이 달라졌다고요. 요즘에는 세밑이면 한 해 살아온 온갖 삶을 살피기는커녕 아예 없었던 듯 말끔히 잊기로 다짐하느라 일찍 잠자리에 들고, 새해 새벽이면 오히려 곰곰이 지난날들이 남긴 긴 여운을 좇아 새 한해살이에서는 어떻게 그 일들에 메아리칠까 하는 생각에 새벽잠을 설친다고요. 그리고 한마디 덧붙였습니다. "다가오는 새해들을 이렇게 살아도 갚을 것 다 갚고 떠날 수 있을지 모르겠어!"

　　그렇습니다. 일흔도 넘은 노인네들 이야기입니다. 그렇게 말하는 사람이 잘 늙은 사람인지 아닌지 가늠하기가 쉽지 않습니다만 그래도 모여 함께 떠들다 보면 이런 이야기에 말로 마음으로

삶을 바라보는 자리

공감을 나누어 지니게 됩니다. 그러다 이런저런 이야기가 이 사람 저 사람 속에서 조금씩 졸졸 솟다 보면 나중에는 제법 폭넓은 내[川]를 이루고 흐릅니다.

한 친구가 말했습니다.
"알잖니? 나 때문에 내 누님들 학교 못 다닌 것… 그 어린 마음에 학교 다니는 동무들 보면서 누님들이 얼마나 아팠을까 하는 생각도 철들고 나서 한 생각이지. 그때는 교복을 입고 누님들 앞에서 우쭐대기조차 했었어… 참 못난 놈이지…. 지금 생각하는 거지만 그때 나를 바라보던 누님들의 눈은 부러움을 가득 담고 있었어. 그래, 그랬어. 그러나 그것만도 아니었지. 내가 잘되면 우리 모두 잘된다는 기대도 담고 있었어!"

아무도 대꾸하지 않았습니다. 그 친구의 말소리에 갑자기 낮은 무게가 실렸기 때문이기도 하지만, 너도나도 그러저러한 사연들을 다 지니고 있기 때문인지도 모릅니다. 아마 그랬을 겁니다.

"중학교 3학년 때였지." 그 친구의 이야기가 이어졌습니다. "고등학교 입학시험 문제집이 어찌나 갖고 싶은지. 그래서 객지에 나가 있는 누님한테 편지를 썼어. 그것 한 권 사서 보내달라고."

저는 그 누님을 기억합니다. 얼굴이 해맑았습니다. 고생한 티가 조금도 나지 않았습니다. 우리가 그 친구네 집에 가면 무어든 먹여주려고 애를 썼습니다. 멀리 떨어진 다른 군의 읍내에 취직을 하고 집을 떠난 것이 학교나이로 치면 고등학교 1학년쯤이었을 겁니다. 그 뒤로 제 친구가 결혼하던 날까지 그 누님을 만난 적이 없습니다. 그때 참 오랜만에 만난 그 누님은 애들 엄마였고, 많이 야위었었습니다. 저는 제 손을 잡던 그 누님의 따뜻한 손길을 아직 기억하고 있습니다.

다른 친구들이 술을 마시고 술잔을 내려놓는 소리, 안주를 집어먹고 젓가락을 내려놓는 소리가 유난히 컸습니다. 날이 가뜩 흐린데다 밖이 무척 추웠습니다. 그래도 한낮 휴일 점심을 마음 넉넉한 '아줌마 집'에서 이렇게 노인네들 몇몇이서 편하게 지낼 수 있는 것은 고맙기 짝이 없는 일입니다.

뜸을 들이는 것은 아닌데 그 친구의 이야기는 끊길 듯 이어지고, 이어지듯 끊기곤 했습니다. 그래도 아무도 서둘거나 딴전을 하지 않았습니다. 그 나이에 이야기란 너나없이 그렇게 풀리곤 했기 때문입니다. 늙음이란 그래서 좋은 건지도 모릅니다. 사이사이 삶의 마디에 천천히 숨을 쉬어도 좋은 빈자리가 마련되니까요.

그 친구가 입을 열었습니다.

삶을 바라보는 자리

"그런데 누님한테서 아무 소식이 없는 거야. 한 열흘쯤 지나서부터 매일 우체부를 기다렸는데 말야…. 그리고 두 달 만에 그 책이 왔어. 두 달 만에!"

그 친구는 자기 누님이 두 달 동안 그 책값을 마련하느라 먹을 것조차 아꼈다는 이야기는 하지 않았습니다. 그러나 우리는 모두 그 이야기를 그 친구의 이야기에 이어 마음속으로 이야기하며 채우고 있었습니다.

"그 누님의 아들이 대학교수가 되었다는 소식을 들었던 날, 나는 몇 번이나 잠자리에서 벌떡 일어나곤 했는지 몰라. 너무 좋아서…."

몇 해를 더 살아야 빚을 다 갚고 떠날는지요.

안과에 갔습니다. 녹색 반점을 눈을 크게 뜨고 바라보는 사이 번쩍 섬광이 이는 그런 검사를 받았습니다.

어쩌다 책을 읽노라 앉아 있으면 하루가 그대로 갑니다. 그런데 점점 해가 기우는 것과 더불어 책의 글자들이 아물아물 흐려집니다. 때로는 컴퓨터에 앉아 글을 쓰노라 하면 문득 한나절이 가곤 합니다. 그러면 화면에 점점 얼굴이 다가가고, 그런데도 잘 보이지 않는 글씨들이 불투명한 생각처럼 몽롱해집니다. 글씨가 흐려져 생각이 흐려지는지, 생각이 흐려져 글씨가 맑지 못한지 그 판단 또한 가물가물해집니다.

마침내 병원을 찾았습니다. 의사는 찾아온 사람을 별로 보고 싶지 않은 것 같았습니다. 이미 써낸 서류를 훑어보더니 간호사가 시키는 대로 하라고 하면서 서류를 옆으로 치우는 순간 힐끗 저를 쳐다보았습니다. 그뿐이었습니다.

잠깐 쉬면 물건이 잘 보일 거라는 말을 하고 검사를 마친 간호사가 의사실로 들어갔습니다. 병원에 오기 전에 읽고 있던 글이 떠올랐습니다. 모두가 뿌연데 그 문장은 아직 뚜렷했습니다. "지성사의 가장 중요한 근본적인 문제는 되생각함이다. 그러므로 텍스트의 콘텍스트를 살피는 것만으로는 모자란다. 텍스트 안에 있는 콘텍스트를 살펴야 한다."

　　읽었던 세월 탓에 이제는 흐려져야 마땅할 헤이든 화이트의 책을 왜 요즘 이렇게 탐하는지 알 수가 없습니다. 보이지 않을 만큼의 거리로 밀려난 것들만이 새삼 보이기 시작하는 탓인지도 모릅니다. 살다 보니 그런데 얼핏 인식론의 가장 초보적인 가르침도 그랬던 것 같습니다.

　　불려 들어간 방에서 의사는 여전히 서류를 보면서 저에게 말했습니다. "백내장도 아니고, 녹내장도 아닙니다. 안압도 괜찮습니다. 망막에 염증이 있습니다. 자외선에 노출되면 안 좋습니다. 검은 안경을 평소에도 쓰시는 것이 좋습니다. 눈이 메말라도 좋지 않습니다. 인공눈물하고 염증 가라앉히는 약을 드릴 테니 용법에 따라 규칙적으로 넣고, 그래도 좋지 않으면 다시 오십시오." 뜻밖에 분명하고 산뜻한 설명이고 처방이었습니다.

　　검은 안경을 맞췄습니다. 길거리에서도 방에서도 벗으면

당장 눈이 멀지도 모른다는 강박관념에 쫓기듯 애용합니다. 그런데 그럴 필요가 없는 것 같습니다. 의사의 처방인즉, 눈이 더 밝아지기 위한 것이 아니었던 것 같다는 생각이 들기 때문입니다.

흐리면 흐린 대로 그렇게 보이는 것이 실상인데 왜 더 뚜렷하게 보려고 그리 안달이냐? 생각이 몽롱하면 그렇게 몽롱한 것이 그런 대로 네가 부닥친 삶의 실상인데, 왜 투명하려고 그리 야단이냐? 몽롱함의 의미론을 풀어나가면 될 것 아니냐? 아니, 몸도 마음도 이제는 그대로 두어도 흐린 채 맑아지고 얽힌 채 풀려가게 마련인 경지에 이르렀는데 아직도 안과에 가면 되리라고 생각하는 그 유치함을 어쩌란 말인가? 분노의 열을 식히고, 메마른 마음을 적시고, 그도 저도 안 되면 아예 눈을 감아야지!

길거리에서 옛날 제자를 만났습니다.
"아니, 선생님…."

그러다가 서둘러 그 친구가 말했습니다.
"선생님. 멋있으십니다!"

진작 눈을 감았어야 했습니다.

삶을 바라보는 자리

달력의 칸마다
그림이 그려져 있다

지금 우리는 우리가 사랑하는 가족을 만나러 여기 이렇게 모였습니다. 짐작하건대 그 누가 세월을 살아가며 여기 앞에 모신 우리가 사랑하는 가족들, 곧 남편이나 아내나, 아버지나 어머니나, 자식이나 친구를 하루인들 잊으셨겠습니까? 잊기는커녕 마냥 되살아나는 아픈 기억 때문에 살아가는 일이 아예 괴로운 분도 계시리라 생각합니다. 우리는 우리가 '사랑하는' 분들을 잃었기 때문입니다.

> 달력의 칸마다 그림이 그려져 있다
> 만남과 헤어짐, 물음표와 마침표
> 달나라, 어머니, 영혼, 물고기, 나무…
>
> 어떤 칸에는 따스한 체온이 남아
> 새벽녘 별빛처럼 깜빡거린다
> 가슴을 데운 흔적이 남은
> 그 칸에는 아직 살얼음 진 눈물이

가득 고여 있다

문을 닫은 칸
불을 끈 칸
검은 리본을 걸어놓은 칸
그중에는
돌아가신 어머니를 만난 칸도 있다

사는 일이란
물음표와 마침표 찍으면서
온기보다 냉기
웃음보다 울음인 저 칸들을
한번씩 껴안아보는 것일까

살얼음 진 가슴으로
만나고 헤어지며

새로이 삼백육십다섯 개의 빈칸이
내게로 오고 있다

_ 최금녀 「삼백예순다섯 개의 빈칸」

삶을 바라보는 자리

삶의 칸들은 죽음의 칸들로 채워져 있습니다. 이것이 우리네 삶입니다.

물론 살아 있지 않았다면 죽지도 않았을 거라고 생각하면 그분들의 죽음보다 살아 있었음을 회상하면서 스스로 위로를 해야 하는 것이 더 옳은 일일지도 모릅니다. 생명만이 죽는 것이라면 죽음 또한 당연하고 자연스러운 일일 것이기 때문입니다.

그렇지만 참 그립습니다. 죽어 떠난 사람은 만나지 못한다는 것을 뻔히 알면서도 왜 그리 보고 싶은지요. 꿈에라도 자주 나타나주면 좋으련만 그 또한 뜻대로 되지 않습니다. 아무리 둘러보아도 이미 세상 떠난 사람이 제 옆에 있을 까닭이 없는데, 그것을 모르지 않는데, 우리는 절규하듯 그리움에 시달립니다. 남편도, 아내도, 자식도, 부모도 돌아오지 않을 것 분명한데 이렇게 아쉽습니다. 아마 이 절망과 아픔과 절규가 응어리 되어 마음바닥에 가라앉은 것을 옛 어른들은 '한'(恨)이라 불렀는지도 모릅니다. 그러고 보면 이 세상을 한 맺힘 없이 살아가는 사람이 과연 있을는지요.

그런데 참 간사한 것이 사람마음입니다. 세월 살다 보면 그 한조차 서서히 퇴색합니다. 그리움도 그 짙음이 처음 같지 않습니다. 아픔도 웬만큼 상처가 아뭅니다. 그러다가 이제는 나도 모르게 절망의 늪에서 벗어나 있습니다. 아파하지도 않습니다. 차마 꿈도 꾸지 못했던 새로운 즐거움이 그 상처의 자리를 메우기도 합니다. '맺힌 한'을 어쩌지 못하고 몸부림하는 일도 이제는 그리 잦지 않습니다. 세월은 우리를 그렇게 만듭니다.

하지만 '빈자리'는 그렇게 채워지고 끝나지 않습니다. 외로움이 따듯함 속에 녹아든다고 느끼는 즈음, 한이 풀린 듯 세월이 아픔을 씻어간다고 느끼는 즈음, 오히려 더 깊은 시린 외로움과 아픔이 스며듭니다. 그것은 처음 자리에서 겪었던 절망도 아니고, 그때 울부짖은 절규도 아닙니다. 견딜 수 없었던 그저 아픔도 아닙니다. 이 외로움은 마냥 한이지도 않습니다.

참 알 수가 없습니다. 억지로 이야기하라면 그 외로움을 '아픈 정(情)'이라고 해야 겨우 묘사할 수 있는 그런 것일지도 모릅니다. 정은 참 묘합니다. 그것은 온갖 한 속에서도 참 끈질기게 지워지거나 사라지지 않고 이어집니다. 다 없어지고 잊힌 것 같은데도, 문득 고개를 들고 매듭 진 한이 풀어질 즈음 홀연히, 그러나 조금도 낯설지 않은 모습으로 내게서 솟습니다. 아, 그리고 정은 한보다 더한 외로움을, 더한 아픔을 내 안에 빚습니다. 아니, 더한 것은 아닌데, 어쩌면 다른 것이라고 해야 할 아픔과 외로움을 저리도록 지니게 합니다.

그럴 수밖에 없습니다. 정은 이제까지 없었던 기대와 꿈을

삶을 바라보는 자리

가지게 합니다. '지금 여기'에서 당장 만나기를 기대하던, 처음 몸부림치던 아픔과 외로움이 아닌 '그때 거기'에서 만나리라는 희구로 제법 나를 다스리게 하는 것이 정입니다. 그런데 그 정이 이룬 꿈, 그것이 지금 여기에서 내 눈앞에 펼쳐지는 현실은 아닙니다. 그것은 '지금 여기'가 아니라 '그때 거기'에서 펼쳐질 정이기 때문입니다.

생각해 보면 망자에 대한 정은 한을 넘어도 한두 번도 아니고 골백번 넘어 이른 터득입니다. 그런데 그것이 기대하는 현실도 아프기는 마찬가지입니다. 어쩌면 한에 스민 알 수 없음과 원망과 미움은 정이 스미면서 사라졌음에 틀림없습니다. 그것만으로도 나는 이제 겨우 사람구실을 할 법하게 되었다고 말할 수도 있습니다. 한데, 그래서 이제는 따듯한 정으로 한을 다스리며 살 법한데 그렇지 않습니다. 정마저 저리게 아프고 슬프고 외로운 것임에는 한 맺힌 삶의 매듭에서 겪은 것과 별로 다르지 않습니다.

그래도 정은 한과는 다릅니다. 참 알 수 없는 일입니다. 그렇게 정으로 뒤척이는 밤이 거듭되고 세월이 가면 문득 그 '그때 거기'에서의 '만남에의 희구'는 나로 하여금 "나도 죽는데, 곧 죽는데, 그러면 나도 이미 떠난 사람 따라 거기로 갈 터인데, 거기서 틀림없이 사랑하는 사람들을 만날 텐데" 하는 구체적인 새 현실로 들어서게 합니다.

저는 그것이 어쩌면 '정이 낳는 새로운 현실'이라고 해야 옳을 것 같은데 그렇게 말해도 되는지는 잘 모르겠습니다. 아무튼 저는 그렇게 믿고 있습니다. 모든 앞서간 분들을 만나리라는 확신, 곧 정에서 비롯하는 확신은 '기대'가 아니라 지금 여기에서의 나의 '현실'이 됩니다. 저는 내처 그렇지 않을 수 없다는 것을 단언하고 싶기도 합니다. 내 정이 한을 넘어서 이렇게 꿈틀거리고 있는데 먼 저 간 분들을 내가 서둘러 만나지 못할 까닭이 있을 수 없습니다. 다시 말하지만 나도 죽으니까요.

그러나 그렇다고 해서 내가 죽어 그들의 죽음영역이 내 현 실이 될 때까지 망자에 대한 어떤 기억도 버린 채 살아갈 수는 없 습니다. 정은 '잊음'이 아닙니다. 그것은 '지님'입니다. 돌아가신 분들 과 맺은 정은 지금 여기에서 생생하게 살아 있어야 합니다. 그렇게 되도록 우리는 애써야 합니다. 달리 말한다면 내가 죽어 그분들을 뵐 수 있을 때까지 나는 그분들을 우리 마음속에 고이 살아 있도 록 해야 하는 것입니다. 그것이 한이 아닌 바로 정입니다. 그러므 로 살아가며 겪는 이런저런 일들을 지금 여기에서 그분들에게 도 란도란 이야기할 수 있어야 합니다.

한에서는 그것을 할 수 없습니다. 그러나 정에서는 그렇게 해야 합니다. 지금 여기서 그렇게 하지 못하면 그때 거기서 만나 갑자기 무슨 이야기를 꺼내겠습니까? 끊어진 세월을 마다하지 않

삶을 바라보는 자리

는 따뜻한 이야기가 어제도, 지금도, 내일도, 그래서 그때까지 이어져야 하지 않겠습니까? 끊어진 세월이 우리 사이마저 끊어버린 것은 아닌데, 그러니 정이 사라진 것이 아닌데, 살아온 외롭고 아픈 이야기를 10년 20년 후에 만나도 어제 일처럼, 오늘 일처럼, 함께 지녀야 하지 않겠습니까?

죽음은 끝이 아닙니다. '그때 거기'에서 만날 수 있다는 기대는 꿈이 아닙니다. 그것은 비현실적인 일이 아닙니다. 심리적인 위로를 얻기 위한 자기최면도 아닙니다. 그것은 삶의 현실입니다. 저는 모든 종교의 성직자들이 더 자주 더 깊이 죽음 이후의 맑고 밝고 환한 현실에 대하여 말씀을 해주었으면 좋겠습니다. 유치하지 않게, 그러나 가장 귀하고 현실적인 증언으로 말입니다.

죽음은 끝이 아닙니다. 그럴 수 없습니다. 이제 우리는 곧 내 사랑하는 사람들을 만날 수 있습니다. 한을 품지 말고 정을 쌓으면서 즐겁게 기다리십시다. 죽음은 끝이 아니기에 망자들을 버려서도 안 되고, 잊어서도 안 됩니다. 잃어버려서는 더더욱 안 됩니다. 그럴 수는 없습니다. 망자를 정으로 내 품에 고이 안고 다시 만날 때까지 고즈넉하게 살아야 합니다.

봄비 그치자 아침안개
포근포근 산자락을 감아돈다.

느른하고 불안하다.

이런 날이면 천산(天山) 누옥(陋屋)의 우리 어머니.

육탈(肉脫)의 가벼운 몸 또 근질근질하실 게다.

천명(天命)도 아랑곳없이 떨쳐 일어나

요정(妖精)처럼 날래게 묵정밭 일구실 게다.

어허. 저기

천산에서 뜯어 흩뿌리는 모정(母情)이

무지개 되어 훨훨 땅바닥에 날아 내린다.

눈이 부셔 차마 바라볼 수가 없다.

너무 환해서 비릿한 눈물 번진다.

_ 정우영 「곡우」(穀雨)

오늘 우리 마음은 아프지만 그 아픔 속에 오히려 따듯한 행복을 지닙시다. 우리가 아직 먼저 가신 분들에게 정이 있다면, 비록 "눈이 부셔 차마 바라볼 수 없고 너무 환해서 비릿한 눈물 번지는" 생생한 경험이 없더라도, 곧 만날 터인데, 그날까지 환하게 살아가야 거기에서 '봄비 그치면' '묵정밭 일구실 어머님'을 뵐 수 있지 않겠습니까?

삶을 바라보는 자리

신이 주는 죽음과
인간이 짓는 축복

인간은 자신이 죽는다는 사실을 잘 알고 있습니다. 좀 어폐가 있을지 몰라도 사람은 자기가 죽는다는 것을 뚜렷하게 아는 유일한 동물이라고 해도 좋을 듯합니다. 그러나 바로 그렇기 때문에 죽음이 어떤 것이라는 사실도 사람은 잘 알고 있습니다. 단절, 더 이상 아무것도 없음, 절망, 모든 것의 소멸, 영원한 별리(別離) 등은 인간이 가지고 있는 죽음정서의 내용들입니다. 인간은 죽음이 그러하다는 것을 알기 때문에 죽음을 두려워합니다.

그러나 아무리 두려워한다 하더라도 죽음은 필지(必至)의 사실입니다. 아예 생명이 아니었으면 죽는 일도 없을 것입니다. 그러니 살아 있기 때문에 죽을 수밖에 없습니다. 따라서 인간은 죽음을 불가피하게 맞을 수밖에 없는 필연과 죽음을 회피하고 싶은 욕망 사이에서 깊은 곤혹스러움과 아픔을 겪게 됩니다. 그 틈에서 생기는 것이 죽되 오래오래 살다 죽으면 좋겠다는 바람입니다. 죽되 넉넉히 살다 죽었으면 좋겠다는 장수에 대한 희구를 갈망하게 되는 것입니다.

그러므로 오래 사는 일은 인간이 가지는 절실한 꿈입니다. 그렇게 오래 살다 죽으면 그 죽음은 당연한 죽음이기 때문에 한이 맺힐 까닭도 없습니다. 그러므로 장수하면서 맞는 죽음은 우리가 담담하게 또 의연하게 맞이할 수 있으리라는 생각도 하게 됩니다. 장수는 죽음의 필연성과 죽음에 대한 공포를 아울러 넘어서는 가장 좋은 길이라 여기고 있는 것입니다.

사실 그렇습니다. 우리의 전통적인 죽음관을 보면 죽음 자체에 대한 두려움은 그리 심하지 않았던 듯합니다. 다시 말하면 천수를 다하고 죽는 것, 충분히 장수하고 온몸이 쇠잔해지면서 서서히 몸의 굴레를 벗는 듯 죽음에 이르는 일은 오히려 '축복'이라고 일컬었습니다. 두려워한 죽음은 요사(夭死), 객사(客死), 횡사(橫死), 원사(冤死) 등 이른바 자연스럽지 않은 죽음들이었습니다.

그런데 이제 세상이 많이 달라졌습니다. 의술이 발달하고, 식생활이 상상할 수 없이 향상되었고, 사회구조도 더 근원적으로 인간의 생명을 보살피는 쪽으로 발전해 가고 있어 인간의 평균수명은 백세를 넘어설 것이 분명한 단계에 이르렀습니다. 여전히 죽음이 사라진 것은 아니지만 죽음이 충분히 유예되면서 삶을 이전보다 더 많이 더 길게 누릴 수 있게 된 것입니다.

삶을 바라보는 자리

하지만 더 오래 살게 된 것이 죽음을 소멸시킬 수 있는 것은 아니듯이 장수가 더 이상 늙지 않음을 뜻하는 것은 아닙니다. 여전히 우리는 늙어가고 있고 죽음을 향해 가고 있습니다.

정확히 말하면 인간의 수명이 길어진다고 하는 것은 젊음이 연장된다거나 활발한 장년의 생활이 확장된다는 것을 반드시 의미하는 것은 아니라는 사실입니다. 더 정확히 말한다면 늙음의 기간이 확대된 것과 다르지 않습니다. 그런데 그 늙음이란 다른 것이 아닙니다. 마음과 몸이 아울러 이전의 생애와는 달리 나약해지고 퇴행하고 힘들어진 상태를 일컫습니다. 그렇기 때문에 장수가 반드시 좋은 것은 아니라는 사실을 사람들은 실제로 경험하고 있습니다. 고통의 연장일 수도 있기 때문입니다.

하지만 만약 길어진 수명, 또는 연장된 늙음이 몸과 마음의 아픔이나 일그러짐의 지속이 아니라면 사정은 전혀 달라집니다. 비록 젊음의 패기나 장년의 기개를 유지하지는 못한다 하더라도 이제까지 그러한 생애를 지내며 겪지 못한 다른 삶을 살아갈 수 있기 때문입니다. 예를 들면 이전에 지니지 못했던 그윽한 마음의 평정을 누릴 수 있습니다. 욕심에 매여 자기를 잃고 살아가던 그러한 삶으로부터도 놓여날 수 있습니다. 아름다움과 착함을 새삼 느끼고 발견할 수 있으며, 삶의 삶다움이 무언지도 차근차근 그리고 조용하게 이야기할 수 있습니다. 모든 인간이 그리고 모든 것이, 귀하게 여겨집니다. 그리고 마침내 죽음까지도 사랑할 수 있게 됩니다. 죽음을 준비하는 여유를 확보할 수 있게 되는 것입니다.

만약 우리가 이렇게 노년을 살아갈 수 있다면 그 세월이야말로 더할 수 없이 행복한 기간입니다. 그것은 진정한 휴식의 기간이기도 합니다. 한평생 피곤하고 상처받고 지친 삶이 따뜻하고 포근한 안식을 얻을 수 있기 때문입니다. 또 만약 몸이 여전히 건강하다면 이제까지 이런저런 이유로 실천할 수 없었던 자기의 꿈을 실현할 수도 있습니다. 그것은 이제까지 하지 않던 다른 일일 수도 있고, 반드시 일은 아니라 할지라도 자기의 삶의 스타일을 바꾸어 보는 일일 수도 있습니다. 그러한 휴식 그리고 그 속에서 이루어지는 자신도 예상하지 못한 새로움과 만나는 일, 그러면서 자기 주위에 있는 사람들에게 지혜와 너그러움과 평안한 미소와 늙음이 마련하는 신비한 권위를 베풀 수 있게 되는 삶. 이에 이르면 비로소 우리는 감히 장수는 신의 축복이라고 말할 수 있게 됩니다.

그러나 이렇게 노년을 신의 축복으로 만드는 일은 신에게 부탁해서 되는 일이 아닙니다. 스스로 건강해야 하고, 그렇기를 위해 절제 있는 삶을 살아야 하며, 노년을 그렇게 살아갈 수 있도록 젊은 시절에 준비를 하지 않으면 안 됩니다. 가족들과의 관계도 근원적으로 따뜻하게 유지해 왔어야 가능한 현실이고, 사회적인 역할도 바르고 맑고 의연했을 때 이루어지는 일입니다. 신은 인간이

삶을 바라보는 자리

스스로 책임주체가 될 때 바로 그러한 사람을 축복하지 결코 노예적으로 신에게 의존하면서 맹목적으로 장수만을 바라는 그러한 사람에게 무조건 축복을 주는 분은 아니라고 생각됩니다. 혹 그렇지 않은데 장수를 누릴 수 있다 할지라도 어쩌면 그것은 괴로움이나 고통의 연장일는지도 모릅니다.

분명히 사람의 수명은 길어지고 있습니다. 그리고 우리는 흔히 장수는 축복이라고 여깁니다. 그러나 현실은 그렇지 않습니다. 스스로 늘어난 생명을 축복으로 만들어내는 사람도 있고 그렇지 않은 사람도 있기 때문입니다. 결국 축복 여부는 신이 결정하는 일이 아닌 듯합니다. 그것은 우리가 결정하는 일입니다. 신을 배제하자는 이야기가 아닙니다. 언제 죽든 그것은 신의 일이겠지만 그때까지 지속하는 삶의 질은 결국 우리가 결정해야 한다는 주장을 하고 싶은 것입니다.

아무쪼록 늘어난 생명을 모든 사람이 행복하게 지낼 수 있었으면 좋겠습니다.

삶을 바라보는 자리

올 들어 겨우 두 달인데 그 세월이 온통 '죽음'으로 뒤덮인 것 같습니다. 하기는 지난해 끝자락도 그랬습니다. 스스로 삶을 거절한 죽음들이 그리 잦았습니다. 그러더니 이제는 '억울한 죽음'과 '뜻하지 않은 죽음'들이 연달아 일컬어지고 있습니다. 제각기 까닭이 있고 사연이 없지 않습니다. 그래서 어떤 죽음에 대해서는 분노가 일기도 했고, 어떤 죽음은 억장을 무너지게 하기도 하였습니다. 이 둘이 얽히고설키기도 했습니다. 이에 따라 어떤 죽음자리에서는 하늘마저 뚫을 듯한 적의(敵意)가 자명한 도덕이 되기도 했고, 또 어떤 죽음자리에서는 땅이 꺼지는 허탈한 탄식이 일상이 되기도 하였습니다.

그런데 이렇듯 죽음소식이 분분하면 사는 것이 편하지 않습니다. 흐리고 찌푸린 날씨 겪듯 사람들은 우울해집니다.

그렇지 않은 죽음도 있었습니다. 착하고 바르고 참되게 살다 그렇게 갔다고 일컬어지는 죽음도 있었습니다. 많은 분들이 그 죽음을 슬퍼했고, 아파했고, 또 안타까워했습니다. 하지만 그 죽음은 사람들을 우울하게 하지 않았습니다. 적의를 낳지도 않았고 탄식을 내뱉도록 하지도 않았습니다. 사람들은 그 죽음소식을 듣고 옷깃을 여몄고, 그 주검 앞에서 자기의 가슴에 손을 얹었습니다. 그 죽음은 마치 겹쳐 닥친 죽음들이 쌓아놓은 음산하고 습한 바람을 단번에 쫓아버리는 것 같았습니다. 억울한 죽음도 뜻하지 않은 죽음도 그 죽음을 통해 위로를 받는 그런 죽음이었습니다. 미움도 자학도 모질고 굽은 자기 모습을 조금은 스스로 누그러뜨리게 하는 그런 죽음이었습니다.

사실 죽음소식은 드문 것이 아닙니다. 무릇 살아 있는 것은 모두 죽습니다. 그렇다면 삶과 죽음은 함께 있는 것과 다르지 않습니다. 그러므로 죽음소식은 실은 '일상'입니다. 언제 어디에나 삶과 더불어 있는 것이 죽음이기 때문입니다. 이렇게 우리는 죽음과 더불어 살고 있습니다. 죽음은 낯선 것이 아닙니다.

그런데도 이 당연한 죽음을 우리는 애써 가리려 합니다. 죽지 않을 듯이 삽니다. 죽음이 곧 삶의 끝인데도 "나는 죽음을 향해 살지 않는다"고 말합니다. '죽음이 삶의 끝'이어서는 안 된다고 역설하기도 합니다. 그래서 죽음은 헤어짐의 아픔을 가져오고, 어떤 꿈도 다 흩어버리며, 결국 내 존재 자체를 지워버리는 것인데 그것을 바라보면서 살아갈 수는 없다고 말합니다. 그러한 삶은 '병든 삶'이라고 말하기조차 합니다. 그러므로 언제 죽더라도 그 순간에 이르기까지 죽음을 의식하지 않는 것이 건강한 삶이라고 주장하기도 합니다.

옳은 말입니다. 죽을 것 당연한데 지레 죽을 필요는 없습니다. 죽을 생각만 하며 삶을 살아간다면 그것은 마치 "허무를 삶의 동력으로 삼는 것"처럼 비현실적입니다. 하지만 의도적으로 죽음을 간과하는 일은 자기를 속이는 일과 다르지 않습니다. 그러므로 우리는 '지레 죽는 비현실성'이나 '죽음을 간과하는 부정직성'을 넘어서야 비로소 사람구실을 할 수 있습니다. 그렇게 하기 위해서는 내 삶을 내 죽음마저 포함하여 다듬지 않으면 안 됩니다. '죽음도 살아야' 하는 것입니다. 그것이 삶다운 삶입니다.

요즘 죽음을 준비하자는 '운동'이 퍼지고 있습니다. 그런 일이 특정한 연령대에만 필요하겠습니까만, 특히 늘어나는 노년세대를 위해서는 적절한 프로그램이라고 생각합니다. 교과과정이 다양한 내용들로 꾸며져 있는데, 그중에 노인들에게 자신의 죽음정황을 예상하게 하는 질문지가 있습니다. "나는 언제쯤 죽을 것인가?" "나는 어떻게 죽을 것인가?" 하는 물음들이 그것입니다.

노인들은 자기의 죽음을 헤아려 이를테면 5년 혹은 10년

삶을 바라보는 자리

뒤라고 하는 대답을 별로 힘들지 않게 합니다. 그리고 대체로 병이 들어 병원에서 죽을 거라는 응답을 합니다. 그런데 다음 두 물음에서는 선뜻 쉽게 반응하는 분들이 드물었습니다. "내 죽음을 누가 진정으로 슬퍼할까?" "내가 죽은 다음에 사람들은 나를 어떤 사람으로 기억할까?" 하는 물음이 그것입니다.

뒤의 물음은 실은 죽음에 대한 물음이 아닙니다. 그것은 삶에 대한 물음입니다. 정확히 말하면 "죽음자리에서 삶을 바라보며 한 물음"입니다. 그리고 보면 죽음에 대한 물음은 곧 삶에 대한 물음입니다. 죽음을 응시한다는 것은 결국 삶을 깊이 성찰하는 것과 다르지 않습니다.

죽음을 의미 있는 것으로 수용하면서 그것을 담담하게 맞을 수 있는 것은 그만큼 삶을 의미 있게 그리고 담담하게, 살았기 때문에 가능한 일입니다. 죽음을 귀하게 여겨 자기 안에서 죽음이 스스로 온전해지기를 바란다면 그 또한 삶을 귀하게 여겨 자기 안에서 삶이 온전해지기를 바라며 살았기 때문에 가능한 일입니다. 그렇다면 살아가면서 절실하게 해야 할 일은 삶의 자리에서 죽음을 바라보는 것이 아니라 죽음자리에서 삶을 관조하는 일입니다.

"삶의 자리에서 죽음을 바라보면" 지레 숨이 막힙니다. 두렵고, 허무하고, 절망적입니다. 산다는 것이 그렇습니다. 그런데

"죽음자리에서 삶을 바라보면" 갑자기 삶이 넉넉해집니다. 삶을 잘 가꾸어야지 하는 생각이 듭니다. 서두르지 않아도 그렇게 될 것 같습니다. 싫고 미운 것이 없지 않은데도 어서 싫은 것 좋아하고, 미운 것 사랑해야 할 것 같습니다. 억지로 애를 쓰지 않아도 그렇게 될 것 같습니다.

죽음이 겁나지 않은 것은 아닙니다. 여전히 죽음이 무섭고 죽기 싫습니다. 하지만 죽음을 귀하게 여기고 내 품에 고이 담고 살 수 있을 것 같습니다. 죽음자리에서 삶을 보면 그럴 수 있을 것 같습니다. 죽음에 이른다는 것은 삶이 완성의 자리에 이른다는 축복이니까요.

죽음에 대한 분노도, 죽음에 대한 탄식도, 죽음에 대한 추모도 아름답습니다. 그러나 때로는 그 아름다운 정서가 자신의 이념의 정당화를 위한 도구로, 자신의 정치적 권력을 확산하기 위한 구실로 또는 간접적인 자기위로를 위한 심리적 동일시 현상으로 기능하기도 합니다. 그렇게 되면 죽음은 '인간의 죽음'이기를 부정당한 채 다만 '소비재'(消費財)가 되어버립니다. 그리고 죽음이 그렇게 되면 인간의 삶도 또한 그렇게 수단화되고 물화(物化)되어 하나의 소비재가 되고 맙니다. 삶의 모습이 이보다 더 천박하고 황량하게 비극적일 수는 없습니다.

삶을 바라보는 자리

이러저러한 죽음들을 겪은 끝자리에서 우리가 이제 할 일은 삶을 죽음자리에서 조망하는 일이어야 할 것 같습니다. 그래서 아예 '죽어, 되살기'로 작정을 하면 어떨까 싶습니다.

세월 흐름은 '내 죽음'도 그만큼 바짝 다가오고 있음을 확인해 주기 때문입니다.

2

그림자 밟기

그림자
밟기

아이를 낳으면 아주 좋은 애비가 되고 싶었습니다. 어떤 것이 좋은 부모일까, 어떻게 하면 좋은 부모가 될 수 있을까 하고 아내와 참 많은 이야기를 했습니다. 그런데 서로 생각하는 것이 퍽 달랐습니다. 그래서 다투기도 했고, 서로 이해하기 위한 긴 시간이 필요하기도 했습니다. 그러다가 그렇게 '자식'에 대한 '꿈'이 서로 다른 것은, 그러니까 어떤 '어버이'가 되고 싶다는 부모에 대한 '상'(像)이 다른 것은, 서로 자란 과정이 달랐던 것에서 말미암은 것이라는 사실을 새삼 발견하기도 했습니다.

저는 무엇보다도 '정직'하고 '절제'하는 아이로 자식을 키우는 애비가 되어야겠다고 다짐했습니다. 제가 제 선친으로부터 받은 가르침이 그러했기 때문입니다. 그래서 아이를 키우면서 좀 억지를 썼습니다. 먹고 싶어하는 것을 다 먹이지도 않았고, 입히고 싶은 것을 선뜻 마련해 입히지도 않았습니다. 장난감을 넉넉히 사준다는 것은 아예 사치라고 여겨 네 살이 될 때까지 열두 토막짜리 집짓기 한 벌과 끌고 다니는 나무로 만든 조그만 자동차가 고작이었습니다. 하기야 살림이 넉넉지 않아 그렇게밖에 해줄 수 없었던 것이었으리라고 지금은 회상합니다만, 아무튼 그때 저는 그렇게 하는 일을 철저하게 정당화하고 있었습니다. 저는 아주 애비 노릇을 잘하고 있다고 스스로 만족했습니다. 아이가 잘 '따라주고' 있다고 생각했기 때문입니다.

그런데 아이가 자라 동네아이들과 어울려 놀기 시작하자 사태는 급격하게 바뀌었습니다. 아이는 투정을 부리기 시작했고, 다른 아이들의 장난감을 부러워하면서 떼를 쓰기 시작했습니다. 막무가내였습니다. 애비의 권위는 온데간데없었습니다. 저는 조심조심 귀한 유리그릇을 옮기다 덜컹 떨어트려 그만 낭패를 한 그런 느낌이었습니다.

'자존심'을 상하게 하지는 말아야지! 저는 그렇게 마음먹고 장난감을 사주기 시작했습니다. 힘든 일이었습니다. 새 장난감의 효용은 불과 몇 시간, 친구들 앞에 가서 자랑을 하는 경우조차 하루를 넘기기가 수월치 않았습니다.

그러던 어느 날, 해가 뉘엿거리는 저녁 퇴근길에 저는 제 아이가 새 장난감을 가지고 놀고 있는 친구가 부러워 문간에서 맥없이 쭈그리고 앉아 그 친구를 멍하니 바라보고 있는 것을 보았습니다. 벌써 여러 번 같이 놀자고 애원했는데도 거절당한 서글픔이 그대로 읽혀졌습니다.

　　마침 황혼이었습니다. 제 긴 그림자가 자식의 무릎 앞에서 멈추어 있었습니다. 아이에게 제 그림자의 움직임을 인지하게 하는 데 별로 긴 시간이 필요하지 않았습니다. 어느 틈에 우리는 그림자 밟기 놀이를 하고 있었습니다. 저는 제 머리를 밟히지 않으려고 앉고 서는 일을 잽싸게 반복했습니다. 아이도 그랬습니다. 담장 그늘 뒤에 가면 그림자가 온통 사라지기도 했습니다. 몸은 숨겼는데 그림자를 보고 숨은 아이를 찾아내기도 했습니다. 그렇다고 하는 것을 자식도 배워 그렇게 했습니다. 채 산등성이를 넘어가지 않은 해를 바라보면 내 앞에 그림자가 나타나지 않는다는 것도 알았습니다. 그리고 빛은 그림자를 만든다는 것, 그림자는 빛 속에서 사라진다는 것 등등, 우리는 그림자밟기를 하면서 많은, 아주 많은, 이야기를 할 수 있었습니다.

　　그림자놀이를 얼마나 자주 하며 지냈는지, 그 놀이가 자식의 장난감 결핍증을 얼마나 보상해 주었는지, 저는 잘 알 수 없습니다. 자식이 그 놀이를 얼마나 기억하고 있는지 그리고 그 놀이에서 무엇을 어떻게 얻었는지 가늠할 길도 없습니다. 다만 제가 기억하는 것은 어느 날 잠자리에서 작은녀석이 묻던 물음입니다.

"그림자 없는 것은 하나도 없어?"
"그럼. 모든 것은 다 그림자를 가지고 있어.
햇빛을 등지고 있을 때는 말이야!"
"그림자도 무거워?"
"그럴 수 있지."
"그림자도 찢어져?"
"그럴 수 있지"
"그림자도 웃어?"
"그럼, 그럴 수 있지!"

제 기억이 정확하다면 우리는 이렇게 이야기하며 잠이 들었습니다.

실체와 그림자, 실상과 허상, 허상의 실재성, 그림자의 존재론… 어쩌면 이 이야기를 자식과 이어가야 할 것 같아 마음이 급해지는데 자식에게 회상을 강요할 수는 없는 일입니다. 그러다가 아무것도 생각나지 않는다고 하면 그 슬픔을 견딜 힘도 이제는 저에게 없습니다.

며칠 전입니다. 시내에 다녀오는 길에 자식이 살고 있는 아파트단지 옆을 지나 집으로 가고 있었습니다. 황혼이었습니다. 단지 옆 놀이터에서 아이들과 젊은 부모들이 놀고 있었습니다. 그

네, 미끄럼틀, 시소들 틈에서 키가 커다란 애비가 작은아이를 데리고 그림자밟기를 하고 있는 것이 보였습니다. 내 자식이었습니다.

"고맙다!" 저는 그렇게 속으로 말했습니다.

두
사람

아내가 남편에게 말했습니다.

"집에 가기 싫어. 집에 가야 아무도 없는데 우리 며칠 바다
로 드라이브하자."

남편이 아내에게 말했습니다.
"그 몸으로 괜찮겠어?"

아내는 환하게 웃었습니다. 그래서 둘은 병원에서 나오는
길로 동해안을 향해 달렸습니다.

참 오랜만입니다 남편은 아내가 이만큼 기운을 차렸을 뿐
만 아니라 표정조차 환한 것이 꿈만 같았습니다. 남편은 차를 몰
면서 아내가 좋아하는 라흐마니노프의 피아노 협주곡을 틀었습니
다. 하늘이 새로웠습니다. 산의 능선도, 햇빛도 새로웠습니다. 아

니, 사는 것이 이리 상쾌하고 즐거울 수가 없었습니다. 아내는 가끔 졸린 듯 눈을 감곤 했지만 창백한 얼굴과 달리 잔잔한 미소를 지우지 않고 있었습니다. 틀림없이 오랜만의 나들이를 즐기고 있는 것이 분명했습니다.

불안하지 않은 것은 아닙니다. 벌써 아홉번째 일이기 때문입니다. 매번 병원에 가서 진단을 받는 일이 두려웠습니다. 겨우 먹고 견딜 만하면 다시 병원에 가서 검사를 받고 다음번 치료가 가능한지 판단을 받아야 했습니다. 재검사를 받지 않아도 되는 때면 치료를 받으며 다시 고통스러울 것도 잊고 마음이 즐거웠습니다. 그러나 검사결과가 시원찮아 한 주, 두 주, 다시 병원을 찾아가야 할 때면 그 일이 치료의 고통보다 더 아팠습니다. 그래도 치료는 희망에 대한 약속이었고, 그렇게 고통스러운 치료를 받고 퇴원을 하고 얼마 동안 지나면 먹는 것도, 견디는 것도 한결 쉬웠습니다. 물론 그렇게 겨우 안정이 되는 듯하면 다시 병원에 가야 합니다.

그러니 다시 병원에 가기 전의 그 기간은 말 그대로 '축복의 시간'이었습니다. 그러나 그 기간은 동시에 몹시 불안한 때이기도 했습니다. 곧 다시 예상하는 고통과 실제로 겪는 고통에 빠질 것이 뻔하기 때문입니다.

그러나 이번에는 아내가 이전보다 훨씬 쉽게 회복이 된 모

그림자 밟기

양입니다. 이전에는 퇴원할 때마다 기진맥진한 채 집에 돌아와 쓰러졌기 때문입니다. 남편은 정말 좋았습니다. 지난 닷새 동안 거의 눈을 붙여보지 못한 채 아내 옆에서 있었지만 조금도 피곤하지 않았습니다. 어디서 솟은 힘인지 모르지만 아내를 옆에 앉히고 차를 운전하는 일이 이렇게 신이 날 수가 없었습니다.

둘은 자주 휴게소에서 쉬곤 했습니다. 시원한 바람도 들이마셨고, 아내는 음식을 먹는 것이 역겨웠지만 애써 우동국물도 마셨습니다. 먼 능선을 바라보면서 남편은 아내의 몸이 말끔하게 다 나으면 다시 백운대에 오르자는 이야기도 했고, 아내는 새벽 테니스를 다시 시작하자는 이야기도 했습니다. 그러다 피곤하면 차에 들어가 좌석을 뒤로 젖히고 한동안 눈도 감았습니다. 그렇게 두 사람은 행복하게 차를 몰았습니다.

바다가 한눈에 들어오는 정상에서 아내는 갑작스레 차를 세우라고 남편한테 말했습니다. 가지가 한쪽으로 쏠린 소나무 한 그루가 있고, 바위 두 개가 나란히 서 있는 자리였습니다. 남편은 순간 "그렇구나!" 하고 차를 서둘러 세웠습니다. 그렇습니다. 남편은 아내가 왜 그곳에서 그렇게 갑작스러운 정차를 명령했는지 알았습니다.

벌써 10년도 더 지난 어느 여름 남편과 아내는 두 자식과 함께 그 고개를 걸어 넘은 일이 있습니다. 그때 그 소나무 아래 두 개의 바위그늘에서 쉬면서 아내가 남편에게 말했습니다.

"우리 늙어서 이 소나무처럼 되어도 자식들이 이 바위처럼 든든히 있으니 외롭지 않겠지?"

둘은 차에서 내려 바다를 바라보았습니다. 입을 열지 않아도 남편은 아내가 이제는 훌쩍 자라 모두 멀리 떠나 있는 자식들을 그리고 있으리라 짐작했습니다. 남편이 말했습니다.

"그녀석들 다 잘하고 있을 거야. 누구 자식들인데! 걱정 말고 당신이나 어서 건강해."

그러자 아내가 말했습니다.

"당신 옛날에 여기서 나한테 무슨 말했는지 알아? 모르지… 우리 열심히 살아서 바닷가에 집 한 채 마련하자고 했었어! 언제 사줄 거야?"

아내는 장난기 서린 표정으로 그렇게 말하며 웃었습니다.

이틀 동안의 여정이 쉽지는 않았습니다. 남편은 아내가 견

그림자 밟기

디기 힘들까 봐 무척 걱정이 되었습니다. 그러나 아내는 한껏 행복했고 즐거웠습니다. 얼마나 자주 환하게 웃었는지 모릅니다. 남편은 아내가 이번 여행을 참으로 즐기고 있음을 확인했습니다. 그렇게 생각했습니다. 퇴원하면서 곧바로 집으로 돌아가지 않고 이렇게 아내가 바닷가로 가자고 한 말을 따라 드라이브하기를 참 잘한 일이라고 남편은 스스로 되뇌었습니다.

"이렇게 행복해하는 것을 왜 나는 생각을 못했을까?"

남편은 자신이 얼마나 모자라게 살았는지 저리게 후회도 했습니다. 오랜만에 처음으로 보는 아내의 밝은 표정에 남편은 살맛이 났습니다. "곧 나을 거야. 틀림없이 이겨낼 거야. 우리 마누라가 어떤 또순인데!" 그렇게 남편은 속으로 말했습니다. 그리고 아내가 이렇게 즐거울 수 있도록 자기가 '봉사'할 수 있다는 것이 한껏 행복했습니다.

아내가 돌아오지 못하는 먼 길을 혼자 떠난 뒤, 남편은 어느 햇볕 좋은 날 하릴없이 아내의 가계부를 뒤적였습니다. 첩첩 쌓여 있는 가계부 중에 어느 것을 뽑아 들여다보다가 남편은 자기도 모르게 눈을 멈추었습니다. 신발뒤축 수선 얼마, 남편 속옷 얼마, 그런 것들을 쓴 아래에 매일 메모를 쓰도록 한 칸이 있었습니다. 어디서 전화 오다, 누가 다녀가다, 꽃이 피었다, 그런 것이 씌어 있었는데 어느 날 메모는 조금 길었습니다.

남편이 미안하고 딱해서 퇴원하는 길로 바다로 가자고 했다. 죽고 싶을 만큼 몸이 괴롭다. 그런데 남편이 무척 즐거워한다. 참아야지, 집에 갈 때까지 무슨 일이 있어도 견뎌야지 하고 간신히 돌아왔다. 남편이 옆에서 세상 모르게 깊은 잠을 자고 있다.

추운 겨울은
없습니다

개울이라고 하기에는 조금 넓었습니다. 그만큼 흐르는 물도 적지 않았습니다. 사철 물이 마르는 경우란 거의 없었습니다. 그런데 그런 냇물이 둘이 하나로 모이는 곳에 제가 살던 마을이 있었습니다. 하나는 산 이쪽 골짜기에서 흐르는 것이었고, 또 다른 하나는 산 저쪽에서 흐르는 것이었는데, 뒤쪽 개천이 앞쪽 개천보다 조금 좁았습니다. 동네에 들어서는 길목에 커다란 느티나무 한 그루가 있는 바로 그 앞이 그 두 물이 한데 합쳐 흐르는 그런 곳이었습니다. 그곳을 지나면 내는 한결 넓어졌습니다.

흐르는 물 위로 솟은 돌들이 거의 하얗게 깨끗했습니다. 당연히 물 속 돌들도 그랬습니다. 지금 생각하면 그리 큰 돌들이 아니었는데 그때는 제 발로 그 반들반들한 돌들을 밟으며 물에 젖은 발자국을 내며 걷는 것이 참 좋았습니다. 여름에 그랬습니다.

장마가 져도 물이 흐린 것을 보지 못했습니다. 넘실대는 물이 느티나무 쉼터를 넘어 조금 떨어진 방앗간에 흘러 들어가 미처 찧지 못한 밀을 적시는 딱한 일이 없진 않았지만 흙탕물이 넘치는 일은 없었습니다. 내는 깨끗하고 맑고 마르지 않았습니다. 미역을 감기에는 너무 낮고 돌들이 울퉁불퉁했지만 저는 지금도 그 내는 내다운 긍지와 존엄과 아름다움을 다 갖추고 있었다고 말하고 싶습니다.

내에는 징검다리로 쓸 만한 디딤돌이 있었습니다. 다리가 없었으니까요. 하지만 우리에게는 다리가 있을 필요도 없었습니다. 잘 골라 디디면 겨우 발목까지만 적셔도 무사히 내를 건널 수 있었으니까요. 우리는 대체로 조금 웅덩이가 팬 더 깊은 곳을 골라 첨벙거리기를 좋아했습니다. 무릎까지 물이 올라오면 제법 물살을 느끼기도 했습니다. 참 즐거웠습니다. 여름에는요.

하지만 그 냇물이 사뭇 좋은 것만은 아니었습니다. 저는 집에서 나와 그 개천을 건너 10리 길을 걸어 면사무소에서 '피난민 구호미'를 받아와야 했습니다. 그렇게 사흘에 한번씩 가서 싸라기 두 되를 가져왔습니다. 9·28수복 뒤에 시작된 이 일 때문에 저는 그해 겨울내내 그렇게 오가며 냇물을 건너야 했습니다.

냇가에 이르기 전에 이미 귓불은 꽁꽁 얼었습니다. 토끼털 모자를 쓰고, 토끼털 귀마개를 쓴 친구들이 없지 않았지만 저

그림자 밟기

는 그렇지 못했습니다. 양말도 신지 못했습니다. 버선도 아니고 양말도 아닌 것을 신었었는데 발을 천으로 감았다고 해야 옳을 듯합니다. 그래도 먼 길이라 검정고무신에 짚을 깔아 신었습니다. 짚신은 곧 젖어 얼어버리니까요. 목도리도 장갑도 없었습니다.

아예 냇물이 꽁꽁 얼면 그래도 건너기가 쉬웠습니다. 두어 번 미끄러운 얼음 위에서 넘어지기만 하면 되니까요. 하지만 냇물이 전부 그렇게 얼지도 않거니와 살얼음이 깨져 물에 빠지기라도 하면 젖은 옷이 다시 얼어 내를 건너 마른 길 위에 올라도 추위를 견딜 수가 없었습니다. 그래서 저는 발을 벗고 맨발로 내를 건너곤 했습니다. 솜을 둔 한복바지를 입었었다고 기억되는데 내에 이르면 대님을 풀고 양말을 벗고 바지를 걷어올리고는 그렇게 얼음 위를, 물 속을 걸었습니다.

저는 군대에 가서도 혹독한 추위를 겪었습니다. 외국에 가서 공부하는 동안에 찾아간 북쪽 어느 분 댁 다락방에서 너무 추워 자다 말고 옷을 다 되입고 구두까지 신고는 침대 속으로 기어들어간 적도 있습니다. 몸이 덜덜 떨리고 뼛속까지 시려지는데 이렇게 하다 동사를 할지도 모르겠다고 겁을 먹기조차 했습니다.

그러나 그 냇물을 건너면서 싸라기를 받아오던 때처럼 발목이 시리고 아프다 못해 감각조차 없던 고통을 견뎌본 적은 없습니다. 틀림없이 배가 고팠기 때문에 추위를 더 견디지 못했던 것이라고 생각합니다만.

어느 날, 저는 냇물을 건너 양말도 신발도 다시 신지 못한 채 한 손으로는 젖어 언 바짓가랑이를 들고 또 한 손으로는 싸라기자루를 들고 집에 돌아왔습니다. 방에 들어와도 불기는 없었습니다. 저는 제가 울고 있었는지 추위 때문에 눈물이 났는지 모릅니다. 어머니께서 그런 저를 보시자 와락 끌어안으시더니 당신 치마를 내리고 배에다 제 두 발을 대고 꼭 안으셨습니다. 좀 있자 온기가 느껴지기 시작했습니다.

발이 얼어 견딜 수 없었던 추위만을 기억하고 산 지 60여 년이 지났습니다. 그런데 지난달, 저는 그 어머니의 차디찬 주검을 쓰다듬어야 했습니다. 그제야 갑자기 그때 어머님의 따듯함이 회상되었습니다.

저에게 추운 겨울은 없습니다. 없어야 마땅합니다.

그림자 밟기

참선의
끝

새벽 3시에 일어나 108배 예불을 하고 2시간 동안 참선을 했습니다. 쉽지 않았습니다. 초겨울인데도 땀이 났습니다. 다리도 후들거렸습니다. 함께 간 친구들은 졸음을 이기는 일이 힘들었다고 했지만 저는 서고 앉기를 백번 넘게 하는 일이 더 어려웠습니다.

우리는 그렇게 산사에서 열흘을 보냈습니다. 스님들 사시는 것을 그대로 따라한 것입니다. 공양을 하고, 설법을 듣고, 이런저런 노동을 하고, 저녁 9시에 잠들기까지 쉬운 일이 하나도 없었습니다. 그러나 무엇보다 힘든 것은 참선을 하는 것이었습니다.

스님께서는 이렇게 말씀하셨습니다.

"참선은 모든 생각을 끊고 떼어버리는 일이니, 참선할 때는 무상무념의 경지에 들도록 해야 하느니라."

저는 스님 말씀대로 그렇게 하리라고 다짐을 했습니다. 그러잖아도 이리 얽히고 저리 얽힌 잡다한 일들 때문에 마음이 한순간도 편하지 않은 터에 이 기회에 모든 생각을 떨어버린다면 이보다 더 좋은 일이 없을 듯했기 때문입니다.

하지만 그게 그리 쉬운 일이 아니었습니다. 물론 한평생 그렇게 선을 수행해도 마음을 비워 깨달음의 경지에 이르는 분들이 흔치 않다고 들은 터에 열흘 동안 참선을 한다고 생각의 얽힘이 풀리리라고 기대한 것은 아닙니다. 그런데 사태는 예상외로 펼쳐졌습니다. 눈을 감고 가부좌를 하고 깊은 고요함 속에서 무념무사를 향해 온 마음을 쏟으려는데, 생각이 잠잠해지거나 사라지기는커녕 평소에 생각지도 않던 갖은 자질구레한 생각들마저 꼬리에 꼬리를 이어 솟아오르는데 그 봇물을 막을 길이 없었습니다.

아직 제대로 다듬지 못한 이런저런 일들, 내일 해야 하고 모레 해야 하고 하루하루 이어 해야 할 일들이 왜 그리 많은지요. 섭섭하고 미운 얼굴들은 왜 그리 또 많이 나타나곤 하는지요. 염려되고 걱정되는 일들은 왜 그리 많은지요. 참선은 생각을 지우는 시간이 아니라 온갖 생각을 한꺼번에 넘쳐나게 하는 그런 시간이었습니다.

그런데 참 알 수 없는 일입니다. 그렇게 하루하루 지나기

그림자 밟기

를 몇 날 하더니 생각은 여전히 소용돌이치는데 그것이 첫날 같지 않았습니다. 뭐라 할까요. '고요한 소용돌이'라고 하면 될는지요. 솟아나는 생각들이 차츰 걸러지는 것 같은 느낌이 들었습니다. 아니면, 어쩌면 생각이 지금 여기 일들을 벗어나 아득하게 잊었던 옛일을 떠올리게 했다고 하는 것이 더 분명할 듯싶습니다.

산사에 머물 날이 며칠 남지 않은 어느 새벽 참선시간이었습니다. 저는 갑자기 먼 옛날에 서 있는 저를 보았습니다.

겨울이었습니다. 날이 차고 바람이 귀를 에는 그런 날이었습니다. 저는 눈밭을 헤치면서 산에 올라 솔가지들을 쳐서 땔감을 마련하곤 했습니다. 그날도 그랬습니다. 그런데 참나무 가지를 치면 숯도 만들 수 있어 그날은 참나무들이 모여 있는 곳으로 가 그 가지들을 치기로 했습니다. 마침 초등학교 4학년짜리 누이가 따라나선다기에 나무 위에 올라 쳐내린 가지들을 한데 모아놓도록 심부름을 시키면 좋겠다고 생각하고 그러자고 했습니다.

나무에 올라 제법 굵은 가지를 쳐내리는 일은 무척 힘이 들었습니다. 손은 얼어 낫 쥐기가 힘들고 나무둥치는 미끄러웠습니다. 아랫가지를 밟고 윗가지를 한 손으로 쥔 채 낫질을 하는 일은 제게 벅찬 일이었습니다. 팔은 아파 끊어지는 듯했고, 그 추운 날씨에도 땀이 흘렀습니다. 숨이 찼습니다. 그러면서 저는 나무 아래 있는 누이에게 소리를 쳤습니다. 큰 가지도 끌어 모아놓고 자디 잔 가지들도 다 긁어모으라고 했습니다. 그렇게 한 시간도 훨씬 넘게 나무에 매달려 있었습니다.

나무에서 내려오자 손발이 모두 떨렸습니다. 갑자기 운동을 멈추자 추위가 땀으로 젖은 옷들을 얼듯이 차게 했습니다. 그런데 누이는 작은 나무 한 가지도 모아놓지 않은 채 눈 속에서 꼼짝 않고 서서 덜덜 떨고 있었습니다. 순간 화가 났습니다. 오라비는 이렇게 땀에 젖고 손발이 떨릴 정도로 애를 쓰는데 밑에서 나뭇가지 모으는 일도 하지 않고 서 있는 누이가 괘씸했습니다. 도대체 무얼 하고 있느냐고 소리를 쳤습니다.

누이는 입술을 달달 떨며 "추워서 그래…" 하고 말했습니다. 그러면서 벌써 눈물이 고이고 있었습니다. 저는 주먹으로 누이의 머리를 쥐어박았습니다. "그깐 추위에 꼼짝 못하면 아버지도 안 계신데 앞으로 어떻게 살려고 그래!" 하고 말하며 저는 또 한번 주먹을 흔들었습니다.

누이는 울음을 터뜨렸습니다. 눈물을 뚝뚝 흘리며 저를 원망 가득한 눈으로 바라보며 우는 누이의 신발은 눈 속에서 흠뻑 젖어 얼어 있었습니다. 손도 뺨도 발갛다 못해 파랗게 얼어 있었습니다. 누이는 그렇게 울면서 장갑도 없는 곱은 손으로 나뭇가지들

그림자 밟기

을 집어 모으기 시작했습니다.

부처님 앞에서 촛불이 조용히 타오르고 있었습니다. 어느 틈에 스님들도 친구들도 모두 일어나 나가고 저만 앉아 있었습니다. 가슴이 저리게 아파왔습니다. 까맣게 까맣게 잊었던 일입니다.

이제는 일흔이 넘은 누이를 아무 말 없이 꼭 안아주고 싶었습니다. "미안하네!" 그렇게 말하면서 말입니다.

친구가 보낸
편지

연말에 오래전 먼 나라로 간 친구한테서 메일로 연하장을 받았습니다. 친구라고 했지만, 이 표현은 제 친구들을 가끔 곤혹스럽게 만들곤 합니다. 제가 관계를 맺었던 동료나 손아랫사람들을 저는 모두 친구라고 부르기 때문입니다. 전혀 의도적인 것은 아닌데 그렇게 부르고 싶고, 정말이지 우리 관계가 친구인 것 같아 그렇게 부르곤 하는데, 다른 사람들이 들으면 아주 고약한 모양입니다.

한번은 제 손자를 이야기하면서 "요즘은 그 친구하고 베개 싸움을 하는 게 사는 낙이라네!" 했다가 친구들한테 온갖 모진 욕을 다 들어야 했습니다. "콩가루 집안이군!" 하는 것이 그 여러 비난과 질책의 핵심이었습니다. 그러나 분명히 말씀드립니다. 윗사람이나 잘 알지 못하는 사람에게는 결코 친구라는 말을 쓰지 않습니다. 친구가 아니니까요.

그래서 말씀드리는 건데, 이 친구도 실은 오래전에 제 제

그림자 밟기

자였던 여자아이입니다. 그런데 이 말도 마찬가지로 제가 사려 없이 내뱉는 언어라 해서 이런저런 구설수에 오르곤 하는 것인데 아직도 이 버릇을 고치지 못하고 있습니다. 아무튼 선생으로 학교에서 산 것이 평생이고 보니 만나는 사람들은 모두 하나같이 저보다 아래인 '아이들'이었습니다.

그러니 세월이 아무리 지나 그 친구들이 제법 어른 구실을 하고 사회에서 중책을 맡고 있다 하더라도 제가 그 아이들을 호칭할 때 아이라고 부르는 것이 저 스스로 생각하기에는 당연하고 자연스러운 일인데, 남들에게는 무척 건방지게 보이는 모양입니다. 마치 손자를 친구라 했다가 야단을 맞은 것처럼 꽤 중하고 높은 직위에 있는 제자를 만나 예사롭게 반말로 지껄이다가 같은 자리에 있던 친구한테 어찌나 야단을 맞았는지, 지금 생각하면 제가 자리를 살피지 않고 결례를 했던 것만은 틀림없는데, 조금은 떨떠름했습니다.

아무튼 그 친구는 제가 쉽게 잊을 수 없는 몇 되지 않는 똑똑한 아이였습니다. 조금 지나치게 분석적이다 싶기도 했는데, 그래서 그런지 그 친구의 언행이 가끔은 따지고 대드는 모습으로 비춰지기도 했습니다. 하지만 다행한 것은 자신의 잘못을 스스로 확인하면 조금도 머뭇거림 없이 그것을 인정하고 그대로 이견(異見)을 받아들이곤 했습니다. 저는 그때마다 그러한 그 친구의 '들고남'

이 놀랍게 느껴졌습니다.

연애도 열심히 했습니다. 공부도 철저하게 했습니다. 졸업하자마자 남자친구와 결혼해서 외국으로 갔고, 아이들을 낳으면서 자기도 남편도 모두 학위를 했습니다. 당연히 원하는 직업을 가질 수 있었고, 부족한 것이 하나도 없었습니다. 가끔 소식을 들었습니다. 직접 들은 것은 몇 번 되지 않습니다. 다른 친구들한테 들은 바로는 그야말로 성공적인 삶을 살고 있다는 것이었습니다.

그렇게 저는 그 아이를 잊어갔고, 그 친구도 그렇게 사느라 바빴을 겁니다.

그런데 지난여름에 저는 뜻밖의 소식을 들었습니다. 세 아이의 엄마였는데 이제는 두 아이의 엄마가 되었다는 것이었습니다. 놀랍고 아팠습니다. 잃은 아이가 세 아이들 중 가운데 딸아이였다는 이야기도 들었습니다. 자신만만하고 쾌활하던 그 친구의 얼굴이 사뭇 떠올랐습니다. 위로할 길이 없었습니다. 그렇게 그만 해가 저물고 말았습니다. 그런데 그 친구의 메일을 받은 것입니다.

그 친구아이의 편지는 이러했습니다.

선생님.
밤에는 잘 주무세요. 꿈도 꾸지 마세요.

그림자 밟기

그래야 새벽에 가볍게 일어나실 수 있어요.

새해가 오는데
맑게 살아주세요. 따듯하게 살아주세요.

무조건 건강하셔야 해요.
절대적으로요.
행복하셔야 해요.

전 행복하지 않은 사람이 제일 싫어요.
행복하실 거죠?
안녕히 계세요.

가슴이 찢어지는 듯했습니다. 어느 틈에 저는 그 친구에게 답 메일을 쓰고 있었습니다.

친구야.
밤에는 잘 자거라. 꿈도 꾸지 말거라.
그래야 새벽이 가볍지….

새해가 오는데
맑게 따듯하게 살거라.

무조건 건강해야 한다.

행복해야 하고….
너 불행한 것, 나 못 본다.
행복할 거지?
잘 지내거라.

그러나 이렇게 써놓고 아직도 보내지 못했습니다.

세배

손자녀석은 저와 제법 대화가 됩니다. 우선 그녀석은 제가 무슨 말을 할 때면 제 눈을 뚫어져라 바라봅니다. 참 마음에 듭니다. 뿐만 아니라 제 말끝에 반드시 '왜'라고 묻습니다. 이 또한 이야기하는 저를 매우 힘솟게 하는 추임새가 아닐 수 없습니다. 물론 그 '왜'가 끊임없이 되풀이되면 조금은 지치기도 합니다만 짜증이 나지 않는 것을 보면 그 추임새가 꽤 제 장단을 맞추어주는 듯싶습니다.

며칠 전에 세밑도 되고 곧 새해도 맞게 되겠기에 이야기 주제를 '세배'로 잡았습니다. 대체로 다음과 같은 이야기를 주고받았습니다.

"이제 새해가 오거든! 새해 첫날에는 일찍 일어나 세수하고, 깨끗하고 좋은 옷을 입고, 어른들께 절을 해야 해. 그것을 세배라고 하는 거야. 또 돌아가신 옛어른들께 차례도 지내고."
"왜?"

"한 해가 다 가고 새해가 오니까 모든 것이 새것이거든! 그러니까 어른들께도 새 인사를 드리는 거야."

"알았어. 세배할게!"

"그런데 세배에는 새해세배도 있지만 묵은세배도 있단다. 한 해를 보내면서 그믐날에 어른들께 한 해 잘 지냈다고 절을 하는 거야."

"묵은 게 뭐야?"

"오래되었다는 거야."

"오래되었는데 왜 절을 해? 새것에다 하지?"

"새것만 좋은 것이 아니란다. 오래된 것도 좋은 거야. 어쩌면 더 좋은 것일 수도 있어!"

"왜?"

"이를테면 너도 새 장난감도 좋지만 오래전에 가지고 놀던 장난감도 좋은 때가 있지 않니?"

"없어! 그전에 가지고 놀던 장난감보다 새것이 더 좋아!"

"하지만 생각해 봐라. 블록놀이를 안 했다면 변신로봇을 지금처럼 잘 가지고 놀 수 있었겠니? 그러니까 이제는 낡았지만 전에 놀던 오래된 장난감은 참 고마운 거야."

"왜?"

"지난 것은 지금을 있게 한 거니까!"

"…그래도 난 새게 좋더라!"

"그래, 나도 알아. 새것이 헌것보다 더 좋아. 틀림없어. 하

그림자 밟기

지만 새것은 헌것이 있어 생긴 거야. 처음부터 끝까지 새
것은 없어. 새것이어도 곧 헌것이 되고, 그 헌것 끝에 새것
이 맺히는 거야. 그러니까 새것의 처음은 헌것이지…"

"그래도 새것이 좋아!"

"그럼 네 오래된 장난감 다 버려도 괜찮아?"

"아니, 그럼 안 돼!"

"그것 봐. 너도 헌것 좋아하잖아!"

"왜?"

"왜라니? 지난 것이라고 해서 이제 버려버리자고 한다든
지, 망각 속에 흘려버리자고 한다든지, 다 소용이 없다고
한다든지, 지루해졌다고 한다든지, 허무하다고 한다든지,
회한에 사무친다고 한다든지, 그러면서 새것이 좋다고 텀
벙 새것에만 빠져들면 그것은 좋지 않은 거지! 안 그래?"

"…"

"할아버지도 새것이 좋아! 하지만 새것과 만날 때면 우선
지난 것에 대한 예의를 갖출 줄 알아야 돼! 지난 것에 대
한 감사, 끝난 세월에 대한 사랑, 아니면 사라진 것들에
대한 외경의 염을 품을 수 있어야지…. 그래야 비로소 새
것이 새것으로 자기 자리를 잡을 수 있는 거야. 끝에 대한
예의, 지난 것에 대한 존경 없이 새것을 맞으면 그 새것은
새것일 수가 없어…."

"할아버지! 졸리다. 자자."

"그래. 나도 졸리다. 그런데 뿌리 없는 나무는 곧 시들고 만다는 것 아니?"

"나도 알아, 할아버지! 물을 빨아올리지 못하니까."

"그래 맞아. 그러니까 묵은세배가 빠진 새해세배는 실은 뿌리 없는 세배인 거야."

"…"

손자녀석은 어느새 잠에 빠졌나 봅니다. 아무 반응이 없습니다. 저는 그녀석이 묵은세배를 하는 꿈을 꾸기를 바랐습니다. 아무튼 저는 손자녀석하고 꽤 잘되는 대화를 하며 삽니다.

그녀석 나이가 몇 살이냐고요? 이제 만 다섯 살입니다.

그림자 밟기

문진(文鎭)의
무게

제가 처음으로 두루마기를 입은 것이 언제였던지 잘 기억이 나지 않습니다. 아직 제가 기억 속에 지니고 있는 것은 그 두루마기가 아주 연한 분홍색이었다는 사실뿐입니다. 그리고 다시 언제였는지 잘 기억이 나지 않습니다만 두번째 입은 두루마기는 연한 옥색이었습니다. 분홍색을 입기에는 너무 자랐기 때문이었겠지만 그때 저는 그 연분홍색에 대한 아쉬움이 새 옥색이 주는 즐거움보다 더 아렸습니다. 그리고 그 다음에는 거의 기억이 나지 않습니다.

전쟁이 있었습니다. 모든 것이 사라졌습니다. 어머님의 말씀대로 한다면 "생사람조차 향방을 모르게 없어졌는데…" 그 밖에 잃어 아까운 것을 이야기하는 것은 '철없는 짓'에 지나지 않았습니다. 그래도 저는 이것저것 잃어버린 것들에 대한 아린 추억들을 삭이지 못했습니다. 어쩌면 아무도 모르게 그런 것들을 가슴속에 감추어두고 저 혼자 가끔 들여다보면서 고이 키우고 있었는지도 모릅니다.

이를테면 저는 곱돌(蠟石)로 만든 문진(文鎭)을 잊지 못합니다. 제가 글씨를 쓴 것은 아닙니다. 저는 악필(惡筆) 중에도 악필입니다. 지금은 그것도 없어졌지만 『효경』(孝經)을 필사하신 아버님의 글씨는 저처럼 서예(書藝)에 어두운 눈에도 다른 글씨와 많이 달랐습니다. 힘있고, 단아하고, 깊기조차 했습니다. 어떤 게으름이 저로 하여금 그 귀한 '유전인자'를 이어받지 못하게 한지는 모르지만 요즘 아우의 글씨에서 아버님의 귀한 흔적을 새삼 확인하고는 죄송함과 다행함을 아울러 지니곤 합니다.

그 곱돌문진은 담뱃갑만한 크기의 것이었는데 귀퉁이가 깨져 '점잖은 쓸모'를 잃은 것이었습니다. 왜 그렇게 되었는지, 어쩌다 그것이 버려지지 않고 제 책상서랍에 보물처럼 모셔지게 되었는지, 전혀 모르겠습니다. 다만 기억하는 것은 아버님의 흰 두루마기 끝자락에 몇 방울 묻었던 먹물 얼룩이와 새 두루마기를 마련하실 수 없는 어머님께서 그 두루마기를 아버님께서 입으실 때마다 아버님께 잔말씀을 하시던 것으로 미루어, 아버님의 어떤 실수로 벼루가 엎어지고 문진이 깨져버린 것이라고 막연한 짐작을 할 뿐입니다.

참 알 수 없는 일입니다. 우리는 왜 어떤 사물을 아쉬워하면서 정작 그 사물이 아니라 그 사물에서 느꼈던 어떤 기억을 더 애틋해하는지 모르겠습니다. 전쟁이 가라앉고 모든 것이 다시 자리를 잡아갈 무렵 갑작스레 '문진의 상실'을 제가 시리게 아파했던 것도 그런 것이었습니다. 사실 저는 붓글씨 쓰기를 즐겨하지 않았기 때문에 그 문진이 쓸모가 없었습니다. 또 '습자(習字)'시간에 사용하는 문진은 따로 있었습니다. 그럼에도 불구하고 저는 그 깨진 문진을 서랍에 넣어두고 꼭 쥐어보곤 했습니다. 무게가 좋았기 때문입니다.

무어라 묘사해야 할지 잘 모르겠습니다만 어떤 무게는 '묵직하게' 손안에 들면서 은근하게 소리 없이 마음을 그렇게 '진득하게' 해줍니다. 불안도, 흔들림도, 들뜸도, 넘칠 듯한 위험도 고이 가라앉게 합니다. 그 문진이 제게 그랬습니다. 아직 어렸지만 친구와 티격태격하다 '가슴이 아프면' 저는 집에 돌아와 그 문진을 손에 쥐고 들었다 내렸다 했습니다. 그러면 그 무게가 제 마음을 편안하게 해주었습니다. 문진을 제 서랍에 둔 다음부터 저는 온갖 제 마음의 '요동'을 그렇게 그 무게로 잠재울 수 있었습니다.

되찾을 수 없는 상실을 아파하기만 한다면 그것은 사람살이가 아닙니다. 더구나 마음의 요동이 한시도 잠자지 않는 세월을 살면서 저는 '새 문진 찾기'에 얼마나 애를 썼는지요. 자갈밭에 가면 끝도 없이 돌들을 손에 들고 그 무게를 느껴보곤 했습니다. 문진의 무게와 꼭 같은 그런 돌을 만나고 싶었기 때문입니다. 그러나 그러한 만남은 아직도 제게 일어나지 않았습니다. 이제는 나이가 들면서 체념 탓인지 제법 터득을 해서 그런지 얼마 전부터는 그것이 돌의 무게가 아니라 '마음의 무게'였음을 겨우 짐작하기 시작했습니다. 또 '새 문진'도 꼭 곱돌이 아니어도 되는 것이라고 바야흐로 다짐을 하곤 합니다.

나이 쉰을 반도 더 넘겼을 때 어머님은 제게 검은 두루마기를 한 벌 해주셨습니다. 그때까지 두루마기 이야기를 제가 어머님께 한 적은 한번도 없습니다. 집안 예절도 많이 달라져 제사 참사에 두루마기를 입는 어른들도 거의 계시지 않습니다. 명절 때도 그러합니다. 저도 다르지 않습니다. 그렇게 살던 제게 어머님께서 갑작스레 두루마기를 맞추어주신다면서 유행대로 검은 양복감으로 '바느질집'에 맡기겠노라고 하셨을 적에 저는 적지 않게 당혹스러웠습니다. 드리는 용돈 꼬박꼬박 모으셨을 일 생각하니 가슴이 아팠습니다. 그런데 "필요하면 제가 만들어 입을 게요" 하는 제게 어머님께서 하신 말씀은 뜻밖이었습니다. "내가 네 아버지 얼룩이 진 두루마기 새로 만들어드리지 못한 한을 푸는 거니 다른 말 말아라!"

올해도 저는 그 두루마기를 입고 어머님께 세배를 올렸습니다. 문진의 무게가 두루마기가 되어 제게 일지도 모를 '노년의 요동'을 진득하게 잠재워 줄 줄은 까맣게 몰랐습니다.

그림자 밟기

보자기의
매듭

보자기 예찬론을 읽은 적이 있습니다. 잘 기억이 나지는 않지만 주머니보다 훨씬 자유롭게 사물을 한데 모아 쌀 수 있는 그 넉넉함을 칭송한 것이었다고 생각됩니다. 그리고 그렇게 넉넉한 데 비하면 아무것도 담아 싸지 않을 때는 아예 스스로 전혀 없는 듯이 있는 것이 보자기라는 설명도 곁들여 있었던 듯합니다. 차곡차곡 접어놓으면 아무리 커다란 짐을 싸는 보자기라 할지라도 호주머니에 넣을 정도로 작고 납작하게 되는 것을 들어 그러한 묘사를 했었던 듯싶습니다.

꼭 그래서 그런 것은 아닙니다만 저는 그 글을 읽기 훨씬 이전부터 보자기를 보면 공연히 뿌듯해지곤 했었습니다. 세상이 모두 암담하고, 지닐 수 있는 어떤 것도 없다고 느끼며 살았을 때도 보자기는 그대로 위안이었고, 꿈이었고, 풍요였습니다. 그런데 어떤 계기에서 저는 보자기에 대한 다른 이미지를 가지기 시작했습니다.

농사라고는 호미자루도 쥐어보시지 않은 어머님께서 집안 어른댁 뽕나무밭 사이에 깨를 심으셨습니다. 흙을 부드럽게 해주고, 잡풀 뽑아주고, 적당히 물주고, 거름 주면 농사란 되게 마련이라고 생각하신 어머님은 거의 하루도 거르지 않고 그 뽕나무밭에서 사셨습니다. 아직 어렸지만 그러한 어머님이 제게는 참 안된 모습으로 보였습니다. 전쟁이란 대동지환(大同之患)이니 홀로 비탄에 빠져들고, 절망하고, 사는 데 아예 손을 놓아버릴 수는 없다는 것이 당신이 우리 남매들에게 늘 하신 말씀이셨지만 남편도 친정 아버지도 어머니도 한순간에 잃은 분이 하시는 말씀치곤 지나치게 냉정하셨다는 인상을 지금도 지울 수 없습니다.

어머님은 그렇게 '깨농사'를 지으셨습니다. 그것을 타작하여 저는 어머님을 따라 십리 길을 걸어 장날 장에 가서 그것을 팔았습니다. 지금 생각하면 어쩌면 두 되쯤 되지 않았나 싶습니다. 그런데 막상 그 깨를 가지고 가려는데 밀기울이 담기고, 도토리 주워 담은 자루 말고는 깨를 담을 자루가 없었습니다. 어머님은 광목 앞치마를 보자기 삼아 그 깨를 담으셨습니다. 저는 조심조심하며 깨 한 톨이라도 흘리지 않으려 손을 바꾸지도 않고 그것을 들고 그 길을 걸었습니다.

깨를 팔아 어머님은 제게 검정운동화를 사주셨습니다. 저만 읍내에 나가 공부를 하고 있었기 때문입니다. 누나나 누이나 아우를 위해서는 아무것도 마련하지 못했습니다. 저는 참 허탈했습니다. 봄부터 가을까지 그야말로 '피땀'을 흘리신 대가가 겨우 운동화 한 켤레라는 사실이 믿어지지 않았습니다. 그러나 어머님은 마냥 즐거우셨습니다. 그렇게만 지금 기억됩니다.

그런데 집이 멀리 보이기 시작한 산모롱이를 돌면서부터 어머님께서는 산에 버려진 죽은 나뭇가지들을 줍기 시작하셨습니다. 그리고 그것들을 모아 보자기 삼아 가지고 갔던 앞치마로 묶으셨습니다. 길거리에 새끼줄 한 가닥도 떨어진 것이 없었기 때문입니다. 꽤 긴 가지들이 있어 삐죽삐죽한 나뭇단이 그래도 앞치마로 감아 꼭꼭 매듭을 짓자 짊어져도 괜찮을 만큼 앙그러지게 묶여졌습니다. 저는 그때 그렇게 매듭을 지으시는 어머님을 멀거니 바라보고만 있었습니다.

그날부터 저에게는 자꾸 온힘을 다해 꼭꼭 매듭을 지으시던 어머님의 손과 단단하게 묶여진 보자기 매듭의 이미지가 떠오르곤 했습니다. 저녁에 공부를 하다 졸다가도 그 매듭이 떠오르면 정신이 번쩍 들었습니다. 친구들이 함께 놀러 가자고 해도 그 매듭이 떠오르면 저는 어머님께서 매듭을 지으시듯 그렇게 그 제의를 단단하게 거절했습니다. 차츰 배고픔과 외로움이 가시고 절박한 삶이 조금씩 여유를 마련해 가면서도 저는 보자기 매듭만을 보면 가슴이 두근거렸습니다. 시골을 오가는 버스정류장에서 단단히 매듭이 지어진 보따리를 보면 가슴이 뜁니다.

지금도 그렇습니다. 거기 무엇이 담겨 있는지, 보자기가 참 편한 도구라든지, 그런 것은 제 두근거림과 아무런 상관이 없습니다. 매듭에 깃들인 삶에의 의지 그리고 꿈 그리고 거기 응어리진 온갖 애환이 그대로 전해져 오기 때문이라고 해도 좋을지 모르겠습니다.

월남전쟁이 한창이던 때, 저는 외국에 있었습니다. 그때 마침 『라이프』 잡지에서 월남의 한 마을에서 있었던 미군들의 주민 학살 사진을 커다랗게 보도한 적이 있습니다.

처음 사진에는 동네사람들 남녀노소가 제각기 손에 손에 보따리들을 하나씩 들고, 아기를 안고, 그렇게 걸어나오는 사진이었습니다. 다음 사진은 총격이 시작되면서 그 사람들이 쓰러지는 모습이 선명하지 않은 채 찍힌 사진이었습니다. 그리고 세번째 사진은 죽어 널브러진 사람들의 모습이었습니다. 그리고 저는 그 사진에서 꼭꼭 매듭이 매여 있는 보따리들이 시신들 옆에서 버려져 있는 모습도 보았습니다.

조금 전까지도 어떻게든 살아야겠다고 무언지 보자기에 담아 꼭꼭 힘주어 매듭을 지었을 그 사람들, 삶에의 희망과 의지

그림자 밟기

가 아직 그렇게 뚜렷한 매듭으로 드러났던 것이 바로 순간 전이었는데, 이제는 그 매듭만이 여기 살아 있던 사람이 있었다는 사실을 말없이 소리치고 있었습니다.

그날, 저는 참 오랜만에 엉엉 소리내어 울었습니다.

지금도 제게 보자기는 참 편리한 도구입니다. 그리고 그 매듭은, 여전히, 저리게 아픈, 그리고 그만큼 아름다운 꿈의 의지입니다.

하나.

지난달, 고향친구 어머님께서 세상을 떠나셨습니다. 7년 동안 치매로 고생하시는 어머님 모시느라 그 친구내외는 사는 것이 사는 게 아니더라는 소문을 들었던 터라 부음을 들은 순간, 돌아가신 어른께는 참 죄송하지만 '그 친구들, 자기네 몸 추스르기도 힘든 70노인들인데 이제는 고생 덜하게 됐구나' 하는 생각이 들었습니다. 자식도 알아보지 못하시고, 대소변도 가리지 못하시고, 잡수시는 것도 일일이 옆에서 도와드려야 했다니 마음고생 몸고생이 오죽했을까 짐작되었기 때문입니다.

시골병원 빈소에서 상제를 만났습니다. 오랜만에 만난 상제는 초췌하기 이를 데 없었고 부인도 얼굴이 퉁퉁 부어 있었습니다. 가슴이 뭉클했습니다. 듣던 대로 고생 참 많이 했구나 하는 생각이 다시 들었습니다. 그래서 저는 "그래도 임종하시면서 고생을 안 하셨다니 얼마나 다행이냐. 이제는 다 옛일로 돌리고 건강 챙기며 잘 살아야지" 하고 조문을 했습니다.

그러자 옆에 서 있던 부인이 펑펑 울기 시작했습니다. 상제도 얼굴에 흐르는 눈물을 씻을 생각을 하지 않았습니다. 그때 마흔이 다된 상제의 자식이 어머니를 부축하여 자리에 앉혀드리면서 제게 말했습니다. "어머니께서 어떻게 사실지 걱정이에요."

나중에 들은 이야기입니다. 치매도 사람 따라 다른지 그 어머님은 오랜 세월 그렇게 치매로 고생하셨는데도 한번도 당신의 얼굴에서 미소를 거두신 적이 없었다고 합니다. 오죽해야 동네분들이 그분을 '스마일 할머니'라고 불렀겠느냐는 겁니다. 며느리는 그런 시어머님을 모시고 갖은고생을 다하면서도 늘 동네사람들에게 "나는 우리 시어머님 때문에 살아. 어머님 얼굴만 보면 세상이 다 편해져. 나같이 복 있는 사람은 없어!" 하고 말했답니다. 다른 사람은 고생이 얼마나 심했겠느냐고 했지만 며느리는 오히려 그 어려움을 자기에게 주어진 축복으로 여기며 살았던 거죠.

둘.

빌 마틴 주니어와 존 아캠볼트가 함께 쓴 『매듭을 묶으며』라는 그림책이 있습니다. 눈이 먼 채 태어난 손자녀석과 할아버지의 이야기입니다.

할아버지는 늘 손자에게 이야기를 해주었습니다. 손자가 할아버지한테 말합니다.

"또 얘기해주세요, 할아버지. 제가 어떤 아이인지."
"여러 번 했잖니, 아가야. 너도 다 외웠겠다."
"그래도 할아버지 얘길 듣는 게 좋아요."
"그럼 잘 들어라. 이번이 마지막이다."
"아뇨, 싫어요. 할아버지. 마지막이란 건 없어요. 약속해요. 저하고 약속해요."
"약속 같은 건 안 한다. 할애비는 널 사랑해. 그게 약속보다 훨씬 낫지."
"저도 할아버질 사랑해요. 그러니까 또 얘기해 주세요. 제발요."

할아버지와 눈먼 손자의 얘기는 오늘도 계속됩니다.

"전 영원히 어둠 속에서 살아야만 하나요?"
"그렇단다. 너는 눈앞에 어둠의 장막을 드리우고 태어났지."
"하지만 눈으로 보는 것말고도 보는 방법은 많이 있어요."
"그렇고말고. 넌 어둠을 뚫고 보는 방법을 배우고 있어. 넌 할

그림자 밟기

수 있단다."

…

"할아버지가 제 곁에 있으면 전 늘 강해져요."

"할아버지는 언제까지나 네 곁에 있을 수 없어."

"싫어요, 할아버지. 저 혼자 남겨두고 떠나지 마세요. 제가 할아버지 없이 무슨 일을 할 수 있겠어요?"

"아가야, 넌 결코 혼자 남지 않아. 내 사랑이 언제나 네 곁에 있을 테니 말이야…"

오월입니다.

결혼
기념일

점점 더 심해진다고 딱 잘라 말할 수는 없지만 저는 꽤 오래전부터 사람이름을 잘 기억하지 못합니다. 다른 것 이것저것 기억하는 것을 보면 저 스스로 건망증에 걸린 것은 분명히 아니라고 자신 있게 말씀드릴 수 있습니다. 자식들 이름이나 남매들 이름이나 오래 자주 만나 '함께 살아간다'고 묘사할 수 있을 동료나 친구들의 이름을 기억하지 못하는 것은 아니기 때문입니다. 하지만 명함을 건네고 인사를 하고 서로 즐겁게 또는 일을 가지고, 담소를 나눈 사람을 다시 만나는 경우, 저는 대체로 그분의 성함을 기억하지 못합니다. 반가운 얼굴이고, 그래서 낯이 익은데, 언제 어디서 왜 만난 누구인지 거의 아무런 생각이 나지 않는 경우가 잦습니다. 당연히 결례를 하게 되고, 서로 난처해지곤 합니다.

사람 얼굴이나 이름을 기억하고 외워야 하겠다고 작심을 한다면 그것 못할 까닭이야 있겠습니까만 결국 관심이 지속되지 않기 때문인 듯합니다. 그리고 그렇다는 것은 이름을 기억하지 못

그림자 밟기

하는 사람보다 더 귀하게 마음에 지녀야 할 사람이 있어 그 이름이 가려지거나 걸러지는 것이라고 할 수도 있을 듯합니다. 그런데 딱히 그런 것만도 아닙니다. 요즘 저는 손자 재미에 흠뻑 빠져 과장한다면 세월 가는 줄을 모릅니다. 그런데 바로 그녀석 이름이 갑자기 생각이 나지 않는 때가 있습니다. 제가 지어준 이름인데, 기막힌 일입니다. 어느 때는 손자를 그녀석 애비이름으로 부를 때도 있습니다. 너무 가까운 탓인지도 모릅니다.

그런데 어느 편이 더 곤란하다고 해야 할는지 모르겠습니다만 제가 거의 기억하지 못하는 것 중에 또 하나가 있습니다. 연대(年代)입니다. 사람들의 이름을 기억하지 못하는 것보다는 훨씬 나을 것이라고 하실 분들도 계시겠습니다만 저는 아무래도 이편이 더 괴롭다고 말씀드리고 싶습니다.

저는 참 오래전부터 '제 나이를 잘 모르고' 살았습니다. 이러한 제 진술이 도대체 어떤 것일까 궁금해하실 만큼 이렇게 말씀드리는 것이 부자연스러운 것이라는 것을 저도 모르지 않습니다. 그러나 나이를 의도적으로 셈해 본 적이 없습니다. 갑자기 누가 물으면 즉각 답을 하지 못하고 조금 우물쭈물하게 됩니다. 제가 제 나이를 가장 잘 기억한 것은 정년퇴직을 전후한 1년입니다. 그때는 분명했습니다. 제 생전에 제 나이를 몇 년 몇 개월이라고 계산해 본 적도 그 무렵이 처음입니다. 그리고 곧 제 나이를 잊었습니다.

내자나 자식들의 나이도 잘 기억하지 못합니다.

제게는 몇 살 먹은 사람들이 제게 있는 것이 아니라 그저 같이 살고 만나고 또 헤어지곤 하는 사람들이 있을 뿐입니다. 나이를 기억한다 해서 특별히 득이 될 것도 없고 그렇지 못하다 해서 꼭 실이 될 것도 없다고 여깁니다. 그런 생각도 실은 하지 않았는데 제가 나이를 기억하지 못한다는 것을 강조하다 보니 이러한 표현을 했을 뿐입니다. 그러니 점점 그런 일들을 기억하는 일에 '게을러'질 수밖에 없어 결국 그렇게 되었는지도 모릅니다.

그런데 이름을 기억하지 못하는 것보다 나이를 기억하지 못하는 이른바 연대에 대한 망각증세는 거기서 끝나지 않습니다. 온통 뭇 숫자에 대한 건망증으로 확대됩니다. 제가 스스로 느끼는 심각한 문제는 바로 여기에 있습니다. 나이가 아니라 모든 연대기(年代記)를 저는 잘 기억하지 못합니다. 더 나아가 숫자로 이루어지는 사물들에 대한 인식은 제게 아예 거의 불가능한 영역에 속하기도 합니다.

짐작하시겠습니다만 그러니 저는 역사공부에 거의 백치나 다름없습니다. 자연과학에 대해서도 크게 다르지 않습니다. 수학이 기막힌 논리고 언어라는 사실을 터득했을 때의 감동을 잊을 수 없어 그에 대한 애정을 아직도 버리지는 못하고 있지만 그렇다고

그림자 밟기

'수학 함'이 제게 즐겁고 쉬우리라는 기대를 할 수는 없습니다.

신문을 볼 때 경제면이나 경제기사로 메운 섹션을 아예 거들떠보지 않는 것도 그러한 데 연유한 것이라고 짐작됩니다. 도대체 1천 원만 넘으면 단, 십, 백, 천, 만, 십만 하고 동그라미를 헤아리지 않으면 아니 되는 제가 경제기사의 내용을 짐작한다면 그것은 제 가장 세련되지 못한 거짓말 중의 하나일 것입니다. 오죽해야 저는 제가 매달 얼마를 받으며 살았는지 전혀 모릅니다. 살아가는 데 여유가 있었다든가 빡빡하기 그지없었다든가 하는 것은 느껴지는데 얼마라고 밝히 말할 수 있는 숫자는 도무지 분명하지 않습니다. 기억을 하지 못하는 것이지요.

세월을 살아오길 아득할 정도로 오래 했으면서도 그것을 양화(量化)하지 못한다거나 이러저러한 삶을 살아오는 동안 겪고 담은 것들이 한둘이 아님은 분명한데 그것을 또한 양화하지 못한다면 그것은 아무래도 틀이나 통에 걸맞은 속을 채우지 못한 소치임이 분명합니다. 가난하고 각박하고 공허한 삶을 살았기 때문이라고 여겨 틀리지 않을 듯합니다.

하지만 언제와 누구를 숫자로, 이름으로 기억하지 못해도 제가 기억하고 있는 것들이 있습니다. 손자의 이름을 때로 멍하니 잊을 때가 없지 않지만 제가 그녀석의 어떤 미소, 그녀석의 체온,

그녀석이 내 목에 감겼을 때의 그 팔힘, 그것을 잊지는 않습니다.

　　그것이 몇 년, 몇 월, 어느 날에 있었던 일인지 저는 기억하지 못합니다. 하지만 그 일이 내게 준 '감동'과 '희열'을 되새기며 스스로 내 삶을 그윽하게 행복하도록 하기 위해 반드시 연대기로 서술되는 미소와 체온과 힘이어야 한다는 것을 저는 받아들일 수 없습니다. 오히려 연대기가 서술되는 그러한 미소 등은 이제는 사라진 오랜 옛날의 현실로 기술될 뿐, 지금 여기에서의 현실성은 철저하게 배제되어 아예 내 삶을 형해화(形骸化)한다는 항변까지 하고 싶은 심정입니다.

　　못난 변명일는지 몰라도 저는 이름도 연대기도 기억하지 못하면서 그저 그때, 그 사람에 대한 참 많은 것을 기억합니다. 그날 그의 얼굴에 스쳤던 구름의 그림자… 그때 그가 다가오면서 들렸던 발소리의 무게… 아, 그때 거기 마침 꺾인 마른 나뭇가지가 버려져 있었지… 문득 보였던 서서히 지는 석양의 빛깔… 왜 너는 그때 거기서, 하필이면 거기서 앉아 있었니? 햇볕이 너무 따가웠는데… 또박또박 쓴 문서에 담긴 욕심의 꿈틀거림, 행간(行間)은 그렇게 읽혔지, 그래, 그랬었다. 그 종이는 왜 그리 하얗던지…! 무척 서둘렀었다. 바람이 좀 불었을 뿐인데, 왜 그리 급했던지. 네 아쉬워하던 표정, 그게 언제였지? 왜 그랬었지…? 언젠가 네가 앉았던 자리가 꽤 오래 따듯했던 것 나 알아. 지금도 이렇게 따듯하게 전

그림자 밟기

해져 오는 걸… 예수님, 그러셔야죠. 앉은뱅이한테 벌떡 일어나라고 하셔야지요. 그래야 합니다. 우리 모두 앉은뱅이인걸요. 지금, 당장, 여기에서요… 그게 여름방학 때였지? 몇 학년이었던가, 우리? 몰라, 몰라도 돼. 아무튼 너하고 나하고 냇가에서 미꾸라지 잡는다고 멀쩡한 소쿠리 다 버리고 네 어머님께 꾸중 듣던 일, 그래, 2학년? 아냐. 3학년이면 어떻고 5학년이면 어떠냐? 그래 그런 일도 있었지. 또 소쿠리 가지고 냇가로 갈까? 야, 벌써 나는 수백 번도 더 갔다, 허, 허… 우리 멋있는 다방에 가서 우아하게 차를 마시고 싶었었지. 그랬어, 언제였지? 아마 결혼하고 몇 년 지나서였을 거야. 아무튼 그래. 그러다 어느 커피숍에 들렀다가 너무 비싸 그저 나와버린 적 있었지. 그래. 그런데 그때 커피값이 얼마였지? 모르겠는데….

연대기를 기술하면 모든 일어난 일들이 다 거기 모여 그 일들이 뚜렷하게 되살아날 수도 있을 것입니다. 그러나 어떤 일이든 그것을 서술하고 설명하기 위하여 자상한 연대기를 기술하다 보면 어쩌면 일어난 일들이 산산이 흩어지면서 모두 달력의 낱장이나 시계의 시침에 매달려 조각조각 흩날릴지도 모릅니다.

삶을 어떻게 기억해야 하나? 아니, 삶은 어떻게 기억되는 것일까? 이름에 담기는 얼굴일까, 아니면 얼굴을 가리는 이름일까?

대체로 남자제자들은 재미가 없습니다. 겨우 찾아와 한다는 이야기가 거의 천하대사를 논하는 것들입니다. 그런데 여자제자들은 만나면 즐겁습니다. 사는 이야기를 마치 친정아버지 대하듯 도란거립니다. 아이가 둘이나 있는 어미 된 녀석이 요전에 와서 애비를 한껏 비난을 하고 갔습니다.

"글쎄, 결혼한 지 겨우 만 4년인데, 벌써 결혼기념일을 잊어버려요? 대학 3학년 때부터 연애했으니까 벌써 우리 관계가 9년째예요. 그런데 이제는 실망뿐이에요."

"아이만 없으면…" 하는 소리가 곧 나올 것 같아 제가 서둘러 말을 끊었습니다. "야, 이녀석아. 네 신랑이 결혼기념일은 잊어버려도, 내 짐작에 너하고 결혼했다는 사실은 잊지 않고 있을 거야. 얼마나 다행이냐…. 기억할 것만 기억하면 다른 것은 다 잊어도 좋은 거야."

훈수가 되었는지 절망을 안겨주었는지는 모르겠습니다만, 아무래도 저는 제 기억상실증을 아끼고 싶습니다. 고약한 독선인 줄 알면서도.

이상한
이야기

옛날 어떤 아이의 이야기입니다. 지금도 대체로 그러하지만 그때는 학생들이 모두 교복을 입고 학교를 다녔습니다. 마땅히 그래야 했습니다. 우리 모두 익히 아는 일입니다. 그러므로 그랬다고 하는 것을 이야기한다는 것은 이상한 일입니다. 하지만 그 이상스러운 이야기를 하고 싶습니다. 그 아이는 교복을 입지 못하고 학교를 다녔기 때문입니다.

물론 오랫동안 이러한 일이 지속된 것은 아닙니다. 6·25 전쟁 직후, 학교가 문을 다시 연 지 얼마 되지 않은 기간이었기 때문에 길어야 겨우 한 학기 동안의 일입니다. 그다음부터는 어떤 일이 있어도 학교에서 학생들에게 교복만은 반드시 입게 했습니다. 교육은 그렇게 같은 옷을 입히듯이 일정한 틀에 넣어 다듬은 모습으로 있어야 비로소 이루어지는 것이라고 여기고 있었든지, 아니면 아주 좋게 말해서 교복을 입혀 어떤 자아정체성을 확립하게 해주려 했든지 했을 것인데, 지금 생각하면 일제의 군국주의가 무의식을 물들여 아무 의도 없이 그렇게 옷을 통일하였었는지도 모르겠다는 생각이 들기도 합니다.

아무튼 그 아이는 교복을 입지 못했습니다. 학교를 다니겠다는 것 자체가 무모한 일이었다고 할 수밖에 없는 '어려운 처지'에 교복은 그야말로 사치였기 때문입니다. 그렇다고 교복 아닌 옷이 넉넉했던 것은 아닙니다. 철따라 바꿔 입기는커녕 같은 계절에서도 빨래를 해 입기조차 힘들었습니다.

요즘 아이들은 이러한 이야기를 하면 정말 이상한 이야기로 여깁니다. 알아들을 수 없기 때문입니다. 당연한 일입니다. 그 '옷 고민'이 짐작이 되질 않으니까요. 물론 그때도 어떻게 해서든 교복 한 벌 맞추면 그것이 교복을 입지 않는 것보다 훨씬 옷문제를 풀어준다는 것을 모르지 않았습니다. 하지만 그렇게 편하게 해주는 교복을 만들어 입을 수 없는 현실이 있었습니다.

어폐가 있습니다만 '다행히' 그 아이만 그런 것은 아니었습니다. 그 아이 말고도 서너 친구가 교복을 입지 못하고 학교를 다니고 있었습니다. 한 학년 150명인 시골학교이었는데 아마 전교생 중에서 교복을 입지 못하고 학교를 다닌 학생은 모두 합해 보아야 10명 남짓했으리라 생각됩니다.

그 아이는 이장계(異裝屆)라는 것을 담임선생님께 내고 허가증을 받아야 했습니다. 그래서 그 아이의 호주머니에는 언제나 학생증과 이장 허가증이 함께 있었습니다. 교문에 들어설 때면 기율부(紀律部) 학생에게 그 증명서를 제시해야 했습니다. 수업시간마다 그 아이는 선생님 물음에 대한 답변을 해야 하는 아이로 지목을 받곤 했습니다. 눈에 띄었기 때문입니다. 아이들은 대체로 너그러웠지만 그 아이는 때로 '좋은 아이들'의 지나친 동정의 눈길을 피하느라 힘들기도 하였습니다.

이래저래 그 아이는 점점 소심해지기 시작했습니다. 가끔 자신을 감추고 싶다는 생각을 하곤 했습니다. 커다란 나무둥치를 보면 자신이 그 몸통으로 스며들어 나무가 되어버리는 꿈을 꾸곤 했습니다. 아무것도 드러나지 않는 어두운 밤이, 온갖 것들이 제각기 제 모습을 지니고 온갖 채색을 한 채 자신을 드러내는 낮보다 얼마나 더 편한가 하는 생각도 했습니다. 교복만 입으면 또는 교복 아닌 이 옷을 벗으면, 세상을 한꺼번에 넘어서는 '신나는 일'이 벌어질 거라고 생각했습니다. 아무도 모르게 강가에 나가 강물에 별이 비치는 시각에 그 아이는 옷을 하나하나 벗어보기도 했습니다.

그 아이가 마침내 교복을 입고 등교한 날, 그가 무엇을 어떻게 겪고 지녔는지는 알 길이 없습니다. 그 아이도 이제는 그 일을 되새김질할 만큼 어리지도 않을 뿐만 아니라 저도 그 아이에게 그 '상처'를 다시 덧낼 필요가 없었기 때문입니다.

그 아이의 아내를 만났을 때, 그 아내는 저에게 아주 이상한 이야기를 해주었습니다. 정말 그 이야기가 이상한지 이상하지 않은지는 알 수 없지만 그 아이의 아내는 분명히 그렇게 말했습니다.

"제 남편은 아주 이상해요. 어렸을 때부터 친구간이니까 잘 아시겠죠? 아시는 대로 설명을 해주세요. 무어냐 하면요, 남편은 새로 옷을 사자고 하면 마구 화를 내는데 그 정도가 예사롭지 않아요. 일상 만나는 그런 남편이 아니에요. 처음에는 살림을 근근이 하는 터이니까 유행 따라 옷을 입는 투의 옷 낭비는 하지 말자는 것쯤으로 이해했어요. 그런데 이제는 좀 살 만하게 되었는데도 옷을 사자면 화를 내는 수준이 점점 험해져요. 왜 제 남편이 이럴까요? 참 이상해요."

그 아이를 만나 제가 물었습니다.
"야, 너 이장계 내고 학교 다니던 것 기억나니?"
"뭐, 이장계? 아, 맞다. 그런 일 있었지, 그래!"

그 아이는 까맣게 잊은 듯했습니다.

제가 말했습니다.

"야, 이 친구야. 네 안식구에게 그 이야기 좀 해라. 그렇지 못하면 넌 평생 중학교 1학년이야!"

몇 달 뒤, 우리가 만났을 때, 그 아이는 한창 유행하는 색깔의 말쑥한 콤비를 입고 있었습니다. 그 아내로부터 더 이상 이상한 이야기도 듣지 못했습니다. 제 가슴이 갑자기 가벼워지는 것을 느꼈습니다. 저도 그동안 그 아내의 이상한 이야기 때문에 조금은 가슴앓이를 했던 모양입니다.

소나기

가끔 고향에 다녀옵니다. 말이 고향이지 아무도 저를 반겨줄 사람이 없습니다. 반겨주기는커녕 저를 아는 사람도 없습니다. 큰댁 뒷동산에 서 있던, 용트림하던 소나무도 죽은 지 벌써 열 해쯤 됩니다. 변하지 않은 것은 동네를 둘러싸고 있는 산의 능선들뿐인데 그것도 거의 중턱 가까이까지 새 길이 나서 산등성이를 가리면 낯설기 짝이 없습니다. 그런데도 불쑥불쑥 고향에 가곤합니다.

차를 타고 고속도로를 달려 한 시간 반쯤 가면 국도에 들어서고, 그 길을 따라 다시 반 시간을 달리면 읍내에 들어서는데, 멈추지 않고 나와 다시 강을 끼고 10분쯤 달리다 강과 헤어져 바른 쪽 지방도로로 달리기를 20분쯤 더하면 고향마을이 보입니다. 가서 할 일이라고는 아무것도 없습니다. 하룻길 나들이일 경우에는 이제는 물이 말라버린 동네 옆에 흐르던 개천가 나무 밑에서 멍하니 앉아 있다 오기도 하고, 이틀길이어서 하루를 묵을 때면 뒷산 등성이에 올라 제법 '산을 타다' 오기도 합니다. 그리고 나면

그림자 밟기

피곤하던 일상이 다시 제자리를 잡고 힘을 얻는 듯합니다.

그런데 그 고향길을 가다 보면 강과 헤어진 지 얼마 되기 전에 급하게 오른쪽으로 길이 굽어지는 곳이 나옵니다. 그리고 그 굽이를 돌면 갑자기 앞이 탁 트이면서 저 아득한 끝까지 들판이 활짝 펼쳐지는 곳에 이릅니다. 저는 거기에 이를 때마다 거의 관성(慣性)처럼 옛날 일을 회상하곤 합니다.

수복(收復)이 되고 학교들이 다시 문을 열자 작은누님과 저는 읍내에 나가 학교를 다녔습니다. 그리고 토요일이면 학교가 끝나자마자 서둘러 빨랫감들을 싸들고 그 고향집으로 가곤 했습니다. 차를 탈 생각은 전혀 하지 못했습니다. 정기적인 교통편이 있던 것도 아니어서 재수가 좋으면 시장 어귀에서 트럭을 얻어타는 것이 고작이었습니다. 그런 날이면 뒤 짐칸에 올라타고 달리는 기분이 얼마나 상쾌했었는지요.

어느 여름날, 누님과 저는 지금 아무리 생각해도 사연이 뚜렷하지 않은데, 각기 밀가루 한 포대씩을 이고 지고 그 길을 터벅거리면서 집으로 가고 있었습니다. 그날따라 차도 없었지만 누님은 운전하는 분이나 다른 남학생들에게 희롱을 당하는 것이 싫다고 하면서 함께 걸어가기로 했습니다. 저는 새끼줄로 멜빵을 해서 지고 있었기 때문에 편했지만 누님은 익숙하지 않은 터여서 밀가루자루를 머리에 인 목이 아파 몇 번이나 이고 가던 밀가루자루를 내려놓고 쉬곤 했습니다. 그런데 들판이 트이는 그 굽이를 돌아서 자마자 저 들판 끝에서부터 뽀얗게 소나기가 밀려오는 것이 보였습니다.

길 옆에는 논과 밭만 펼쳐졌을 뿐 나무 한 그루도 커다란 것이 없었습니다. 집도 보이지 않았습니다. 뒤를 돌아보아도 사정은 다르지 않았습니다. 그런데 멀리 산밑에 초가집 한 채가 논두렁으로 족히 10분은 달려야 도달할 만한 곳에 있는 것이 보였습니다. 우리는 그 집을 향해 뛰기로 했습니다. 그러나 소나기는 해안의 파도처럼 순식간에 우리가 있는 데로 다가오고 있었습니다. 누님은 밀가루포대를 안고 뛰었습니다. 저도 밀가루가 젖으면 큰일이다 싶어 포대를 가슴에 안고 뛰었습니다.

그러나 우리가 그 집에 다다른 것은 밀가루도 저희 남매도 비에 흠뻑 젖은 다음이었습니다. 비가 그치고, 저희는 다시 밀가루포대를 이고 지고 길을 재촉했습니다. 자루는 무게가 천근이었습니다. 속속들이 젖은 것은 아닐 거라고 하면서 누님과 저는 정말이지 타박거리며 긴 산길을 돌아 집으로 갔습니다. 그 밀가루를 어떻게 했었는지 생각이 잘 나질 않습니다. 별 탈 없이 잘 먹었으리라 생각되지만 그때 생각을 하면 그 집까지 달려가던 길이 왜 그리 멀고 힘들었는지 지금도 숨이 가쁘고 다리가 무거워집니다.

그림자 밟기

지금 그 길은 잘 닦인 콘크리트 도로가 되었습니다. 이전 길은 가느다란 실낱같은 길로 옛날은 이랬었다는 흔적으로 남아 있을 뿐입니다. 주변에는 '무슨무슨 가든'도 보이고 '이런저런 모텔'들도 보입니다.

그러나 그 길을 지날 때면 저는 비에 흠뻑 젖은 채 밀가루 포대를 안고 눈물을 머금고 있던 누님의 절망 어렸던 얼굴이 보입니다. 한 방울이라도 비를 맞지 않게 하려고 품에 포대를 안고 달리던 안타깝던 사내녀석의 얼굴도 보입니다. 비는 들판 끝에서부터 무서운 기세로 달려옵니다. 누님과 저는 정신없이 뜁니다. 숨이 턱에 닿습니다. 그런데 길은 줄어들지 않습니다. 집은 여전히 멀기만 합니다.

지난번, 고향에 다녀온 뒤 경찰이 보내온 통지서를 받았습니다. 교통법규 위반 통지서인데 과목은 과속이었습니다. 80km로 달려야 할 길을 저는 120km로 달린 것이었습니다. 장소가 바로 그 모롱이였습니다.

너무 **여리지**
않았기를

어른께서는 참 꽃을 좋아하셨습니다…. 이렇게 말을 시작하면 "그 어른 댁에는 그래서 온통 꽃들로 가득 찼었다"라든지 "어른께서는 이런저런 꽃들을 철따라 가꾸시면서 매우 행복하고 자랑스러워하셨다"든지 하는 긴 이야기를 위해 많은 현란한 꽃이름들을 우선 나열해야 당연합니다.

하지만 저는 그렇게 이야기를 이을 수 없습니다. 제가 이어 나아갈 수 있는 묘사는 고작해야 다음과 같은 정경(情景)일 뿐입니다.

문을 들어서면 복숭아나무가 한 그루 있었습니다. 그 옆에는 벚나무가 한 그루 있었습니다. 저는 그 두 나무들을 언제나 혼동하곤 했습니다. 꽃이 피어 그 나무들이 스스로 "내가 벚나무요, 내가 복숭아나무요" 하기 전까지는 늘 그랬습니다. 조금 더 들어오면 채송화가 문에서 마당에 이르는 다섯 발짝쯤 되는 길 양옆에 죽 심어져 있었습니다. 그 납작한 꽃들이 제각기 노랑 빨강 색깔들을 활짝 피어 열 때면 저는 저보다 더 키가 큰 꽃의 숲속을 거니는 것 같은 느낌을 갖곤 했습니다.

대청마루랄 것은 못되지만 마루를 지나 건넌방 옆에 가면 커다란 호두나무가 한 그루 있었습니다. 노란 쐐기들에게 하도 자주 쏘여 저는 그 나무를 별로 좋아하지 않았지만 호두는 지금껏 제가 좋아하는 '열매'입니다. 바로 그 옆에 장독대가 있었는데 항아리를 받치는 돌들 틈에 맨드라미들이 몇 그루 있었습니다. 꽃술이 넙적넙적한 그런 맨드라미였는데 저는 그 꽃잎을 살살 쓰다듬기를 좋아했습니다. 미끄럽지도 도톨거리지도 않는 그 촉감이 늘 따뜻했습니다.

가끔 누가 실수를 해서 흘린 흔적처럼 봉숭아꽃이 필 때도 있었는데 그 꽃을 볼 때마다 저는 노랫말 따라 "네 모양이 처량하다"고 해야 할 텐데 그럴 수 없이 곱기만 하다고 느끼면서 조금 갈등하기도 했습니다. 하지만 어느 날, 문득 활짝 핀 꽃그늘 밑에서 초라해진 잎을 보면서 '정말 처량하구나' 하는 생각을 잠깐 했던 기억이 나는 것을 보면 그 '처량함'이 제게 와닿을 수 있기에는 제가 너무 어렸음에 틀림없습니다.

계절을 구별하지는 않았지만 정경이 이러하고 보면 그 어른께서 꽃을 얼마나 좋아하셨고 그 꽃사랑이 얼마나 아름답게 그 댁에 마련되어 있었는지 확인할 수 있을 만도 합니다. 하지만 가만히 들여다보면 이런 묘사가 꽃을 좋아하는 분의 댁의 모습을 그리는 것으로는 잘 어울리지 않는다는 것을 쉽게 짐작하실 겁니다.

꽃들의 종류가 너무 가난합니다. 곰살궂게 가꾸어야 꽃답게 될 꽃나무다운 꽃도 실은 없습니다. 게다가 이른바 '좋아하는' 정도가 지극함을 드러내는 요즘 말로 하면 '마니아'다운 모습도 이 정경에서는 전혀 나타나지 않습니다. 화분은 집 안에 하나도 없습니다. 난을 키우는 '고상함'도 없습니다. 분재를 하는 '예술적 기교'도 없습니다. 화려하거나 기품이 있거나 넉넉하거나 소담스러운 꽃꽂이도 없습니다. 있는 것은 다만 제풀에 자라 제철에 맞추어 스스로 피고 지는 그런 꽃들 한줌뿐입니다.

그럼에도 그 어른께서는 꽃을 참으로 사랑하셨습니다. 꽃을 화분에 옮겨 심는 일을 마음에 들어하지 않으셨습니다. 그 일은 꽃을 사랑하는 것이 아니라 나를 위한 것이라는 생각을 늘 하시는 듯했습니다. 분재에 대해서는 더 아픈 반응을 보이곤 하셨습니다. 사랑하는 일은 상대를 그렇게 묶어 자기 마음대로 휘게 만드는 것은 아니라는 생각이셨던 듯한데, 말씀을 분명히 하신 적은 없습니다. 꽃꽂이는 사랑하는 것을 싹둑싹둑 잘라 물에 담그면서 제법 '사랑한다'고 하는 것인데 어쩌면 그것은 철저한 위선일 수도

그림자 밟기

있지 않으냐는 조금은 분노가 섞인 못마땅함을 드러내기도 하시는 듯했지만 확인할 길은 없습니다. 어른께서는 그렇게 꽃을 사랑하셨습니다.

그 자식이 자라 '사랑'을 하게 되었을 때, 그녀석은 사랑이란 화분 만들기도, 분재 키우기도, 꽃꽂이를 하는 것도 아니라고 다짐했습니다. 채송화처럼, 봉숭아처럼, 복숭아나무와 벚나무처럼 그리고 호두나무처럼, 그렇게 철따라 제 꽃을 피면서 스스로 아름답게 살고, 사랑하는 사람이 그렇게 또 스스로 아름답게 살도록 하는 것이 사랑이라 믿었습니다.

그런데 아무리 생각해도 너무 여리셨습니다. 아무리 생각해도 너무 착하셨습니다. 그리고 아무리 생각해도 너무 순하셨습니다.

꽃 한 송이 꺾지 못하시면서 꽃을 사랑하시던 그 어른께서, 그렇게 여리고 착하고 순한 그 어른께서, 어째서 반세기 전에 일었던 이 땅의 소용돌이 속에서 자신의 시신도 남겨놓지 못하고 주검더미에서 사라지는 모질고 흉하고 덧없는 삶을 사시다 가셨는지 참 알 수 없습니다. "너무 여리고, 너무 착하고, 너무 순하신" 바로 그 '너무함'이 그 어른의 삶을 그렇게 만들어버린 것은 아닐까 하는 생각조차 듭니다.

자식의 연인이 그녀석에게 "어떻게 된 남자가 사랑하는 사람에게 꽃 한 송이도 바치지 못하느냐"고 불평했을 때, 그 자식은 사랑하는 여인에게 네 권의 책을 선물했습니다. 『봄에 피는 꽃』『여름에 피는 꽃』『가을에 피는 꽃』 그리고 『겨울에 피는 꽃』이라고 이름 한 '꽃 그림책' 한 질(帙)이었습니다.

그 자식이 너무 여리지 않았기를 빌 뿐입니다.

그림자 밟기

자식과의
거리

우리네 나이쯤 되면 누구나 한숨 쉬며 하는 말이 있습니다. "자식
키워봤자 모두 허사야!" 하는 말이 그것입니다.

물론 모두 이렇게 자조적(自嘲的)이기만 한 것은 아닙니다.
자식들 살아가는 것 보면 마음속 가득히 뿌듯한 보람이 차오르는
분들도 계십니다. 아무개 애비라는 말을 들으며 늘그막을 그야말
로 영예롭게 사는 분들도 계시고, 오순도순 제 살림 꾸려가며 알
뜰살뜰 부모 모시는 자식들 때문에 늙는 것조차 잊고 사시는 분들
도 계십니다. 그러니 자식모습 바라보며 누구나 한숨을 쉰다는 말
은 아무래도 과장임에 틀림없습니다.

또 우리가 말년에 덕보고 살려고 자식한테 마치 투자하듯
살아온 것은 아닙니다. 저희들 잘되고 사람구실 건강하게 하면서
살라고 그런 것이지 다른 욕심이 있어서 그런 것은 결코 아닙니다.
그러니 그런 후회를 할 필요가 전혀 없습니다.

하지만 자식이 성장하여 장년이 되고, 자기 역할과 자기 역량이 늘어나고, 결혼을 하여 제 식구가 생기면서 갑작스레 자식이 남이 되는 것을 뼈저리게 느끼는 것은 늙은이 누구나 겪는 일입니다.

훌륭한 자식들이거나 훌륭한 부모의 경우에는 그렇지 않으리라고 하실지 몰라도 꼭 그런 것 같지는 않습니다. 미국의 어떤 소설에서 읽은 이야기입니다. 아버지가 늘 자녀들에게 "어떤 상황이든 슬기롭게 대처하면서 의연하게 살라"고 가르쳤답니다. 그 가르침 따라 자식들은 훌륭하게 컸습니다. 그런데 어느 날 외지에 나간 채 통 소식이 없던 딸이 오랜만에 전화를 하고는 뜻밖에도 인디언과 결혼을 하겠다고 말했답니다. 순간, 당황한 아버지를 눈치챘는지 딸이 이렇게 말했다는군요. "아빠, 어떤 상황이든 슬기롭게 대처하면서 의연하게 사셔야 해요."

자식이나 부모가 잘났든 못났든 상관이 없습니다. 부모와 자식이란 어떤 인간관계보다도 철저하게 애증이 들끓는 관계입니다. 자식이 제구실하게 되면 부모는 쓸모없는 사람이 됩니다. 자식이 제구실을 못하면 끝내 부모는 가슴에 못이 박인 채 살게 됩니다. 그게 자연이기도 하구요. 그런데도 아쉽습니다. 그래서 억지를 부립니다. 못났으면 못났기 때문에, 잘났으면 잘났기 때문에 아직도 품에 안고 있어야 하고, 아직도 타일러야 하고, 아직도 절대적

그림자 밟기

으로 존경받아야 하고, 아직도… 아직도… 아직도… 내 '아이'여야 합니다. 그렇다고 다 큰 자식 품에 안을 수도 없고, 자식과의 관계를 끊을 수도 없지요. 그렇다면 문제는 적당한 거리를 유지하는 일입니다. 밀착한 관계도, 소원한 관계도 바람직한 것은 아니니까요. 세상이 바뀌었는데 여전히 대가족 동거를 주장하는 것도 조심해야 할 일이고, 그렇다고 다 자란 새끼니 이제는 나 몰라라 하듯 팽개칠 수도 없는 일입니다.

그렇다면 그 '거리'란 얼마만한 것일까요. 어느 분이 쓰신 책(유경, 『마흔에서 아흔까지』, 서해문집, 2005)에 보니까 주목해야 할 사례가 기술되어 있더군요.

어떤 시어머니가 직장생활을 하는 며느리를 위해 손발이 다 닳도록 살림을 해주었는데, 그래서 그 며느리는 훌훌 날듯이 직장생활을 했는데, 시어머니가 한 열흘 여행을 떠나자 그 며느리가 살림에 직장에 정신이 없으면서도 이렇게 친구에게 말했다는군요. "열흘 동안 얼마나 자유롭고 행복했는지 몰라!" 이 두 분 간의 거리를 얼마나 된다고 생각하십니까?

또 이런 이야기도 있더군요. 자식은 끓는 국을 갖다주면 꼭 먹기 좋게 식을 만한 거리를 두고 살아야 한다고요. 이것이 비단 지리적인 거리만이겠습니까? 끓던 마음이 식어 따듯해질 수 있는 그런 마음의 거리이기도 하지 않겠습니까?

자식들 때문에 속 많이 썩으시지요? 그런데 자식들은 우리만큼 그렇게 아프지 않습니다. 우리가 그랬듯이요. 그저 우리가 더 현명하게 '거리'를 헤아리며 살아야 잘 늙는 사람이 될 것 같습니다.

자식 때문에 늘 행복하신 분들께는 당치 않은 말씀드려 죄송합니다. "원 별일도 다 있네. 딱한 사람들 같으니…"라고 하시면서 웃어주시면 됩니다.

그림자 밟기

일산 다녀오는
길

국립암센터에서 강의를 할 일이 있어 그곳을 다녀왔습니다. 센터가 있는 일산은 10년을 넘게 다닌 길입니다. 과속을 단속하는 카메라가 어디 있는지도 환히 압니다. 어디쯤 가면 몇 차선으로 들어서는 것이 편한지도 압니다. 어디쯤 가면 길가에 긴 논두렁이 보이고, 거기 넓은 들판이 어떻게 철따라 모습을 바꾸는지도 압니다.

아내하고 함께 갈 때면 어느 굽이에 이르러 아내가 무슨 말을 할지도 압니다. 얼마 전에 바로 그쯤에서 갑작스럽게 끼여드는 차를 미처 살피지 못해 놀랐던 이야기입니다. 열 번도 더 되풀이해서 들은 이야기고 보니 아내하고 이 길을 오간 것도 꽤 오랜 일임에 틀림없습니다.

일산에 들어서면 오른쪽으로 주유소가 있습니다. 늘 거기에 들러 기름을 넣었습니다. 자주 다니다 보니 일하는 젊은 친구들의 얼굴이 바뀌는 것조차 눈에 뜨입니다. 때로 안 보이는 친구들

172

의 안부가 궁금합니다. 하지만 묻지는 않습니다. 그렇게 새 얼굴을 만나고 돌아올 때면 궁금한 지난 얼굴의 친구가 지금 어디서 어떤 일을 하고 있을까를 상상하는 것이 즐거움 중에 하나이곤 했습니다. 그러면서 되됩니다. 제발 행복하거라.

일산에 일컬어 국제꽃전시회란 잔치가 열리면 마음이 편하지 않았습니다. 호수 주변에 울을 쳐 지천으로 꽃들을 피워 쌓아놓았고, 그렇게 피어 있는 꽃들은 아름답기보다 '천박하게' 화려했기 때문입니다. 그 돈으로 일산에 있는 모든 집들에다 마당에도 베란다에도 길거리에도 꽃을 심게 하고 누구나 지나가다 그 꽃그늘에서 가족끼리 친구끼리 도시락도 먹을 수 있게 해주면 얼마나 좋을까 하는 생각을 했습니다. 마실 물은 집주인들이 얼마든지 대접할 수 있을 것 같았습니다. 꽃잔치는 그래야 할 것 같았습니다.

백마역 앞에 사시는 어머님께 그 말씀을 드린 적이 있습니다. 어머님은 자식의 말을 듣고 그럴싸하다는 듯 웃으셨지만 마음은 그렇지 않으셨습니다. "나는 사는 층이 너무 높아 꽃을 마당에 심지도 못하겠고 마실 것도 대접을 못하겠구나!" 하고 말씀하셨기 때문입니다. 공연한 말씀을 드려 송구스러웠습니다. 생각의 모자람이 스스로 부끄럽기도 했습니다.

강의를 끝내고 돌아오는 길이었습니다. 멀지 않은 백마역

그림자 밟기

을 향해 갔습니다. 오늘 겪은 이야기를 어머님께 말씀드리고 싶었습니다. 호스피스 교육을 위한 강의였는데 봉사자 한 분이 이런 이야기를 들려주셨습니다.

환자가 임종이 가까운데 자식들은 아직 도착하지 않고, 그래서 불안해진 환자는 차마 눈을 감지 못하고 있는데, 옆에서 그 모습을 보면서 가슴이 아파 견딜 수 없던 그 봉사자는 침대 곁에 서 있을 수만 없어 신발을 벗고 침대에 올라 환자의 등뒤에 앉아 두 다리를 벌리고 환자를 가슴에 안았다는 이야기. 그러면서 "걱정 마세요. 곧 자식이 올 거예요. 참 훌륭한 아들이죠. 얼마나 바쁘게 오고 있겠어요. 며느리도 얼마나 착해요. 참 행복하신 어른이세요. 편하게 주무세요" 하고 말하면서 임종환자의 어깨를 부드럽게 토닥였다는 이야기. 그랬더니 온몸의 무게를 봉사자에게 실으면서 임종환자가 "그래요. 나 참 행복해요. 고마워요. 자식이 오면 나 행복했다고 일러줘요" 하고 눈을 감으셨다는 이야기.

백마역 가까이 있는 어머님께서 사시는 아파트까지 가는 길은 멀지 않습니다. 네거리를 두 개 지나고, 어머님께서 늘 좋아하시는 크림빵을 파는 케이크집을 꺾어돌아 좀 가다 초등학교 담을 끼고 다시 한번 길을 돌아가면 거기 아파트단지 입구에 들어섭니다. 네거리를 지나고 또 네거리를 지나면서 어머님께 이 이야기를 들려드리는 것이 좋을지 그렇지 않을지 조금 걱정이 되기 시작했습니다. 연세가 많으신 노인이신데다 멀리 있는 손자들을 무척 보고 싶어하신다는 데 생각이 미치자 아무래도 이 이야기는 내 감동으로 담아두는 것이 좋을 듯싶었습니다.

그러면 다른 어떤 이야기를 해드려야 하나, 생각하는 사이 어느 틈에 케이크집을 지났습니다. 아직 저녁 퇴근시간이기에는 좀 이른 탓인지 길들이 잘 뚫렸습니다. 쉽게 학교 옆을 지나 아파트단지로 들어가 늘 세우던 주차장에 차를 세웠습니다. 그러다 입구 보도 옆모서리에 있는 작은 납작한 바위를 보았습니다.

그리고 그 순간, 갑자기 가슴이 철렁 내려앉았습니다. 어머님께서 집에서 나오시면 우선 거기서 한번 쉬시고 노인정에 가시던 그 바위입니다. 온몸의 힘이 빠졌습니다. 망연자실(茫然自失)이란 이런 경우를 두고 하는 말인 것 같습니다. 발을 몇 걸음 떼어 그 바위에 앉았습니다. 멀리 높은 아파트 꼭대기 위 파란 하늘에 조각구름이 떠 있었습니다. 그사이 더 먼 하늘에서 어머님 모습을 얼핏 뵌 듯했습니다.

내일은 어머님 산소에 다녀와야겠다고 생각했습니다.

그림자 밟기

감사

아주 오래전 일입니다. 지금은 '어버이날'이 됐습니다만 해마다 돌아오는 '어머니날'에 저는 중학교 2학년 학생들에게 이날을 잘 보내자는 이야기를 했습니다.

"어머니께서 나를 낳고 기르시느라 얼마나 고생을 하셨니! 밥도 해주시고 빨래도 해주시고…. 내일 하루 만이라도 어머니께 감사하는 마음으로 어머니를 기쁘게 해드리면서 잘 지내자."

이때 한 학생이 손을 번쩍 들고는 이렇게 말했습니다.
"그것도 못해 줄 바에야 뭐 하러 낳았어요?"

뜻밖의 질문에 할말이 없었습니다. 순간 생각해 보니 그 말이 그르지 않았기 때문입니다. 부모가 자식을 낳았으면 당연히 먹이고 입히고 보살펴야죠. 그것도 하지 못하면서 자식을 고생시키는 것은 아예 부모의 자격도 없는 거고, 그 역할을 잘한다면 그것은 부모가 해야 할 당연한 일을 하는 거니까 자식들이 감사해야 할 조건이 되지 않는다는 건데, 저는 이 주장에 조금도 반론을 제기할 수가 없었습니다.

지금 생각하면 건방진 녀석이라고 야단도 칠 만한 상황이었는데, 그때 저는 무엇엔지 뒤통수를 맞은 것 같은 충격을 느끼면서 '하긴 그래!' 하는 느낌 때문에 그야말로 꼼짝을 못했습니다. 아마도 제가 자식들에게 애비노릇을 제대로 못하고 있다는 자책이 저를 그렇게 만든 것 같습니다.

저는 서둘러 대답했습니다.
"그렇구나! 네 말이 그르지 않구나…. 그래도 어머니께 고맙다고 해야 할 것 같은데… 내가 집에 가서 생각해 보고 다시 너희에게 이야기하마."

그다음에 제가 다시 학생들 앞에서 집에 가서 생각한 '어머니께 감사드려야 할 까닭'을 어떻게 설명해 주었는지는 기억이 나지 않습니다.

그런데 그 '충격' 이후로 저는 '감사'라는 것에 대하여 진지하게 저 나름의 이해를 마련했던 것 같습니다. 그것을 다듬어보면 대체로 다음과 같습니다. 무척 현학적입니다만.

그림자 밟기

"… 감사란 주고받음의 관계에서 내게 만족스러운 결과가 이루어졌을 때 상대방에게 할 수 있는 최선의 예의다. 그러나 그것만은 아니다. 비록 눈에 보이는 이득이 없다 할지라도 어떤 관계를 통하여 내가 미처 겪지 못했던 새로운 의미나 가치를 얻을 수 있었다면 그 상황도 고마운 것임에 틀림없다. 그런데 내가 지니는 의미란 것이 상대방에 의하여 상당히 영향을 받는 것은 사실이지만 결국 내가 지어내는 것이다. 그리고 만일 그럴 수 있다면 내가 나 스스로 내 삶을 꾸려나가는 주체인 한 내가 부닥치는 내 삶 속의 모든 사물이 내게 긍정적이든 부정적이든 의미 없는 것이란 있을 수 없다. 그렇다면 어떤 관계든 내가 만나는 모든 사물들에게 내가 고맙다고 발언하지 않아도 괜찮은 것은 하나도 없는 셈이다. 따라서 감사란 존재하는 모든 것을 승인하는 일이다…"

이런 생각이 옳은지 그른지 모르겠지만 감사가 조건의 충족에서만 비롯하는 것은 분명히 아닌 것 같습니다. 만약 그런 것만이 감사라고 한다면 고통조차, 불운조차, 견딜 수 없는 마음의 상처조차 고맙다고 여기고 넘어서는 삶을 어떻게 설명할 수 있겠습니까?

왜냐하면 그런 삶이 분명히 있고, 또 우리도 그렇게 생각하며 삶의 고비를 넘기곤 하기 때문입니다. 치매에 걸리신 시어머 님을 모시고 갖은고생을 다하면서도 그저 저렇게 살아 계신 것만 으로도 감사하다고 말한 며느리, 병든 아내의 침상에서 그저 있어 주어 고맙다고 말하는 지아비, 이런 모습, 낯선 광경이 아니라면 감사는 다른 것이 아닙니다. 존재하는 모든 것을 긍정적으로 승인 하는 삶이 드러내는 당연하고 자연스러운 발언이고 태도입니다. 그 렇게 생각하고 싶습니다. 그렇게 하기가 여간 어려운 일이 아니라 할지라도 말입니다.

어느 시인이 자기의 시집 자서(自序)를 이렇게 썼더군요.

주문(呪文)처럼

참 고맙다
참 고맙다

_ 이사라, 『가족박물관』, 문학동네, 2008

세상살이 아무리 어려워도 감사를 주문처럼 되뇌면 삶이 그렇게 고마운 것이 될 것 같습니다. 그렇게 믿고 살겠습니다.

3

참 좋은 말씀인데…

괜찮으면
웃어주세요

저는 제가 제 삶을 의도하지 않았습니다. 저는 저의 태어남에 아무
런 책임이 없습니다. 문득 어느 날, 저는 제 삶의 주인이 되었을 뿐
입니다. 그런데 그 삶이 여간 힘든 것이 아니었습니다. 춥고 배고픈
것으로부터 비롯하여 마음 아픔에 이르기까지 삶은 온통 잿빛이었
습니다. 즐겁고 행복한 순간이 왜 없었겠습니까? 하지만 그 순간은
늘 칙칙한 그늘 속으로 스며들어 '있는 듯 없기'만 했습니다. 제가
태어남 자체를, 저 자신이 존재한다는 것을 달가워했을 까닭이 없
습니다.

죽고 싶었습니다. 어른이 된다고 하는 것은 추해지는 것이
라고 생각했습니다. 사실, 이러한 생각은 어른이 된 지금 다시 더
욱더욱 확인하는 일입니다. 부러운 사람도 많았고, 미운 사람도 많
았습니다. 나를 사랑해 주는 사람은 거의 없다고 느꼈습니다. 실은
그렇지 않았다고 지금 생각하지만, 그렇게 살았습니다.

참 좋은 말씀인데…

다른 사람을 사랑한다는 것은 사치스러운 일이기만 했습니다. 가장 사치스러운 것은 꿈을 가진다는 일이었습니다. 무엇을 하고 싶다든지, 어디에 이르고 싶다는 생각은 그나마 '지금 여기'에서 나를 지탱하는 어떤 기운을 허탈하게 빼어버리는 것이기만 했습니다. 죽음을 유일한 출구로 여겼고 내가 할 수 있는, 오직 현실성 있는 행동은 그것뿐이라고 여겼습니다. 강물에 비치어 어른거리는 별빛을 바라보면서 얼마나 자주 그 물 속에서 유영하는 자유롭고 행복한 저 자신을 그렸는지 모릅니다.

　　교회에 다녔습니다. 새벽기도도 빠지지 않았습니다. 성경을 열심히 읽었습니다. 저는 교회에서 일컫는 '모범생'이었습니다. 그러나 그것은 이른바 '돈독한 신앙'과 아무런 관련이 없었습니다. 저는 다만 죽고 싶지만 죽을 수 없는 못남을 교회생활에 '빠져' 잊고 싶었을 뿐입니다. 저에게는 정말이지 어디에든 푹 빠져 현실을 잊는 것이 절실하게 필요했습니다.

　　우연하게 또는 불가피하게 선택된 것이 교회였는데, 만족스럽지는 않았습니다. 모두모두 좋은 분들이었고 좋은 친구들이었는데, 제가 소박하게 그 좋음을 승인하기에는 저 자신이 너무 삐뚤어져 있었는지도 모릅니다만, 제법 공손한 제 몸짓 안에서는 그 분들에 대한 분노와 경멸이 점철하고 있었습니다. 위선의 치장이 제게는 너무 뚜렷이 보였기 때문입니다.

독선의 횡포가 얼마나 무서운 것인가 하는 것을 '터득'한 것은 대학에 다닐 때였습니다. 저는 어떤 물음도 물을 수 없었습니다. 저는 전통과 권위와 오만이 스스로 진리라고 준비해 둔 해답을, 제 물음에 아무런 메아리도 치지 않는 해답을 무조건 받아들이기만 해야 했습니다.

그런데 제 물음은 제 '실존'에 관한 것이었습니다. 제 '영혼'에 관한 것이었다고 해도 좋습니다. 저는 제게 정직하지 않으면 아니 되었습니다. 제 물음을 인류의 보편적인 물음 안에 그저 용해해 버려도 될 만큼 한가한 물음은 아니었습니다. 그러나 저는 철저하게 저 자신이 정직할 수 없는 늪 속에 빠진 것 같은 느낌을 받았습니다. 탈출, 오직 그것만이 제가 살길이었습니다. 그리고 독선은 종교와 등가적인 것으로 인식되었습니다. 제도화되고 구조화된 독선의 폭력 뒤에서 자비스러운 미소를 띠고 있는 신의 모습이 역겨워지기 시작했습니다.

저는 교회 나가는 일을 그만두었습니다.

교회와의 절연이 신과의 절연이라고 생각하는 소박한 친구들이 제 주변에는 많습니다. 제게 주는 충고는 진실하고 절박합니다. 저의 '오만'을 꾸짖는 소리로 그 우정은 절정에 이릅니다. 그때마다 저는 제 '신앙고백'을 어떻게 하면 그 친구들에게 전할 수

참 좋은 말씀인데…

있을지 당혹스러워집니다. 교회와의 거리 넓히기가 신과의 거리 좁히기로 귀결되었다는 제 경험을 알아듣도록 설명할 수 없기 때문입니다.

저는 신을 떠난 적도 없고, 신을 배반한 적도 없다는 고집을 부립니다. 다만 교회를 불신했을 뿐인데, 그것은 교회를 신뢰할 수 있는 것으로 만들 책무를 스스로 새롭게 지니는 태도이기도 하다는 제 터득을 받아들여 줄 사람은 그리 흔치 않습니다. 아주 유치하게 말한다면 저는 교회가 구원을 위한 분명한 필요조건이기는 하지만 필요충분조건일 수는 없다고 생각하고 싶습니다.

신학과의 만남은 이러한 소용돌이 속에서 제가 찾을 수 있는 불가피한 선택이었습니다. 하지만 믿음을 인식의 틀에 넣어 설명하고 설득하려는 신학의 현학성은 아무리 '복음적인 감동'으로 수식된다 할지라도 제게는 견디기 힘든 것이었습니다. 신학은 한 편의 시를 감당하지 못하는 유치함을 지닌다고 말하고 싶어지기도 했습니다. 더구나 마치 화상을 입은 것처럼 뜨겁게 아픈 경험으로 지녀진 독선을 정당화하는 것 이상의 어떤 의미도 가지지 않은 것으로 신학을 여기게 되면서 저는 그로부터도 절연을 선언해야 했습니다. 저 자신에게 정직하기 위해서 그랬습니다. 저는 점점 그리고 구체적으로, 외로워지기 시작했습니다.

사랑은 사람을 성숙하게 합니다. 사랑은 어린아이가 하는 일이 아니라는 고린도전서 13장의 주장은 옳습니다. 어린아이의 생각과 일을 버리지 않고는 사랑을 할 수 없습니다. 하지만 그것은 사랑을 할 때 비로소 일어나는 일이기도 합니다. 아무튼 사랑은 신비입니다. 만나 헤어지기 싫어 같은 지붕 밑에서 살자고 떼를 쓴 경험은 저를 얼마나 사람구실을 할 수 있도록 한 일이었는지, 지금 생각만 해도 다행스럽고 고맙습니다. 그녀에게 그렇다고 하는 것을 한없이 발언해도 모자랄 것 같습니다. 고백의 현실성, 고백이 만드는 새로운 삶의 실재, 고백에 담기는 정직함과 진실, 저는 마침내 종교라고 일컬어진 인류의 문화, 그 속내를 다 알아버린 것 같았습니다. 우리는 사랑해야 합니다. 우리는 고백의 언어를 발언해야 합니다. 저는 그렇게 거듭거듭 주장하고 싶습니다. 이것이 제 '신앙고백'입니다.

어미가 멀리 떠난 뒤 장가를 들게 된 자식이 제게 찾아와 결혼준비 일정을 설명했습니다. 모든 것을 준비하고 나니 결혼식 날까지 이틀이 남는다고 했습니다. 그리고 이렇게 말했습니다. "기도하면서 기다리겠습니다."

제가 말했습니다.
"그래. 하나님께 복을 주십사고 간절히 기도하자."

그러자 제 자식이 이렇게 말했습니다.

"아버지, 저는 하나님께 축복해 주십사고 하는 기도는 하지 않고 살 거예요. 그저 열심히 최선을 다하며 살겠어요. 그리고 가끔 '하나님, 이렇게 살면 돼요? 괜찮으면 웃어주세요' 하고 하늘을 바라보곤 하겠어요."

저도 그렇게 살 작정입니다. 이런 말씀을 드리는 것을 용서해 주십사고 하나님께 빌지 않겠습니다. 열심히 살다가 가끔 하늘을 바라보면서 "저 이렇게 살면 돼요? 괜찮으면 웃어주세요!" 하고 고백하겠습니다. 용서는 제 일이 아니라 하나님의 일이니까요.

비종교인의
종교적 역할

사람이 차마 하지 못할 일이 있습니다. 속이고 뺏고 두들기고 죽이는 일이 그러합니다. 그러한 일은 나쁜 일입니다. 그러한 일을 하는 사람은 나쁜 사람입니다. 그 까닭이야 없지 않겠지만 이런 일이 사람들을 얼마나 속상하게 하고, 얼마나 허망하게 하고, 얼마나 아프게 하고, 얼마나 슬프게 하는지를 조금이라도 짐작한다면 그럴 경우 늘어놓는 구실이 얼마나 못된 것인지 짐작하기가 조금도 어렵지 않습니다.

그러나 사람은 이렇게만 살지 않습니다. 믿고 나누고 어루만지고 서로 아끼면서 살아갑니다. 이러한 일은 참 좋은 일입니다. 조용조용히 이러한 일을 하면서 살아가는 사람은 좋은 사람입니다. 왜 그렇게 사느냐고 물어도 별말이 없습니다. 까닭이 있어 그렇게 사는 것이 아니라 그것이 당연한 삶의 모습이어야 한다는 것을 자기도 모르게 알기 때문에 그렇게 살아갑니다. 그런데 사람은 이러한 삶을 만나면 자신이 새삼 든든하고 넉넉하고 따듯하고 귀해

참 좋은 말씀인데…

집니다.

　그래서 사람은 나쁜 일을 그만두고 좋은 일을 해야겠다고 생각하게 되고, 나쁜 사람이기를 그만두고 좋은 사람이 되기를 위해 애씁니다. 바로 그러한 노력을 하는 것이 곧 사람이고, 사람의 삶이라고 여깁니다.

　그런데 감격스러운 것은 그러한 일을 이루었다는 사람이 있다는 사실입니다. 그러한 사람들이 모여 하나의 공동체를 이루면서 이를 통해 그럴 수 있다는 것을 가르치고 전하고 펴는, 역사적으로 전승된, 조직화된 제도도 있습니다. 종교가 그러합니다. 물론 나쁜 사람을 좋은 사람으로 바꾸는 데는 교육도 있고, 법도 있고, 도덕도 있습니다. 그런데 종교는 그러한 차원을 훨씬 넘어 신비의 차원마저 드러내면서 나쁜 사람이 좋은 사람이 될 수 있다는 사실을 생생하게 보여줍니다.

　종교의 언어로 말한다면 온갖 고통이 자신의 어리석음 때문인 것을 깨달아 욕심에서 훌훌 벗어난 사람이 된다든지, 오만한 독선을 버리고 자신이 모자란다는 것을 뼈저리게 느끼면서 용서받은 죄인처럼 새사람이 된다든지 하는 것이 그 예입니다. 그래서 사람은 속상하고 허망하고 아프고 슬프면 종교에 들어서서 신뢰와 채움과 위로와 존엄을 얻고 회복합니다.

그런데 이때 우리는 뜻밖에도 참으로 사람이라면 감히 하지 못할 일을 하는 사람들과 만납니다. 그러한 사건들을 접합니다. 다른 것이 아닙니다. 종교를 빙자해 나쁜 일을 하는 경우가 그렇습니다. 믿으라 하면서 그 믿음을 빌미로 속이고, 나누어준다고 하면서 그 나눔을 빙자해 빼앗고, 어루만져준다고 하면서 그것을 기화로 흠씬 두들겨패고, 서로 아끼며 살아간다고 하면서 그것을 구실로 생명을 빼앗는 일을 하는 것이 그것입니다.

아예 처음부터 속이고 뺏고 두들기고 죽이면 오히려 덜 참담할지도 모릅니다. 그런데 이런 일을 겪고 나면 분노로도 연민으로도 감당할 수가 없습니다. 아예 출구가 없습니다. 이것은 깨닫고 용서받은 사람이 할 짓이 못됩니다. 아니, 이러한 짓은 감히 사람이면 엄두도 못 낼 일입니다.

그런데 이런 일들이 마구 벌어지고 있습니다. 이미 초연했다고 하는 욕심의 뿌리가 그 끝을 알 수 없이 땅속 깊이 뻗어 있습니다. 용서받았다고 하는 오만이 하늘 높은 줄 모르고 올라 신의 자리가 아니면 발언할 수 없는 독단들을 흩뿌리고 있습니다.

하기야 우리 사는 오늘의 현실이 오죽 어려우면 종교들이 그렇게 해서라도 우리를 보살피고 또 자기네들을 지탱하고자 했겠습니까. 그리고 보면 종교의 잘못만은 아닌 것 같습니다. 종교를 아끼고 귀하게 챙기지 못한 우리 모두의 잘못이 더 크고 부끄럽습니다. 그렇다면 오늘 우리가 할 일은 종교에 대한 분통을 터트린다든지 종교가 참회하여 새로워지기를 바란다든지 하는 일을 하기보다 우리 모두 종교 앞에서 가슴 두드리고 합장하면서 우리가 너희를 아끼지 못했다든지 품어주지 못해 너희가 이 꼴이 되었구나 하는 것을 고백하면서 우리가 잘못했노라고 참회하는 일밖에 없습니다. 아무리 생각해도 오늘 우리의 종교가 이 꼴이 된 것은 종교 밖에 있는 비종교인 탓이라 여겨지기 때문입니다.

전철
안에서

며칠 전에 전철 6호선을 탔다가 흥미로운 광고를 보았습니다. 전철 안에서 다음과 같은 행위를 하는 경우에는 법에 의하여 조치를 하겠다는 일종의 공적인 경고광고였습니다. 해당 사항은 다음과 같았습니다. "상행위, 구걸행위, 선교행위, 소란행위"

일상 전철 안에서 누구나 겪는 조금은 짜증나는, 그러면서도 연민을 자극하는, 그래서 때로는 자책감이 일기도 하는 일련의 행위들이 그대로 다 나열되어 있었습니다. 흥미로운 것은 그 나열된 사항들이 분명하게 등가적인 것으로 기술되어 있다는 사실입니다. 상행위=구걸행위=선교행위=소란행위.

물론 그 현상들에 대한 이러한 '인식'이 정당한 것이라고 생각하지는 않습니다. 일반화할 수 있는 것은 아니라는 의미에서 그렇게 말하고 싶습니다. 하지만 적어도 특정한 공간 안에서 그것이 그렇게 간주되고 있다는 사실만은 부인할 수 없습니다. 그렇다

참 좋은 말씀인데…

면 그러한 '인식'이 아주 그른 것은 아닙니다.

이러한 광고의 출현은 비록 그것이 지극히 한정된 특수한 정황에서 드러나는 사실이라 할지라도 오늘의 종교현실을 새삼스레 주목하게 합니다. 선교를 주어로 떼어놓고 말한다면, 이는 선교란 상행위이고, 구걸이며 동시에 소란행위라는 서술이 가능하기 때문입니다. 종교가 바로 그런 소란스러움, 구걸과 다르지 않은 것, 상행위 이상도 이하도 아닌 것으로 치부되고 있는 것입니다. 다시 말하면 오늘의 우리의 일상 속에서 종교가 얼마나 철저하게 '종교답지 않게' 되어 있는가 하는 것을 이 경고문은 그대로 드러내고 있습니다.

사실 우리가 겪는 종교현실은 이에서 조금도 비켜나 있지 않습니다. 사회구조가 반드시 자본주의적이어서가 아니라 역사적으로 살펴보아도 종교는 그것이 이념이든, 신념이든, 초월을 근간으로 한 비일상적인 경험이든, 어떤 언어로 어떻게 묘사되든 그 나름의 '잉여가치'의 추구를 한결같은 목표로 삼습니다.

종교가 나를 위해 모두 내주는 것 같은데도 실은 결과적으로 내가 모든 것을 다 바치는, 그런데도 나는 종교를 통해 상당한 이익을 누리며 살고 있다는 자기만족을 누리도록 하는, 그런데도 종교는 조금도 손해를 보지 않는, 오히려 더 많은 이런저런 이

윤을 누리면서 스스로 크고 힘이 세고 끊임없이 이어가는 실체가 됩니다. 이거야말로 가장 현명한 상행위의 전범(典範)이 아닐 수 없습니다.

게다가 봉헌과 헌신과 복종으로 현실화되는 종교적인 삶의 태도야말로 종교를 주체로 할 경우, 그것이 가지는 온갖 후광(後光)을 제거하고 남는 '구조'를 일상의 언어로 묘사한다면 정확하게 그것은 '구걸의 성화(聖化)' 현상과 다르지 않습니다. 종교는 일반적으로 이를 '거룩한 의무'라고 할 것이지만, 전혀 그러한 의무에 의해서 자기를 지탱하는 것이 종교에서 일컫는 궁극적 실재의 속성일 수 없음을 종교 자체의 자기설명의 논리를 준거로 유념하면, 이러한 의무의 부과는 신의 작희(作戱)라고 할 수밖에 없습니다.

따라서 그러한 맥락 속에서 '순수'하게 말한다면 선교행위는 그대로 '구걸'행위라고 해도 그르지 않습니다. 그렇다면 종교란 또는 신이란, 그의 구걸에 반응하는 연민에 의하여 겨우 지탱되는 그러한 현상이라고 할 수도 있을 듯합니다.

그런데 거래도 구걸도 그것은 쉽게 이루어지거나 소리 없이 진행되지 않습니다. 흥정과 티격태격하는 일, 겨룸과 다툼, 갈등과 혼란이 필연적으로 수반됩니다. 받아 좋고 주어 좋은 결과가 왜 없겠습니까만, 그것이 곧 바로 이루어지는 것도 아니려니와 늘

참 좋은 말씀인데…

그렇게 지속할 수도 없습니다. 뿐만 아니라 감춰진 또는 드러난 승자와 패자가 반드시 있게 마련입니다. 혼동과 머뭇거림, 절규와 체념, 의지와 승화 그리고 자기와 또는 타자와의 투쟁은 필수적입니다. 소란은 상행위와 구걸의 속성입니다.

그러므로 소란스러움은 종교를 가장 직접적으로 묘사할 수 있는 언어입니다. 사실상 정적과 고요를 추구하는, 그리고 그것을 행하는 종교적 행위는 자신의 소란스러움을 세속의 속성으로 착각한 일종의 자기보상 행위일지도 모르겠습니다. 그 광고문을 읽고 되읽으면서 저는 그저 펄쩍거리며 뜀뛰기하듯 하는 제 사색의 흐름을 이렇게 좇고 있었습니다.

그런데 또 한편 이 문구는 성의 속화현상만을 드러낸 것이 아니라는 생각이 들었습니다. 상행위는 오늘 우리의 삶에서 어느덧 구걸이고 소란한 것이면서도 동시에 '거룩한 행위' 곧 선교행위이기도 합니다. 구걸도 다르지 않습니다. 그것은 곧 소란함이기도 하지만 오늘의 상행위이기도 하고, 소란도 그 구조를 들여다보면 그것은 상행위를 받쳐주고 구걸의 그늘을 가려주며 자신의 존재이유를 스스로 천명하도록 해주는 어쩌면 가장 직접적인 종교행위의 모습이기도 합니다.

그러고 보면 이 광고는 속(俗)의 성화(聖化) 현상을 그대로 보여주는 것이기도 합니다. 어떤 삶의 모습도 성 아닌 것이 없다는 것을 선포하고 있는 것이지요. 제 손자녀석이 여섯 살 때 『Why 똥?』이라는 그림 곁들인 책을 읽더니 "똥이 이 세상에서 제일 좋은 거구나!" 하더군요. 그러고 보면 이 광고는 성/속이라는 것이 실재하는 것이 아니라 그것은 존재를 읽는 인간의 의식이 짓는 하나의 현상의 이름이라고 하는 '인식'을 일깨워주는 것이라고 할 수도 있을 것입니다.

우리가 지금 여기에서 겪는 우리 사회 안의 삶의 지극히 직접적인 현실 속에서 온갖 종교들은 우리의 삶이 직면한 문제를 일일이 짚어가면서 그에 대한 어떤 인식이 마땅하고 옳으며, 그에 대한 실제적인 대처방법은 어떠해야 하며, 그것을 책임질 나쁜 사람은 누구고 우리가 마땅히 좇아야 할 의로운 사람은 누구며, 바른 제도는 어떤 것이고, 넘어서야 할 이념은 어떤 것이어야 한다는 무성한 발언들을 쏟고 있습니다.

그 '절대적인 발언'들이 자꾸 전철 안의 광고와 중첩되면서 저는 짙은 아지랑이 속에 더 깊게 묻히는 것 같아 조금씩 두려워집니다. 그러면서 전철의 광고가 인류의 종교사가 보여주는 '진실'을 기막히게 요약해서 가장 현재적으로 보여주고 있다는 생각만은 지울 수가 없습니다. 상행위=구걸=선교=소란행위.

참 좋은 말씀인데…

그런데 이런 생각을 담은 제 짧은 글이 어떤 지면에서 '퇴짜'를 받았습니다. '조심스럽다'는 이유였습니다. 얼마 뒤에 보니 전철 안에서도 그 광고가 사라졌습니다.

사실이 아닌데
사실이라 하면

지난 8월 1일, 중부 파키스탄의 작은 도시 고즈라에서는 참혹한 일이 벌어졌습니다. 그날, 크리스천인 하미드씨 집안은 할아버지와 온 가족이 모여 아침을 먹고 있었습니다. 며칠 동안 마을에 불안한 조짐이 없었던 것은 아닙니다. 하지만 그 아침도 늘 그랬던 아침처럼 행복한 시간이었습니다. 그리고 그 누구도 사태가 이렇게 될 줄은 몰랐습니다.

밖이 소란하자 할아버지는 무슨 일이 일어났는지 궁금해서 길 쪽으로 난 문을 열었습니다. 순간, 몰려든 사람들은 할아버지를 향해 "개!"라고 소리치면서 그 자리에서 총을 쏴 살해했습니다. 그리고 여섯 살짜리 무사와 열세 살짜리 우마야를 포함해서 여섯 식구를 침실로 몰아넣고, 나오면 죽인다고 소리치면서 집에 불을 놓았습니다.

스물두 살 이크락크만 살아나와 이 사실을 증언할 수 있

참 좋은 말씀인데…

었습니다. 그가 전한 죽은 가족들의 마지막 모습은 차마 옮길 수가 없습니다.

여덟 시간 동안 계속된 그 토요일의 소요에서 하미드씨 가족의 죽음 이외에도 100여 채의 크리스천들의 집이 불타고 20여 명이 다쳤습니다. 2만여 명의 이슬람교도들이 저지른 일입니다.

이러한 폭동의 낌새는 목요일부터 시작되었습니다. 이웃 마을 크리스천 가정의 결혼식에서 쿠란을 불태웠다는 소문이 나고서부터입니다. 하지만 누구도 그 소문이 진실이라고 믿지 않았습니다. 그런데 회교 지도자들(mullah)이 모스크에서 이 사실을 기정 사실화하고, 이를 신성모독이라고 정죄하면서 사태는 급변했습니다. 당국에서 쿠란 소각행위는 사실이 아니라는 것을 확인하고 이러한 헛소문을 퍼뜨린 사람들을 열두 명이나 체포했지만 그것은 이미 비극이 벌어진 뒤의 일이었습니다.

『뉴욕타임스』는 이 기사를 보도하면서 그 제목을 "파키스탄에서 증오가 크리스천을 집어삼키다"라고 달았습니다. 이슬람이 절대 다수인 속에서 소수 크리스천으로 살아간다는 것이 얼마나 힘든 일인지를 아프게 서술하고 있습니다.

옳습니다. 이 일은 종교분쟁이 초래한 전형적인 비극일 뿐만 아니라 문화적 소수의 생존이 얼마나 어려운 일인지 잘 보여주고 있습니다. 그러므로 이 기사는 마땅히 그러한 시각에서 읽고 살펴야 합니다.

그러나 제게 이 기사가 눈에 뜨인 것은 그것이 종교 간의 갈등이 빚은 비극이어서가 아닙니다. 오히려 제가 주목한 것은 그 사태를 낳게 한 '헛소문'입니다.

거짓은 사실이 아닙니다. 사실이 아닌데 사실이라고 하는 것이 거짓입니다. 우리의 인식이란 언제나 분명하고 확실한 것이 아닙니다. 그래서 때로는 우리의 태도가 신중하지 못해서 사실이 아닌데 사실이라고 할 수 있습니다. 때로는 우리의 사려가 충분하지 못해서 그렇게 이야기할 수도 있습니다. 아니면 우리가 인식하려는 객체가 끊임없이 변화하고 있기 때문에 불가피하게 이미 사실이 아니게 된 것을 사실이라고 할 경우도 있습니다.

결과적으로 우리는 과장하고 왜곡하고 굴절시키는 일이 적지 않습니다. 그것은 거의 불가항력적인 현실이기도 합니다. 우리는 순전하게 거짓으로부터 자유로울 수가 없는 것입니다.

그러나 헛소문은 그러한 불가항력적인 부정직과 다릅니다. 물론 그것도 굴절이나 왜곡이나 과장을 거쳐 도달한 귀결일 수

참 좋은 말씀인데…

있습니다. 하지만 거의 모든 헛소문은 근원적으로 의도적인 거짓입니다. 이른바 '뜻하는 바 있어 지어낸 허구'인 것입니다. 헛소문이 어떻게 진실한 사실로 전달되는지 살펴보면 이를 짐작할 수 있습니다.

헛소문의 재생산과정은, 그것이 사실일 수 없겠다는 생각을 하면서도 그것이 진실이었으면 좋겠다는 희구에 의존합니다. 그러한 심정적인 희구가 아예 없었다면 소문의 허실을 판단하는 것은 결코 어려운 일이 아닙니다. 그러나 그 희구 때문에 심정적인 동조를 거쳐 마침내 그 헛소문은 진실한 사실의 전언(傳言)이 됩니다. 그러므로 결과적으로 의도성을 결한 헛소문은 없습니다. 사실이 아닌데 사실이라고 하는 주장이 얼마나 부자연스러운 것인데도 그것이 어떻게 버젓이 주장되고 있는지 살펴보면 이러한 의도성을 우리는 그대로 확인할 수 있습니다.

그런데 그 의도성은 다른 것이 아닙니다. 그 소문의 당사자, 곧 소문과 관련된 사람과 현실을 배제하거나 제거하기 위한 것입니다. 그러한 타자(他者)가 소멸되기를 바라서 이루어지는 것입니다. 그런데 그렇게 해야 하는 까닭은 자신을 확립하기 위한 것이기도 합니다. 사실이 아닌데도 사실이라고 주장해서라도 타자를 제거하지 않으면 내 존립이 위험하다고 여기는 자의식에서 말미암은 것입니다. 그렇다면 헛소문은 결국 자기존립의 위기를 느끼는 나

약하고 불안한 주체가 유치하고 치졸한 방법으로 자기생존을 지탱하려 몸부림치는 가학적인 절규라고 할 수 있습니다.

사실이 아닌데 사실이라고 하는 거짓의 주장, 곧 헛소문의 구조와 현상은 이러합니다. 그리고 이렇게 보면 그것은 딱하기 짝이 없는 불쌍한 현실입니다. 어쩌면 껄껄 웃어버리는 것이 이에 대한 적절한 대응일 수도 있겠다는 생각을 할 만큼 반응하기조차 유치한 일이기도 합니다.

하지만 헛소문은 현실 속에서 그렇게 끝나지 않습니다. 거짓은 거짓이라고 말하면 사라지는 그런 것이 아닙니다. 거짓은 거짓으로 확인되면서도 거짓 자체로 힘의 실재가 되어 자신의 힘을 발휘합니다. 배제와 제거의 동기를 구체적으로 실현하는 것입니다. 그리고 거의 모든 경우 이렇게 이루어지는 헛소문은 '죽임'에 도달합니다. 앞의 사건이 이를 보여줍니다. 1923년, 일본의 간토대지진(關東大地震)에서 벌어진 이른바 '조선인 학살사건'도 "조선인들이 폭도로 돌변해 우물에 독을 풀고 방화약탈을 하며 일본인들을 습격하고 있다"는 헛소문, 곧 의도적으로 사실 아닌 것을 사실이라고 말한 데서 비롯한 광란이었습니다.

세상이 참 좋아졌습니다. 지금 우리는 누구나, 언제, 어디서나, 어떤 일이나 '마음대로' 말할 수 있게 되었습니다. 그러나 이것은 동시에 누구나 헛소문의 생산자가 될 수 있는 가능성이 높아졌다는 것을 뜻하기도 합니다. 그것은 달리 말하면 언어를 통한 살육의 가능성이 이전보다 훨씬 더 현실화된 시대를 우리가 살아가고 있다는 것이기도 합니다. 무서운 일입니다. 그렇다면 말을 많이 하며 살아가는 언론인, 정치인, 성직자, 교육자, 학자, 사회운동가 그리고 네티즌 들이 자신의 발언이 헛소문일 가능성에 얼마나 철저한 차단벽을 설치하고 있는지 단단히 되살필 일입니다.

어느 모임에서 아랍권의 많은 유학생들이 우리나라의 대학들에 오고 있다는 것이 화제가 된 적이 있습니다. 그때 한 돈독한 젊은 크리스천 교수가 한 말이 생각납니다. "많은 이슬람 선교사들이 학생으로 위장하여 우리나라에 들어오고 있습니다. 정신 바짝 차리지 않으면 큰일납니다."

이 발언과 결혼식에서 쿠란을 불태웠다는 파키스탄의 헛소문 간의 거리를 저는 잘 가늠하지 못하겠습니다. 다만 두려울 뿐입니다.

해답이
문제가 되면

세상 사는 일, 사뭇 쉽지 않습니다. 늘 맺히고 얽히고 막힙니다. 몸뚱이 건사하는 일도 그렇거니와 하는 일도 그러하고 마음 가누기도 다르지 않습니다. 홀로살이에서도 그렇지만 더불어 사는 자리에 이르면 그 꼬임과 얽힘이 이루 말할 수 없습니다. 이래저래 사는 것은 온전하지 못할 뿐만 아니라 괴롭습니다.

이러한 맥락에서 보면 '종교'라는 것을 인간이 왜 일컫게 됐는지, 왜 그것이 우리 삶 속에 그리 깊고 넓게 자리잡게 됐는지 짐작하기 어렵지 않습니다. 종교란 맺히고 엉킨 것을 풀고, 닫힌 것을 열면서 삶을 삶답게 살고자 하는 염원이 이루어진다는 것을 승인하는 '삶의 한 모습'이라 할 수 있기 때문입니다.

그러니까 종교는 무릇 '해답'입니다. 그렇기에 종교란 그것의 현존 자체가 '인간에 대한 감동'을 불러일으킨다고 할 수도 있습니다. 얼마나 애처로운, 그러나 얼마나 고귀한 희구를 문화화한 것

참 좋은 말씀인데…

이 종교인가 하는 생각이 드는 것입니다.

그러나 '해답'인 종교가 '문제'가 되기도 합니다. 그렇게 되면 삶은 출구를 잃습니다. 인간의 상상력이 닫히고, 삶의 터전이 요동하며, 인간의 존엄과 인간에 대한 감동도 사라집니다. 예를 들면 종교들이 '상식을 잃을 때'가 그렇습니다. 여럿이 사는데 자기 종교만이 옳다고 한다든지, 중첩된 정체성을 살면서 그에 상응하는 때와 장소를 가리지 못하고 분별없이 종교적인 발언을 한다든지, 타종교를 폄하거나 부정해야 자기 신앙의 돈독함이 드러난다고 여긴다든지 하는 경우가 그렇습니다. 그래서 빚어지는 종교 간의 갈등과 충돌은 당해 사회의 해체를 촉진하게 됩니다.

종교가 현존하는 실상을 보면 사태의 심각성을 더 잘 이해할 수 있습니다. 종교는 '영롱한 가르침'만으로 있지 않습니다. 그것은 하나의 제도이고 조직입니다. 그것은 사회적·문화적 실체이고, 그것 자체로 '사회세력'입니다. 그러므로 종교 간의 갈등은 현실적인 '힘의 충돌' 현상입니다. 게다가 그 힘은 정치권력과의 유착을 피차 벗어날 수 없습니다. 종교들은 각기 엄청난 힘을 업고 '권력 갈등의 굉음'을 내면서 자기의 승리를 지향합니다. 이렇게 되면 당해 사회에서 종교는 해답이기보다 문제 자체가 됩니다. 어느 종교도 이에서 자유롭지 않습니다.

얼마 전에 종교차별에 항변하는 '범불교도 대회'가 열렸습니다. 불교가 집권세력의 '종교차별'로 지적한 사항이나 정부에 요청한 해결방안에 대해서는 다양한 의견이 있을 수 있습니다. 그러나 문제는 더 깊은 데 있습니다. 그런 사항들을 끝내 참지 못할 만큼 오랫동안 뜸들듯이 지속해 온 '차별의 풍토'가 그것입니다. 그리고 이 풍토의 바탕에는 누가 무어라 해도 기독교가 자리하고 있음을 부정할 수 없습니다.

다행히 '종교 간 화평을 염원하는 기독교목회자들'이 이 불교도모임에 즈음하여 "기독교가 먼저 반성하여 종교 간 화평을 이뤄내자!"는 성명을 발표한 바 있습니다. 보도에 따르면, 한국기독교협의회 대표가 불교집회에 참석하여 그 모임에 강한 연대를 보여주었다고도 합니다. 이런 일들이 잦아지면 염려하는 풍토가 서서히 바뀔 수도 있을 것입니다. 그렇기를 바랍니다.

그러나 여전히 남는 문제가 있습니다. '문제가 되어버린 해답의 운명'이 그것입니다. 개신교는 집권권력에 의탁하여, 아니면 그 세력이 기독교에 기대어 자기를 과시했다고 의기양양할지 몰라도 그것은 자기를 배신한 '자학'을 범한 것과 다르지 않습니다. 기독교가 정치와 그렇게 있어도 좋다고 언제 예수가 가르친 적이 있습니까? 하지만 이런 사태 속에서 불교도 그 행위의 구조는 자기가 질타하는 기독교와 다르지 않습니다. '오죽하면'이라고 하면서

궁여지책임을 강변한다 해도 이번 모임 자체가 스스로 '욕심'을 버리지 않은 자기배신이기도 하다는 아픈 자의식 없이 내달은 것이라면 그 '자학' 또한 심각합니다.

역사는 종교가 생멸(生滅)하는 현상임을 증언합니다. 우리가 오늘 겪는 '종교의 모습'이 자기존립은커녕 사회해체의 염려를 넘어 자기소멸을 낳을 수도 있다는 사실을 종교들이 유념하면 좋겠습니다. 인간의 존귀함을 아끼고 기리려는 '소박한 마음'들은 가장 귀한 것이 가장 비참하게 서로 부수는 것을 보면서 아예 등을 돌릴 수도 있습니다. 피곤하기 때문입니다. 부디 성불하시길, 부디 구원받으시길. 그래서 이번 기회에 종교가 우리에게 문제 아닌 해답으로 되태어나길 진심으로 염원합니다.

개종을 이유로 아프간의 검찰에 의하여 기소되었던 라흐만이 다행히 법원이 사건을 기각함으로써 사형을 면할 것으로 전해지고 있습니다. 얼핏 중세의 이른바 '암흑시대'에나 있었으리라 짐작되는 이러한 일이 오늘도 여전히 세계의 여기저기서 끊이지 않고 일어나는 것을 보면서 '종교'라는 것이 과연 무엇인가 하는 생각이 듭니다.

단일한 문화권에서 하나의 종교가 지배적인 이른바 종교 단원사회에서는 다른 종교를 승인하지 않는 태도가 어쩌면 당연했습니다. 사회의 통합을 이루는 데 이질적인 요소가 끼어드는 일을 저어했기 때문입니다. 그러나 이제 세상이 달라졌습니다. 문화권의 경계는 서서히 허물어지고 있고, 삶의 내용은 지극히 다양해졌습니다.

종교는 분명하게 하나가 아니라 여럿입니다. 상대적으로 종교가 더 단원적이라든지 더 다원적이라든지 하는 문화권의 차이는 있어도 이제 특정한 종교가 유일하고 절대적이라는 주장을 펴는 것은 '자연스럽지' 않습니다. 이미 특정한 음식, 특정한 옷, 특정한 음악, 특정한 삶의 스타일을 배타적으로 주장하는 것은 바른 삶일 수가 없습니다. 그렇듯이 자기의 전통적 정체성을 지워버리지 않아도 '다른 것'을 승인하고 수용할 수 있는 '성숙한 태도'를 갖지 않고는 오늘을 살 수가 없게 된 것입니다. 그러므로 오늘 우리가 사는 다원사회가 요청하는 것은 지배도 통합도 아닙니다. 협조와 조화입니다.

그런데 종교란 무엇입니까? 그 어느 종교도 증오나 저주를 가르치는 종교는 없습니다. 종교는 하나같이 인간의 문제는 사랑과 자비와 지고한 가치에 대한 순종을 통해 비로소 풀리는 것이라고 가르칩니다. 그렇다면 종교의 종국적인 목적은 사람이 사람답게 되는 것이고, 사람살이가 평화롭게 되는 것입니다.

그러나 불행히도 인간의 역사는 종교가 스스로 주장하고 가르치는 이념을 한번도 스스로 실천한 일이 없음을 보여주고 있습니다. 오히려 사랑이라는 이름의 증오와 자비라는 이름의 저주를 드러낸 심각한 '살육의 현실'을 증언하고 있습니다. '슬픈 역설'입니다.

문제는 개개 종교가 자신만이 '절대적인 선'이라는 주장을 하는 데서 비롯됩니다. 자기만이 진리를 지니고 있다고 판단하는 것입니다. 그러나 그러한 자의식을 갖는 순간부터 종교는 '악의 화신'이 됩니다. 스스로 자신을 배신하는 자리에 서게 되는 것입니다. 그러한 배타적이고 독선적인 선언은 '자기절대성'을 확인하기 위해서는 의미가 있을지 몰라도 그러한 주체의 생존을 위해 요청되는 '타자와의 관계의 절대성'에 대해서는 무지하게 합니다. 결과적으로 그 일은 자신의 무덤을 파는 일과 다르지 않습니다.

그런데 종교문화의 이러한 '심각한 딜레마' 또는 '질병'은 종교 이외의 영역 곳곳에서도 그대로 드러나고 있습니다. 사회의 여러 부문들이나 단위주체들이 자신들을 '종교적인 구조'로 다듬고, 거기에서 비롯하는 의식을 가지고 종교가 직면한 똑같은 딜레마에 빠지고 있는 것입니다. 이를테면 어떤 정치세력이 배타 독선적으로 자기만이 옳다고 주장한다든지 어느 국가나 문명이 그렇게 자기를 정당화하는 일이 그러합니다. 중동의 전쟁은 전형적인 사례입니다. 오늘날의 갈등은 계급적인 것도 아니고, 국가적인 것도 아니며, 체제의 이념적 지향 때문에 생기는 것도 아닙니다. 철저하게 특정한 주체가 자신을 '절대적인 선'으로 주장하는 '종교적 태도'에서 말미암은 것입니다.

라흐만의 일은 중동의 문화권에서 일어난 '낯설고 흥미로운 사건'일 수만 없습니다. 우리 사회와 문화에도 구석구석에서 숨

참 좋은 말씀인데…

어 움직이는 끔찍한 징후가 다만 그곳에서는 그대로 노출되었을 뿐입니다. 자신만이 선을 전유(專有)하고 있다는 발언이 들릴 때면, 그것이 종교든 정치든 이념이든 우리는 바짝 긴장하지 않으면 안 됩니다. 그것은 반사회적이고, 반시대적이며, 결국 반인간적인 주장이기 때문입니다.

이제는
감사하지 않겠습니다

지난해 여름, 장마가 엄청난 피해를 가져왔을 때, 제가 잘 아는 한 분도 수재민이 되었습니다. 해마다 수해를 당하는 사람이 한둘이 아니고, 그때마다 성금도 모으고, 직접 찾아가 돕기도 하는데, 저는 한번도 그렇게 몸으로 돕는 일을 하지 못했습니다. 그런데 잘 아는 사람이 수재민이 되어 막막하다는 소식을 듣고는 가만히 있을 수가 없었습니다.

참 못난 것이 사람인지, 아니면 제가 못된 사람인지 알 수가 없습니다만, 아는 사람이 당했다고 하니 겨우 찾아가는 제 모습이 떠날 때부터 부끄럽고 마음에 들지 않았습니다. 아예 찾아가지 않는 것이 마음이 편할 듯했습니다. 아는 사람과 나, 모르는 사람과 나 사이의 거리가 이렇게 다를 수 없습니다. 어쩌면 그 거리의 차이란 자연스러운 것 같기도 한데, 다른 한편 바로 그 거리 때문에 우리 삶이 엉망이 되는 것 아닌가 하는 생각이 나서 참 괴롭습니다.

참 좋은 말씀인데…

가서 본 현장은 상상외로 처참했습니다. 그 사태를 지금 이곳에서 다 묘사할 수도 없고 할 필요도 없을 듯합니다. 우리는 만나 서로 위로와 격려를 한 다음, 주일이었기 때문에 교회예배에 참석했습니다. 그 교회 식구들 중에 침수가 되어 논밭을 잃은 사람은 꽤 있었지만, 제가 아는 분처럼 집과 가재도구를 몽땅 잃은 사람은 다섯 집이 되지 않았습니다. 이미 먹을 것이나 입을 것을 신도들이 도와주고 있는 터여서 제가 아는 분은 부지런히 인사를 하느라 바빴고, 신도들도 한가족처럼 위로하고 격려하는 모습이 감동스러웠습니다. 저는 교회공동체가 참으로 사랑의 공동체라는 것을 확인하면서 저 자신이 그러한 공동체를 이루는 떳떳한 한 사람으로 살아가지 못하는 것이 못내 가책이 되었습니다.

그런데 제 가슴을 아프게 한 것은 헌금시간이었습니다. 목사님께서는 감사헌금을 하나하나 소개하시었습니다. 늘 그렇게 해오신 듯했습니다. 그런데 생일감사 헌금 등에 이어 어떤 분의 헌금을 소개하시었습니다. 아마 헌금하신 분이 봉투에 쓰신 글을 무심히 읽으셨을 듯한데, 그 내용은 제가 기억하는 한 이런 것이었습니다. "장마가 많은 피해를 냈는데도 하나님께서 우리 가족을 사랑하셔서 아무런 피해도 입지 않게 해주신 것을 감사하여 헌금을 드립니다."

그 순간 저는 제가 아는 분의 얼굴을 쳐다볼 수가 없었습니다. 왠지 교회로부터 뛰쳐나가야 할 것만 같았습니다. 교회에 들어오기 전에 초등학교 교실에서 실의에 빠진 채 누워 계시던 어떤 할머니의 주름진 얼굴이 떠올랐습니다. 티없이 맑은 커다란 눈을 가진 아기가 할머니를 타고 넘으며 칭얼거리던 모습이 눈에 어렸습니다.

목사님 설교말씀은 하나도 제게 들리지 않았습니다. 갑자기 저는 병원에서 질병으로 죽어가던 수많은 환자들의 모습이 떠올랐습니다. 그 환자들에게 믿음을 가지면 회복될 수 있다고 간절하게 기도해 주시던 많은 분들의 얼굴도 떠올랐습니다. 거기에 겹쳐 "하나님의 은혜로 병마로부터 벗어났다"고 감사와 감격을 눈물을 흘리며 간증하던 분들의 얼굴도, 그런 테이프도, 그런 책도 눈에 떠올랐습니다. 그런 테이프를 틀고 그런 책을 읽어주며 환자의 옆에서 밤낮없이 기도하고 기다리고, 그러다 마침내 모든 것이 무위인 채 환자는 떠나고, 그리고 허탈해진 채 멍하니 하늘만 바라보던 수많은 얼굴들이 지워지지 않았습니다.

예배가 끝나고 그분과 작별을 하고 집으로 돌아오는 동안, 저는 절대로 감사기도를 하지 않기로 다짐을 했습니다. 더구나 스스로 자신이 느끼는 감사를 다른 사람에게 드러내는 일은 결코 하지 않겠다고 단단히 작정을 했습니다. 지난봄, 저는 자기 딸이 바라는 대학에 입학하여 한없이 즐거워하는 친척이 교회에 감

사헌금을 하겠다고 해서 타일렀습니다. "하지 마라. 더구나 합격감
사 헌금이라고 써서 헌금을 하려거든 아예 집어치워라. 정 하고 싶
다면 몇 달 뒤에 아무런 말도 없이 그저 헌금이라고 써서 하거라."

　　　　감사는 존재하는 모든 것이 의미 있음을 고백하는 태도입
니다. 그렇기 때문에 그것은 따로 말할 그런 것이 아닙니다. 그러므
로 그것은 다른 사람과 비교하여 얻는 만족이 아닙니다. 그렇게 되
면 감사는 다른 사람에 대한 저주일 뿐입니다. 그리고 우리의 감사
는 대체로 그런 저주입니다. 저는 그렇게 생각합니다. 저는 이제 다
시는 '감사'를 하지 않겠습니다.

주문의
음송

공동체의 파열음이 무척 요란합니다. 얼마 전까지만 해도 우리 사회의 분열을 일컫는 준거는 '가진 자와 없는 자'라는 갈등구조거나 이른바 동서를 가르는 지역 간의 갈등구조였습니다. 그런데 이제는 그렇게 '소박'하지 않습니다. 좌와 우, 진보와 보수, 세대와 세대가 선명하게 지칭되고 묘사되는가 하면 성차(性差) 또한 예외가 아닙니다. 이에 더하여 남과 북이 그 분할의 어느 장에서는 밀접하게 연계되기도 합니다. 가히 총체적 분열이라고 할 만합니다.

그렇다고 말할 수밖에 없는 것은 이러한 갈등이 일지 않는 영역이 없기 때문입니다. 정치, 경제, 문화, 언론, 교육, 종교, 심지어 과학의 영역에서조차 그러한 충돌이 그치지 않습니다. 저는 지역공동체의 이익을 논의하기 위해 모인 주민들의 작은 토론회에서 전문가가 아닌 소박한 동네어른들의 발언 속에 좌와 우, 보수와 진보라는 어휘가 담기는 것을 보기도 했습니다.

참 좋은 말씀인데…

분열의 까닭은 분명합니다. 이유 없이 갈라질 이는 없습니다. 이를테면 사람들은 각기 정치란 어떤 것이며, 따라서 어떤 정치가 구현되어야 하고, 그러한 정치는 어떤 것을 지향해야 하리라는 데 대한 주장을 합니다. 마땅한 일입니다. 따라서 그러한 주장들이 다양하게 펼쳐지는 것도 당연합니다. 나아가 사안에 대한 우선순위의 설정이 입장에 따라 다를 수 있고, 사항의 강조 또한 다를 수 있습니다. 세대 간에, 남녀 간에, 사물에 대한 인식 차가 있을 수 있다는 것도 자연스러운 일입니다.

하지만 특정한 주장에 공감하는 집단이 유형무형 간에 형성되고, 그러한 자기들의 공감적 내용이 집단의 이념적 지표가 되면 사태는 단순한 '다름의 자리'에서 서로 '어긋나는 자리'로 옮겨집니다. 그런데 하나의 공동체가 이렇게 되면 이러한 갈등은 더 직접적으로 경험됩니다. 어떤 사실에 대한 발언을 하면 어느 틈에 자기도 모르게 그 발언주체는 갈라진 어느 편에 속해 버립니다. 논의의 지속적인 전개가 가능한 질책이나 공감이 아니라 논의 자체의 정부(正否)에 대한 명확한 판단에 의한 수용과 거절이 현실화합니다.

그러다 보면 점차 누가 무엇을 발언했는가 하는 것은 그리 중요하지 않게 됩니다. 발언한 그가 어느 편인가 하는 데 대한 관심이 그의 발언내용보다 우선할 뿐만 아니라 그 판단이 그 내용을 규정합니다. 그래서 어느 쪽으로든 기울기를 스스로 거부하는 사람들은 설 자리가 없습니다. 그저 침묵할 수밖에 없는데, 그것조차 용납되지 않습니다. 그러한 태도는 부정직하고 무책임하며 기회주의적인 것이라는 정죄(定罪)가 쏟아집니다.

이러한 사태 속에서 가장 심각한 것은 주장의 교조화(敎條化) 현상입니다. 좌와 우, 진보와 보수가 주장하는 내용은 당연히 다릅니다. 또 그래야 합니다. 그런데 주장이 주장 자체의 정당성을 유지하기 위해 자신을 절대적인 것으로 축조하게 되면 내용의 다름은 그리 중요한 것이 되지 않습니다. 자신의 주장을 어떻게 지탱해 나아가느냐 하는 것이 가장 긴박한 과제가 됩니다. 내용은 뒷전으로 물러가고 태도만이 전면에 등장합니다. 인식은 사라지고 그 자리를 신념이 차지합니다. 그것이 주장의 교조화 현상입니다.

인식을 위하여 어떤 사물에 다가가기 전에 이미 자신의 주장을 준거로 한 사물에 대한 일정한 규범적 판단이 인식을 위한 틀로 전제되는 것입니다. 사물을 '두루 살피려는' 자연스러운 인식의 태도는 '보고 싶은 것만을 보는' 교조적인 권위에 의하여 철저하게 배제됩니다. 따라서 새로운 사실의 발견보다 이미 인식한 내용의 지속적인 강조가 중요한 과제가 됩니다. 주장하는 내용을 서술하는 문법을 살펴보면 그렇다고 하는 것을 분명하게 적시할 수 있습니다.

참 좋은 말씀인데…

이념적 교조주의의 기본적인 서술문법은 동어반복입니다. 책상이 무어냐고 물으면 책상은 책상이라고 답합니다. 다시 왜 책상이 책상이냐라는 물음을 되물어도 대답은 마찬가지입니다. 책상은 책상이니까 책상이라고 하는 대답이 이어질 뿐입니다. 신념의 언어가 가지는 논리는 그러합니다. 동어반복의 논리를 통한 사물에의 접근은 그 사물에 대한 인식지평을 더 확장하지 않습니다. 다만 기존의 인식에 대한 확신을 강화할 뿐입니다.

하지만 주장의 교조화도 그 불가피성을 승인할 수 있습니다. 어차피 공동체는 '힘의 실체' 간의 유기적인 관계 속에서 그 현존을 유지합니다. 따라서 어떤 주장의 구체화를 위해서는 '자기정당성의 확인'과 '자신(自信)의 누증(累增)'을 현실화하지 않으면 힘의 실체일 수 없습니다. 그러한 힘의 실체이지 못하면 아무런 역할도 수행할 수 없습니다. 동어반복의 논리는 그것을 유지하는 기본적인 문법입니다. 그러므로 그 논리의 불가피성조차 승인할 수 있습니다. 그러한 경과를 거쳐 일정한 주장은 자신을 정통(正統)으로 선언하는 데 이릅니다. 이 자리에 이르러 비로소 그 주장은 정당성과 신뢰성을 확보합니다. 제약받지 않아도 좋은 힘의 발휘를 누리게 됩니다.

그런데 사태의 진전은 이에서 머물지 않습니다. 정통의 출현은 이단(異端)의 양산(量産)과 함께합니다. 정통은 다름과 비타협

적이게 되고, 누구에게나 자신에게 순응할 것을 요청합니다. 모든 어휘는 '군사적인 은유'로 바뀝니다. 싸움, 전진, 깃발, 피, 최후의 승리 등의 어휘가 발언에 담기는 것입니다. 마침내 더 이상 그 주장은 교조주의에 머물지 않습니다. 교조주의가 함축하는 상대적 평가 자체를 아예 제거하지 않으면 안 됩니다. 스스로 절대적인 자리에서 홀로 있어야 합니다. 그렇기 때문에 교조주의(dogmatism)가 스스로 근본주의(fundamentalism)로 바뀌는 것은 필연적인 숙명입니다. 이에 이르면 그 주장은 스스로 '구세주'의 출현을 선포하고 '종말론적 비전'을 제시합니다. '경전'을 반포하고 '순교자'를 선양합니다. 그리고 우리는 새로운 '종교의 출현'을 목도하게 됩니다.

우리의 공동체가 어느 지경에 이르렀는지 확실하게 진단할 능력은 없습니다. 그러나 분명한 것은 갈등하는 어느 편도 주장하는 '내용의 선명성'보다 자기와 한편이라는 '태도의 선명성'을 선호하고 있다는 사실입니다. 점차 그 발언의 논리가 동어반복의 논리를 좇고 있고, 등장하는 어휘가 군사적이게(비인간적이게) 되어간다는 사실도 분명합니다. 그렇다면 어쩌면 우리의 진정한 문제는 실은 좌우나 진보─보수의 갈등이 아니라 상이한 근본주의 간의 쟁투가 아닌가 하는 짐작을 해볼 뿐입니다. 그런데 이것은 무척 암울한 진단입니다.

종교문화에서 보면 가장 편리한 '구원의 수단'으로 선택되는 것이 '주문(呪文)'의 음송입니다. 그런데 종교사는 그것이 얼마나 비극적인 것인가 하는 것을 보여주고 있습니다. 그것은 진정한 구원과는 아무런 상관도 없는 '편리한 환상'에의 몰입일 뿐입니다. 그러므로 그것이 현실성을 지닐 까닭이 없습니다. 주문의 음송은 자기최면, 자기기만이기 때문입니다. 그런데 모든 근본주의는 삶의 공동체를 철저하게 외면한 채 스스로 그렇게 주문을 음송하면서 종교사로부터 사라졌습니다.

오늘 우리의 현실이, 그 파열음이 그러한 주문의 음송이지 않았으면 좋겠습니다.

왜
불안할까?

사람이 왜 불안할까 하는 물음은 엄밀하게 말하면 물음이 되지 않습니다. 불안은 아예 삶 자체이기 때문입니다. 우리 누구나 다 알듯이 불안은 정말이지 우리의 일상입니다. 차사고가 날까 봐 두려워하면서 우리는 출근을 합니다. 먹지 못할 독성이 들어 있는 식품이 아닌가 하는 불안을 달래며 점심을 사먹습니다. 직장에서 열심히 일을 하다가도 내가 이 일을 제대로 하고 있는 것인지 아니면 곧 질책과 비난이 쏟아질 일을 하고 있는 것은 아닌지 불안하기도 합니다. 경제가 사뭇 흔들리는 듯한데 내일도 내가 이 자리에 붙어 있을지 어떨지 걱정하지 않을 수 없습니다. 정치를 믿다가는 나도 모르게 어디로 끌려가는지 모를 것 같다는 생각이 들면서 사뭇 불안해지기도 합니다. 날이 좋으면 좋아서 걱정이고, 궂으면 궂어서 걱정입니다. 매연 덮인 도시를 산 위에서 바라보다가 문득 내 자식들의 미래가 불안해지기도 합니다.

얼마나 더 예를 들어야 할지 모르겠습니다. 하지만 몇 가

참 좋은 말씀인데…

지만 더 들어보겠습니다. 사람들과의 관계에서 속을까 봐 걱정되는 불안도 있습니다. 질병에 대한 불안도 있습니다. 예기치 않은 불행한 사태를 늘 유념하지 않으면 안 되는 삶 자체가 짜증스러울 정도로 불안하기도 합니다. 그리고 죽음의 문제도 심각한 두려움입니다. 분명히 언젠가는 죽을 거니까요. 그리고 많은 사람들이 이 문제로 불안해합니다.

이렇게 나열하다 보면 한이 없습니다. 오죽해야 하늘이 무너질까 걱정했다는 고사가 전해 오겠습니까. 거듭 말씀드리거니와 삶은 온통 불안 자체입니다. 그러니까 그 까닭을 묻는 일보다 그 불안을 어떻게 다루어야 할까 하는 일을 생각하는 것이 현실적이고 의미 있는 물음이라고 말할 수도 있습니다. 그리고 실제로 사람들은 대부분 그렇게 생각하는 듯합니다.

물론 옳은 판단입니다. 우리는 모든 일에서 현실적인 효용을 먼저 생각하는 것이 가장 현명하다는 것을 경험을 통해 익히 알고 있기 때문입니다. 그러한 자리에서 본다면 어떤 일의 근원을 살피는 일은 시간낭비이고 관념적이며 소모적이라고 판단할 수밖에 없습니다. 하지만 바로 이러한 태도가 오늘을 사는 우리로 하여금 끝내 불안에서 벗어나는 길을 찾지 못하게 하는지도 모른다는 생각이 듭니다.

생각해 보십시다. 앞서 말씀드렸듯이 불안하지 않은 삶은 이 세상에 없습니다. 어느 때, 어느 곳을 막론하고 그렇습니다. 누구에게나 다르지 않습니다. 그렇다면 불안은 끝내 피할 수 없는 것이라는 말이기도 합니다. 무슨 짓을 어떻게 한다 해도 불안은 가실 까닭이 없는 것입니다. 아무리 현실적으로 효과적인 대응을 한다 할지라도 마찬가지입니다. 당장 그때 그곳에서는 어떤 효과가 있을지 모릅니다. 틀림없이 있을 것입니다. 하지만 곧 이어 그것이 새로운 불안을 낳고, 또는 다른 일에 의해서 새로운 불안이 이어질 것은 뻔한 일입니다. 불안은 없앨 수도 없고, 회피할 수 있는 것도 아닙니다.

그렇다면 문제는 분명합니다. 삶은 본래 그렇거니 하고 불안과 더불어 살든지 아니면 불안을 내가 아예 끌어안는 길밖에 없습니다. 하지만 불안을 옆에 두고 내내 불안해하면서 사는 일은 도대체 삶이 아닙니다. 그럴 수 있다고 혹 주장할지 몰라도 아마 그것은 정직한 발언은 아닐 듯합니다. 따라서 길은 하나밖에 없는 것 아닌가 하는 생각이 듭니다. 후자의 길, 곧 불안을 내가 내 속으로 끌어안고 넘어서는 길이 그것입니다.

그런데 그렇게 하기 위해서는 어쩔 수 없이 이러한 불안이 어떻게 해서 내게 또는 인간의 삶 속에 있게 되었을까 하는 물음을 묻지 않을 수 없습니다. 논리적으로 잘 설명할 수는 없지만, 실

참 좋은 말씀인데…

제 삶을 들여다보면 불안을 끌어안는 일이 하나의 현상으로 드러납니다. 뜻밖에도 우리 주변에는 불안을 불안해하지 않는 사람들이 있기 때문입니다.

흥미로운 것은 그러한 사람들 대부분이 불안을 경험하고 있으면서도 불안 자체를 고뇌하고 있지는 않다고 하는 사실입니다. 대단히 비현실적인 예라고 생각하실지 몰라도, 어떤 분들은 불안한 사태가 자신의 철없는 욕심 때문이라고 말하면서 그 불안 자체보다 자기 안에 있는 욕심을 없애고자 하는 일에 더 짙은 관심을 쏟습니다.

그렇게 되면 불안은 주어진 것이기보다 자신이 빚어낸 것이 되고, 마침내 자기가 그것을 스스로 이겨낼 수 있는 것이 됩니다. 불안의 원인이 욕심에서 비롯한 것이라고 판단하기 때문입니다.

그런가 하면 또 어떤 분들은 불안하고 고통스러운 모든 현실이 자기가 바르고 마땅한 길을 따라 살지 않은 결과라고 생각하면서 제 길에 들어서는 일을 불안보다 더 직접적으로 모색하고 실천하려 합니다. 우주적 질서로부터 일탈한 것이 불안하게 된 원인이라고 판단하고 있는 것입니다. 그런가 하면 어떤 분들은 지극히 드높은 거룩한 분의 뜻에 어긋나게 산 것이 불안의 근원이라고 고백하면서 오히려 그 불안 속에서 그분의 뜻을 찾아내려는 일을 불안을 없애려는 일보다 더 절실하게 행합니다. 창조주로부터 단절된 피조물의 오만이 결국 불안의 진정한 까닭이라고 판단하고 있는 것입니다.

그렇다면 우리가 왜 불안할까 하는 물음, 곧 불안의 까닭을 묻는 물음에 대한 대답은 분명해집니다. 우리의 삶이 뿌리를 가지고 있지 않기 때문입니다. 존재근거에 대한 확신이 없기 때문이라고 말하는 것이 더 좋습니다. 그리고 그것은 우리로 하여금 결국 아무것도 신뢰할 수 없는 사람이게 하고 맙니다. 신뢰의 부재, 믿음의 상실은 모든 불안의 직접적인 원인입니다. 믿음이 없는데 어떻게 불안하지 않을 수가 있겠습니까? 그리고 그러한 사실은 다시 우리로 하여금 아무것도 행할 수 없게 합니다. 용기 없음은 불안을 증폭할 뿐입니다. 타율적이고 의존적이기만 한 삶의 태도가 불안을 불식한다는 것은 불가능한 일입니다. 비겁함은 가장 구체적이고 현실적인 불안의 원인입니다. 책임주체로서의 자의식을 가진 사람은 불안과 대결합니다. 그러나 그러한 자의식이 없으면 불안을 회피하고 싶은 못난 생각에 언제나 불안에 쫓기며 살아갈 수밖에 없습니다.

그런데 용기 없음, 행동하지 못함, 믿음 없음의 원인은 되돌아가 자신의 존재를 승인할 수 있는 신비를 결하고 있다는 사실에 다시 이어집니다. 그러니까 앞에 예거한 어떤 불안도 예를 들어

참 좋은 말씀인데…

"나는 하느님의 자녀이다!"라든지 "내가 부처다" 하는 고백의 자리에 서면 이미 그것은 불안이 아니게 되는 것입니다. 모든 불안이 신비스러운 의미의 실체가 됩니다. 삶이 그렇게 바뀌는 것입니다.

그렇다면 대답은 간단합니다. 왜 불안할까? 그것은 '존재기반의 신비'의 상실이 낳은 불가피한 현실이라고 해야 옳을 듯합니다.

부덕한 발언을
하지 못하면

종교라고 일컫는 현상은 비록 그것이 '하늘의 일'을 이야기한다거나 '영의 세계'를 보여준다 할지라도 그것을 경험하고 그것을 이야기하는 곳은 하늘이 아니라 이 '땅'이고, 영이 아니라 우리의 '육'입니다. 그러므로 어느 종교든 종교라는 현상은 나름의 '역사'를 지닙니다.

중요한 것은 그렇게 '역사현상으로서의 종교'가 우리에게 보여주는 것은 '종교'가 우리에게 가르치는 내용과 상당한 괴리를 보인다고 하는 사실입니다. 역사 속에서 우리가 만나는 종교는 종교의 가르침이나 종교적 경험이 발언하듯 그렇게 영롱하고 순수하고 신비스럽지 않습니다. 초월적이지도 않고 신성하지도 않습니다. 오히려 역사현상으로서의 종교는 의외로 심각하게 추하고 얼룩져 있으며 통속적입니다. 진정성도 불안하고 현존 양식도 때로는 게걸스럽고, 그래서 때로는 철저하게 위선적입니다.

이러한 서술을 온당하지 못한 거라고 비판하시면서 그것

참 좋은 말씀인데…

은 바르지 않은 종교들의 예를 전체로 착각한 과오라고 하실 수도 있습니다. 또는 그렇게 말할 수 있는 종교란 이미 종교가 아닌 것이라고 항변하실 수도 있습니다.

그러나 심각한 것은 그러한 측면을 배제하고 종교사를 서술한다는 것은 현실적으로 불가능하다고 하는 사실입니다. 도대체 역사를 이른바 '선한 측면만을 골라' 기술한다면, 또는 '자기 마음에 드는 것만 선택하여' 기술한다면 그것은 정직한 역사일 수 없기 때문입니다. 뿐만 아니라 자기가 승인하고 싶지 않은 현상을 아예 자기가 승인하고 싶은 현상으로부터 배제해 버린다는 것도 옳은 태도일 수 없기 때문입니다.

그럼에도 불구하고 우리는 종교사가 증언하는 분명한 사실들을 애써 외면하려고 합니다. 그 까닭을 우리는 단단히 짚어보아야 합니다. 정직해야 하기 때문입니다.

어쩌면 의도적인 간과도 있을 것입니다. 그러나 그것은 결국 자기기만에 이릅니다. 매우 저어해야 할 일입니다. 또 미처 생각이 종교에만 한정되어 있을 뿐, '인류의 종교사'라는 넓은 영역에까지 이르지 않기 때문일 수도 있습니다. 그런데 이는 게으른 태도입니다. 게으름도 분명히 잘못에 속하는 일입니다. 그런가 하면 자신의 신념에 대한 진정하고 순수한 봉헌이 인식의 차원을 닫아버리기 때문에 있을 수 있는 현상이기도 합니다. 그러나 그러한 순수가 지적 과오를 정당화하는 구실일 수는 없습니다.

문제는 사실에 대한 인식의 부정이나 간과는 그로부터 비롯하는 과오를 치유 불가능하게 한다는 데 있습니다. 진단을 거절하는 일이기 때문입니다.

저는 오늘 우리의 종교문화가 상당한 질병을 앓고 있다고 진단하고 싶습니다. 종교 간의 갈등과 충돌과 전쟁이 21세기의 두드러진 현상임을 부정할 수 없기 때문입니다. 따라서 그 원인을 종교사에 비추어 살펴보고, 치유를 위한 우리의 상상력을 충동해 보았으면 좋겠습니다. 그렇게 하면 자연히 우리의 발언은 '은혜로운 진술'보다 '부덕한 발언'이 주조를 이룰 것 같습니다. 그러나 그래야 합니다.

그리스도교가 스스로 자신의 종교를 선포하면서 한 발언은 '메타노이아'(metanoia)입니다. '뒤늦게 알았다'는 의미의 '회개'를 뜻하는 용어입니다. '회개하라'가 그 첫 발언이었습니다. 그리고 그 발언은 덕스러운 것이 아니라 불쾌감을 일으키는, 실은 부덕한 발언이었습니다. 그러나 그렇게 하지 않으면 "하늘나라가 가까이 올 수 없다"는 선언마저 첨언하고 있습니다. 그렇다면 자기를 고발하는 불손한 발언이 '살기 위한 절규'일 수도 있다는 너그러움을 우리

참 좋은 말씀인데…

는 그러한 절규에 베풀 수 있어야 할 것 같습니다.

　　다행히 아직도 종교사는 종교에 대한 기대가 인류의 역사에서 사라진 적이 없음을 보여주고 있습니다. 그렇다면 아직 우리에게는 할 일이 많습니다. 종교를 향해 '부덕한 발언'을 쉬지 말고 해야 합니다. 치유의 가능성이 절망적이지만은 않다고 믿고 싶은 것입니다.

한 **비저나리**의
죽음에 즈음하여

통일교 문선명 총재가 세상을 떠났습니다. 스스로 말했듯이 참으로 많은 논의를 불러일으킨 생애를 살았습니다. 어쩌면 그분의 생전이 그러했듯이 그의 사후에도 그분에 대한 논의가 쉽게 잠재워지지 않을 것 같습니다.

소박하게 말하면 그분은 비저나리(visionary)였습니다. 온전한 행복, 완전한 평화를 추구했습니다. 그것이 이루어져야 하는 자리는 가정이고 세계였습니다. 그런데 그럴 수 없는 원인은 사람의 일그러짐 때문이었습니다. 그러므로 그 일그러짐이 펴지고 얼룩이가 말끔히 가셔지면 모든 것은 이루어진다고 믿었습니다. 이보다 더 순수하고 소박한 꿈은 없습니다. 그분은 그렇게 맑은 비저나리였습니다.

그런데 그분은 그것을 실현하고 싶었습니다. 그러므로 이를 위해 새로운 조직을 만드는 일은 불가피한 일이었습니다. 그 조직의 정당성을 논리화하는 일도 당연히 해야 할 일이었습니다. 혼례를 비롯한 의례를 다듬는 일도 그 공동체의 공동체다움을 위해 당연히 기울여야 할 관심이었습니다. 그리고 온갖 '산업에의 진력'도 이를 위해 마땅한 일이었습니다. "돈이 있어야 꿈이 이루어진다"고 하는 확신이 그 바탕이었다고 판단됩니다. 결과적으로 그분의 이러한 태도는 새로운 '종교'를 출현하도록 했습니다. 이러한 면에서 보면 그분은 철저한 리얼리스트(realist)였습니다.

흔히 우리는 비저너리와 리얼리스트는 어긋나는 것으로 여깁니다. 그렇습니다. 많은 경우 그 둘은 갈등적입니다. 쉽게 조화로울 수가 없습니다. 비전의 드높기가 심할수록 더욱 그 비전을 현실화하는 일은 어렵습니다. 그럴 수밖에 없습니다. 현실에서의 무력감이 바로 비전의 동인(動因)이기 때문입니다. 그래서 사람들은 그 둘 사이의 갈등에 대한 인식에서 비로소 자신의 한계를 고백하면서 그 안에서 다시 자신의 꿈과 자신의 현실을 다듬습니다. 그 역설의 의미를 빚어내는 것입니다.

그러나 그분은 이 근원적인 역설을 스스로 부정했던 것으로 보입니다. 그는 그 역설의 지양이 가능하다고 하는 신념을 가지고 있었던 것으로 보입니다. 그렇기 때문에 그는 이 신념에 기반을 두고 자신의 비전을 더 '비현실적일 만큼 드높게 승화시켰고, 자신의 실제적인 행동도 더 '비현실적일 만큼 강하게 추진'해 나아갔습니다. 그런데 그분의 문제는 바로 이 '비현실성'에 있었습니다.

그분을 사이비교주나 이단으로 여겨 강한 거부감을 드러
낸 일련의 종교계 반응에 대해서는 별로 할말이 없습니다. 자기와
다른 의견을 가진 타자에 대한 종교계의 자연스러운 현상이기 때
문입니다. 그를 탈세를 범한 사기꾼으로 치부하는 비난에 대해서
도 다르지 않습니다. 기업의 현장에서 드물지 않게 일어나는 일이
라고 여겨지기 때문입니다. 그분의 가정 안에서 일고 있다고 전해
지는 혈연 간의 갈등에 대해서도 마찬가지입니다. 많은 가정에서
겪는 적지 않은 일상이기 때문입니다.

따라서 제가 그분의 삶 속에서 주목하고 싶은 것은 그러
한 비난의 실제 여부가 아니라 그분이 스스로 함몰되어 있던 비전
의 '비현실적 승화'와 실제적인 행동의 '비현실적인 강화'입니다. 달
리 말하면 비전과 현실을 겸허하게 그리고 조심스럽게, 엮고 다듬
어 그 갈등을 스스로 승인하고 수용할 수 있는 새로운 의미의 실
재로 만들기보다 그 둘을 각기 한없이 들어올리고 끝없이 확대함
으로써 생긴 '비현실성'의 늪에 스스로 빠진 것은 아닌가 하는 생
각이 드는 것입니다. 이를 그분의 메시아로서의 자의식에서 확인
할 수 있습니다.

그분이 메시아로서의 자의식을 지녔을 뿐만 아니라 이를

참 좋은 말씀인데…

천명하였다는 사실을 굳이 폄할 생각은 없습니다. 모든 '종교적 천재들'이 대체로 그러했습니다. 하지만 꿈과 현실의 갈등을 아파하는 메시아와 그 둘을 지양할 수 있다는 신념으로 아예 이를 간과하는 '절대적 실재'로서의 메시아는 다릅니다.

전자의 경우에는 스스로 고통받는 제물로서의 자의식을 지니고 자신의 디비니티(神性, divinity) 안에 휴머니티(人性, humanity)를 담습니다. 그러나 후자의 경우에는 제물의 봉헌을 요청하는 자의식을 지니고 자신의 휴머니티 안에 디비니티를 담습니다. 그렇게 되면 그 디비니티(divinity)는 휴머니티(humanity)를 지워버리게 되고 그 휴머니티는 디비니티를 밀어내게 됩니다. 결국 그 디비니티는 휴머니티를 빙자한 '사치스러운 천개(天蓋)'가 되고 그 휴머니티는 디비니티를 빙자한 '게걸스러운 지상(地上)'이 됩니다. 그분이 처해 있던 '비현실성의 늪'이 혹 이러한 것은 아니었을까 하는 생각이 듭니다.

물론 비저나리는 리얼리티의 곤고(困苦)를 처절하게 경험하는 데서 출현합니다. 그러므로 휴머니티를 지니지 않은 비저나리는 없습니다. 그러나 중요한 것은 비저나리가 스스로 자기의 비전을 실현하는 리얼리스트가 되어가면서 그 처음에서 일탈할 수 있다는 사실에 있습니다. 비현실적인 비전과 비현실적인 실제의 간극 사이에서 자기를 상실하고 오직 '절대'로 개념화된 디비니티로 자기를 구축하는 것입니다.

    문제는 통일교의 문선명 총재만 그렇지 않다는 데 있습니다. 종교라는 이름의 문화현상의 구조가 아예 그런 것은 아닌가 하는 생각이 듭니다. 그렇다면 어쩌면 이 계기에서 종교학이 직면하는 과제는 '신의 인간성과 인간의 신성'이라는 주제에 대한 새로운 조명을 시도하는 일일지도 모릅니다.

    한 비저나리의 서거에 깊은 애도를 표하면서 이런저런 생각을 해보았습니다.

참 좋은 말씀인데…

신이 태어나는
자리

'종교'가 어떻게 해서 생기게 되었을까 하는 데 대한 관심은 아주 오래전부터 있어왔습니다. '신의 기원'에 관한 사색이라고 해도 좋을 그러한 것인데, 아득한 때부터 축적된 인류의 경험들을 살펴본 학자들은 이에 관해 무척 소박한 설명을 해주고 있습니다. 이분들은 종교란 이른바 원시인들이 자연재해와 직면하면서 경험한 공포가 낳은 산물이라고 말합니다. 도저히 항거 불가능한 위력이 가하는 폭력적인 사태를 절망적으로 겪으면서 어쩌면 이것은 절대적으로 무한하고, 그렇게 강하고, 그렇게 자의적(恣意的)인 존재가 있어 이루어진 것임에 틀림없다고 믿는 데서 신이 출현하게 된 것이라고 설명하고 있는 것입니다.

그러나 '이전'(以前)이라는 개념 그리고 '원시'(原始)라는 개념이 함축한 문화국지주의적(文化局地主義的) 사색이 편견일 수 있다는 성찰이 비롯하면서 요즘에는 종교기원론을 전혀 다른 물음자리에서 되살펴보기에 이르렀습니다. 그래서 다음과 같은 물음들을 진지하게 묻고 있습니다.

천둥번개나 화산의 폭발이나 해일의 넘침 등만이 그들의 두려움이었을까? 그런 데서 말미암은 몸의 소멸에 대한 공포만이 신을 요청하게 한 것이었을까? 그들도 사랑하지 않았을까? 그들도 미움을 경험하지 않았을까? 그들도 옳음을 좇아 그름을 저어하지 않았을까? 그들도 깨지는 신뢰에 고통을 받고 든든한 믿음을 통해 서로 의지하지 않았을까? 그렇다면 신은 오히려 인간이 겪는 온갖 '가슴앓이'를 위로받고 또 치유받고 싶은 희구 속에서 요청된 불가피한 존재이지 않았을까?

이 물음에 대한 해답이 수월하지는 않습니다. 어차피 기원의 문제는 실증될 수 없는 것이고, 결국 '처음은 이러저러할 것'이라고 하는 물음주체의 형이상학적 전제가 좌우할 것이기 때문입니다. 오죽해야 현대의 종교학이 기원의 문제를 아예 파기해 버렸을까요. 아무리 진지해도 공론(空論)으로 끝나리라는 것을 짐작했기 때문입니다.

그러므로 이 자리에서 기원의 문제를 언급하는 것은 종교 기원론 자체를 다시 논의하자는 것이 아닙니다. 주목하고자 하는 것은 원시인들의 '가슴앓이'일 법한 것으로 지적된 사랑의 결핍, 옳음의 훼손, 신뢰의 상실 등이 인간이면 누구나 겪는 근원적인 아

참 좋은 말씀인데…

품으로 기술될 수 있다는 사실입니다.

그런데 사랑이든 옳음이든 신뢰든, 그것은 모두 관계개념입니다. 홀로 산다면 전혀 필요 없는 덕목들입니다. 하지만 더불어 산다면 그 덕목들은 그대로 그 삶 자체입니다. 사랑하지 않으면, 바르지 못하면, 신뢰할 수 없다면 그 관계는 찢어진 그물처럼 폐물이 될 것이기 때문입니다. 그러므로 미움과 그름과 불신은 가장 참혹한 삶을 묘사하는 두려운 용어들입니다. 산다 해도 그러한 삶은 삶이 아닙니다. 사람살이가 아닌 것입니다.

이중에서도 신뢰는 어쩌면 다른 덕목보다 더 근원적인 것이라고 말해도 좋을 듯합니다. 관계를 이루는 그 얼개 자체를 마련하는 것이기 때문입니다. 그러므로 사랑이나 미움도, 옳음이나 그름도, 신뢰를 바탕으로 한 관계구조가 선행(先行)하지 않으면 있을 수 없는 현상이라고 할 수 있습니다.

그래서 우리는 가장 절망적으로 사회의 불안을 묘사할 때 사랑이 없는 사회라든지 불의가 성한 사회라든지 하기보다 신뢰가 땅에 떨어진 사회라든지 불신이 팽배한 사회라고 묘사합니다. "믿을 것 아무것도 없다"든지 "믿을 놈 하나도 없다"는 자조적(自嘲的)인 탄식은 절망을 경험한 사람의 자학이 뱉는 '마지막 발언'과 다르지 않습니다. 그런데, 지나친 과장일는지 몰라도, 우리는 지금 그렇게 발언하고 싶은 답답한 정황을 살고 있습니다. 누구도, 어떤 제도도, 어떤 경험도 신뢰를 할 수가 없는 것입니다.

그런데 목표가 불투명하다든지, 설명이 충분하지 않다든지, 보상에 대한 기대가 충족되지 않는다든지 해서만 이러한 불신이 우리의 풍토를 지배하는 것은 아닙니다. 문제는 그러한 것이 꽤 온전하게 마련되어 있는데도 신뢰할 수 없다는 데 있습니다. 까닭은 단순하고 분명합니다. 배신을 경험했기 때문입니다.

정치에서 우리는 배신을 경험했습니다. 경제에서도 그랬습니다. 학문에서도 예외가 아니었습니다. 종교에서조차 그러했습니다. 언론매체도 다르지 않았습니다. 예술 또한 마찬가지입니다. 너의 배신도, 너희들의 배신도, 그들의 배신도 겪었습니다. 구체적인 사례도 들지 않은 채, 이렇게 어떤 사실들을 부정적인 것으로 판단하여 일반화하는 일은 조심스럽습니다. 얼마든지 긍정적인 경우를 예거할 수 있기 때문입니다. 하지만 '예외적인 것'에 의한 일반화는 그것이 아무리 낙관적인 기대에서 이루어지는 것이라 해도 분명한 기만입니다. 그렇다면 오늘의 사태는 진정으로 답답합니다.

그런데 서로 신뢰하지 않고는 도무지 살아갈 수 없는 것이 삶입니다. 신뢰는 더불어 살아가는 삶의 존재법칙 자체입니다. 그렇기 때문에 우리는 어떤 경우에도 신뢰를 할 수밖에 없습니다. 내가 만나는 사람과 제도와 역사와 미래를 신뢰해야 합니다. 그 객체들이 모두 온전한 것은 아닙니다. 그 한계를 모르지 않습니다. 하지만 신뢰해야 합니다.

신뢰는 신뢰할 수 있는 조건이 완전하게 갖추어졌을 때 이루어지는 것이 아닙니다. 그렇다면 그것은 신뢰가 아니라 승인이고 수용입니다. 신뢰는 근원적으로 '~에도 불구하고'가 이루어내는 것입니다. 어쩌면 무조건적이라고 해야 옳을지 모르겠습니다. 더 나아가 우리는 내가 신뢰하는 객체나 대상이 나를 배신할 거라고 하는 예상을 충분히 하면서도 그 모든 것을 신뢰해야 합니다. 이것이 신뢰의 진정한 모습입니다.

하지만 그러한 신뢰의 수행(遂行)은 엄청난 자기손실을 스스로 다짐하지 않으면 이루어지지 않습니다. 결코 후회하지 않아야 가능한 일인데 그게 그리 쉬운 일이 아닙니다. 그럼에도 불구하고 우리는 신뢰해야 합니다. 왜냐하면 그랬을 때 비로소 나는 신뢰의 책임주체가 되면서 동시에 배신에 대한 책임에도 참여할 수 있기 때문입니다. 그렇지 않고는 신뢰를 준거로 인간을 존엄하게 하는 일도, 신뢰를 제도화하여 사회적 자본으로 축적하는 일도 현실적으로 불가능해집니다.

그렇다면 우리는 신뢰를 구현하기 위하여 언제나 배신의 현실성에 대한 준비를 하지 않으면 안 됩니다. 배신을 예상하지 않는 신뢰는 유치합니다. 그리고 배신을 책임지지 않는 신뢰도 마찬가지입니다. 이에서 더 나아가 신뢰가 관계개념이듯 배신도 관계개념이라는 소박한 진실을 외면한다면 그도 또한 다르지 않습니다.

성숙한 인간이란 다른 사람이 아닙니다. 신뢰의 붕괴를 탄식하고 분노하는 사람이 아니라 신뢰를 위해 배신의 아픔을 마디마디 견디며 품고 나아가는 사람입니다. 그 아픔이 오죽했으면 인간은 그 마디에서 신을 요청했겠습니까?

정죄, 용서
그리고 성상(聖像) **파괴**

세상에는 나쁜 사람이 있습니다. 나쁜 행위가 있고, 나쁜 공동체가 있고, 나쁜 문화가 있습니다. 그런데 이러한 판단을 하기 위해 대단한 윤리학적 천착이 필요한 것도 아니고, 도덕적으로 온전한 인격이 되어야만 하는 것도 아닙니다. 그저 상식적으로 우리는 일상의 어떤 것들을 '좋은' 또는 '나쁜' 것으로 나누어 판단하면서 삽니다.

물론 '상식'이란 불안합니다. 실증된 참이 일상화된 것을 상식이라 일컫기도 하지만 직관이나 감성과 같은 '불투명하고 불안정한, 그러나 편리한' 앎이 그렇게 불리기도 하기 때문입니다. 더구나 자신의 이해관계를 준거로 직관이나 감성을 마구 휘두르면서 선악을 분간하게 되면 그 상황 자체가 이미 폭력이고 파괴적인 '나쁜' 것일 수밖에 없기도 합니다.

그럼에도 불구하고 이를테면 욕하고, 속이고, 훔치고, 빼앗고, 미워하고, 때리고, 죽이는 일들이 그릇된 것임을 모르는 사람은 없습니다. 뿐만 아니라 사람들은 자기가 그런 짓을 하는 경우에도 그것이 나쁜 짓인 줄은 압니다. 또 그것이 불가피한 행위였다든지, 오해라든지, 아니면 내 일이니 상관 말라고 강변할 수도 있지만 그러한 발언이 크고 높을수록 그가 얼마나 못된 사람인지를 사람들은 더 뚜렷하게 판단합니다. 도덕적 판단이 배워 이루어지는 것인지, 아니면 태어날 때부터 지니게 된 것인지는 분명하지 않지만 사람살이를 보면 대체로 그러합니다.

그런데 세상에는 좋은 사람이 있습니다. 당연히 좋은 행위가 있고, 좋은 공동체가 있고, 좋은 문화가 있습니다. 우리는 일상적인 경험에서 나쁜 것을 읽어내듯 좋은 것도 읽어냅니다. 칭찬하고, 신뢰하고, 도와주고, 사랑하고, 어루만져주고, 생명을 살리는 일들을 '좋다'고 말합니다.

문제는 그 둘이 언제나 함께 있다는 사실입니다. 어쩌면 그 둘 사이에서 선하려는데 악할 수밖에 없는, 그리고 악에서 빠져나오려는데 선에 이르기가 쉽지 않은, 그러한 긴장을 살아가고 있는 것이 삶의 본디 모습이라고 해도 좋을지 모르겠습니다.

흥미로운 것은 이 과정에서 선과 악의 관계가 보여주는 '힘의 겨룸'입니다. 선은 악을 응징하고 배제하기 위해 선 자체의 '힘'을 발휘합니다. 그런데 악도 다르지 않습니다. 선을 파괴하기 위해 마찬가지로 악 자체의 힘을 발휘합니다. 그래서 선의 편에서 악을 넘어서려는 온갖 노력이 이루어져 왔습니다. 도덕이나 법은 이 계기에서 출현한 선의 지극한 힘이라고 할 수 있습니다.

그 힘은 일상에서 행위를 규제하여 아예 악이 발을 붙이지 못하도록 합니다. 만약 그래도 벌어지는 악에 대해서는 일정한 규제와 징벌을 철저하게 과합니다. 물론 그 일이 쉽지 않습니다. 그러므로 악을 마주하면서 선은 결연해야 합니다. 악은 그렇게 척결되어야 하고, 선은 그렇게 정의롭게 자기를 구현해야 합니다. 그렇게 되면 마침내 삶은 좋은 것으로 채워질 것입니다.

저는 이렇게 생각해 왔습니다. 현학적인 많은 논의들을 제 언어로 발언한다면 이러합니다. 그런데 저는 이러한 생각들이 한꺼번에 좌초하는 경험을 했습니다. 중간시험을 치던 어느 날입니다. 저는 제 과목의 시험감독을 하고 있었습니다. 교육학적인 의미를 간과하고 말한다면 감독이란 다른 것이 아닙니다. 선의 자리에서 악을 방어하는 일입니다. 그런데 한 학생이 '커닝'을 하고 있었습니다. 저에게 그 학생은 '나쁜 놈'이었습니다. 선하고 바른 자리에서 우리 모두를 위해 저 학생을 징벌해야겠다는 책임의식이 일었습니다. 그에게 조용히 다가가 답안지와 노트를 뺏었습니다. 저는 제가 꽤 괜찮은 사람이라는 자의식이 들었습니다. 악을 방지했고 배제했기 때문입니다.

그런데 순간 제 '적발'에 의하여 소멸될 그 아이의 '선의 가능성'이 염려되기 시작했습니다. 이러한 생각은 이른바 정의(正義)가 늘 빠진다는 악에 대한 연민의 유혹이었을지도 모릅니다. 그러나 제 그 갈등은 절실했습니다. 어쩐지 잘못을 범하고 들켜 '무력해진' 학생 앞에서 제가 그 학생 때문에 갑자기 선하고 정의로운 인간이 되어 우쭐거리는 치사한 인간처럼 느껴졌습니다. 그런데 그것은 사실입니다.

그 학생은 시험지 답안을 위해 커닝한 것일 뿐이지만 저는 얼마나 많은 그러한 유혹 앞에서 이런저런 모습으로 넘어졌었는가 하는 데 생각이 이르자 '이 작은 불의' 앞에서 '절대적으로 의로운 자'가 된 나 자신에 스스로 들뜬 제 몰골이 적나라하게 드러난 것처럼 부끄러웠습니다. 저는 마침내 그를 제 연구실로 불러 답안지를 다시 작성하게 했습니다. 그러면서 말했습니다. "너는 나쁜 놈이야. 그러나 용서해 줄게!"

그런데 이 일을 통해 저는 용서란 선이 악에게 베푸는 '은총'이 아니라는 것을 저리게 깨달았습니다. 용서란 '공범자(共犯者) 의식'을 지니지 않고는 이루어질 수 없는 것이라는 생각이 들었기 때문입니다. 못된 짓을 우리끼리 남모르게 해치우자면서 키득거리는 그러한 공범의식이 아니라 "너나 나나 다르지 않은데 우리 함께 이 악에서 벗어나자!" 하는 의식이라고 말하면 전달이 될는지 모르겠습니다.

그러고 보니 이른바 징벌도 다르지 않았습니다. 높고 귀한 곳에서 자신의 온전함과 선함의 권위에 장하여 악을 내치고 저주하는 것이 정죄가 아니라 "너나 나나 다르지 않은데 우리 함께 우리가 범한 잘못에 대한 벌을 받자!"는 것이 징벌의 참 모습이리라는 생각이 들었습니다. 그러한 자의식에서 비롯하지 않은 정죄란 비록 그것이 선한 의도에서 나온 것이라 할지라도 자신을 절대화하든가 신격화하는 오만한 '의로운 행패'와 그리 먼 거리에 있지 않은 것이리라는 생각도 들었습니다.

잘못에 대한 정죄는 불가피합니다. 우리는 선의 자리에서 악을 응징해야 마땅합니다. 그러나 정죄 자체로 모든 것이 끝날 수는 없습니다. 만약 그렇게 된다면 징벌을 통해 이루어지는 것은 정죄자의 자기절대화와 정죄된 자에 대한 증오의 전승밖에 없습니다. 그것은 모두의 비극입니다. 정죄는 용서를 위한 것입니다.

종교문화가 지닌 종말론은 정죄와 심판과 징벌의 '닫힌 이야기'입니다. 그러나 그것은 동시에 사랑과 용서와 재생의 '열린 이야기'이기도 합니다. 그런데 그 닫힘을 열게 한 것은 정죄하고 용서하는 주체인 신이나 절대자가 자신이 정죄한 객체를 위해 자기를 죽이거나 자기를 파기(破棄)하는 용서였습니다. 그러나 그렇지 않은 경우도 없지 않았습니다. 너무 많은 선한 신들이 너무 많은 악을 '생산'하고, 그 악을 징벌하면서, 결국 과잉하는 '악의 정죄' 속에서 신은 물론 선도 유실되는 경우가 없지 않았습니다. 이른바 '우상'에 대한 두려움이 그것입니다. 그래서 때로 '성상파괴'(聖像破壞)만이 그 신과 선을 구원할 수 있기도 했습니다.

우리 사회의 '정죄'는 어떻게 이루어지는지요. 우리 공동체의 '용서'는 어떻게 펼쳐지고 있는지요. 우리 역사는 어떤 '성상파괴'의 흔적을 증언하고 있는지요. 두루 살펴보고 싶습니다.

참 좋은 말씀인데…

정교분리라는
원칙

종교가 정치에 개입을 한다고 해서 많은 논의가 일고 있습니다. 그런가 하면 정치가 종교에 간섭을 한다고 해서 마찬가지로 많은 논의들이 일고 있습니다. 그 둘은 법에 의해 엄격하게 구분되는 것이라고 하는 주장이 펼쳐지고 있는가 하면, 바르고 참된 것을 주장하는데 그것을 하지 못하게 하는 일이 법을 빙자해 정당화되는 것은 바로 그 법정신을 훼손하는 일이라는 주장도 강하게 펼쳐지고 있습니다. 바야흐로 우리 사회는 '종교와 정치'라는 것을 주제로 사뭇 공동체에 균열이 생기는 듯 긴장감이 돕니다.

그런데 벌어지고 있는 일에 밀착해 옳고 그름을 판단하려 서둘기 전에 조금 차분하게 그러한 사태의 구조와 긴 역사적 전개를 살펴볼 필요가 있습니다. 그런 다음에 우리의 의견을 발언해도 괜찮을 것 같습니다.

우선 생각해 보고 싶은 것은 정치도 종교도 삶의 표상이라고 하는 사실입니다. 그것은 인간의 삶이 드러난 것입니다. 그렇기 때문에 삶의 주체는 정치에도 종교에도 모두 한꺼번에 귀속되어 있습니다. 그 둘을 딱 나누어 다른 실재로 전제하면서 너는 정치에 속했고, 나는 종교에 속해 있다고 잘라 말하는 것은 불가능합니다. 우리는 누구나 그 둘이 중첩된 문화 안에서 겹친 정체성을 가지고 살아갑니다. 사실상 정치, 경제, 과학, 예술, 종교 등을 나누어 이야기하는 것은 그것들이 따로 떨어져 있는 분리된 개체이기 때문에 그렇게 하는 것은 아닙니다. 그러한 분류는 다만 편의를 위한 서술적 분류이지, 본질적으로 그것들 하나하나를 단절된 실재로 여기는 존재론적 분류는 아닙니다.

그러나 그러한 분류가 무의미한 것은 아닙니다. 그렇게 나누어 생각하고 기술해야 할 만큼 그 둘은 서로 다릅니다. 적어도 직접적인 지향이나 기능이 그러합니다. 그래서 내가 불가피하게 중첩된 귀속성을 가지고 살아감에도 불구하고 스스로 우선한다고 판단되거나 더 중한 것으로 간주되는 것을 선택하여 사람들은 자기를 확인하며 살아갑니다. 그것이 드러난 것이, 이를테면 종교인이나 정치인의 등장입니다.

그러므로 소박하게 말하면 정치나 종교는 인간이 살아가는 서로 다른 삶의 스타일입니다. 정치는 사람들을 잘살도록 하는 이념을 전제하고 그것을 어떻게 현실 속에서 실제적인 힘의 기

참 좋은 말씀인데…

능을 구사하여 구현해야 하는지 하는 것을 자기 일로 여기는 것이고, 종교는 사람들이 어떻게 하면 사람답게 잘살 수 있을까 하는 것을 지고한 목표로 삼아 이를 이룩하기 위해 초월이나 신성(神聖)이나 터득 등의 비일상적 가치를 수용하면서 일상 안에서 이를 이루려는 것을 자기 일로 여기는 것입니다.

그러므로 이 둘은 단절될 수 없습니다. 둘 모두 이른바 '인간의 복지'를 위한 동일한 목표를 지니고 있는, 다만 다른 두 접근이기 때문입니다. 그래서 역사적으로 살펴보아도 그 둘이 온전하게 다른 실재로 나뉜 채 공존한 적은 거의 없습니다. 정치는 종교의 이른바 위광(威光)을 통해 끊임없이 자기의 힘을 정당화했고, 종교는 정치의 현실적 힘을 통해 자기확장이나 자기강화의 계기를 부지런히 확보하곤 했습니다. 그 둘은 서로 상대방을 간과할 수 없는 지극히 유기적인 보완관계를 유지하면서 서로 있고, 그렇기를 서로 늘 희구했습니다.

그런데 이 둘이 구조적으로 단절될 수 없는 관계를 이루고 있다는 사실은 보완관계만이 아니라 갈등적인 관계도 야기할 수 있다는 사실을 함축하고 있습니다. 특별히 정치가 그러하듯 종교도 스스로 자기자율권을 내장한 조직으로 이 사회에 현존하기 때문입니다. 다시 말하면 결과적으로 이 둘은 우리 삶의 공동체 안에서 '힘의 실체'로 있습니다. 그리고 힘은 그것이 어떤 것이든 자기획장과 자기강화의 속성을 지닙니다.

힘의 본연적인 존재원리가 그러합니다. 삶의 어떤 자리에서나 힘의 상대적인 우위를 차지하면 살기가 편해집니다. 그래서 그것은 생존을 위한 원리로 작용합니다. 그러므로 현존하는 어떤 힘의 실체도 결국 그것은 속성상 '이익집단'이지 않을 수 없습니다. 마침내 종교도 정치도 어떤 계기에서는 이러한 한계에 직면하지 않을 수 없고, 그렇게 되면 서로 겨루고 다투고 배제하고 억압하는 일들이 일 수밖에 없습니다.

인류의 역사는 뜻밖에도 둘 사이의 이러한 꿍음이 심각하다는 것을 보여줍니다. 종교가 하나가 아니라 여럿인 문화 안에서는 이 일이 몹시 복잡하게 펼쳐지곤 했습니다. 정치에 의해 종교라는 삶의 모습이 일그러지기도 했고, 종교 때문에 정치라는 다스림의 힘이 제대로 발휘되지 못하기도 했습니다. 정치 때문에 종교 간의 알력이 고조되기도 했고, 종교 때문에 정치가 제 기능을 훼손당하는 경우도 야기되었습니다.

그런데, 구조적으로 동일한 그리고 개체로서는 불가피하게 중첩될 수밖에 없는, 그런데도 별개로 있어 보완적으로 공존해야 하는, 하지만 자기생존을 위한 원리에 충실할 경우 필연적으로 갈등적인 상황에 빠질 수밖에 없는, 이러한 관계를 건전하게 하기 위한 온갖 지혜를 짜내어 마련한 것이 이른바 '정교분리 원칙'입니다.

그러므로 '정교분리'란 정치와 종교가 처음부터 별개라는 이야기가 아닙니다. 그것은 단절될 수 없는 하나의 다른 두 모습인데 뒤섞여 범해지는 상호간의 갈등을 지혜롭게 억제할 수 있는 장치를 마련해 보자는 방법론적인 이상을 구체화한 것입니다.

그렇다면 그 둘 사이의 갈등이 표면화될 때 그 원칙을 마구 휘두르면서 "감히 종교가 어떻게 그 원칙을 어기면서 정치에 뛰어드나?" 하는 질책을 하는 것도 일종의 자기 편의주의적인 발상이고, 마찬가지로 종교가 "감히 그러한 세속적인 준거로 종교의 진리주장을 막으려 하다니!" 하는 질책을 하는 것도 일종의 절대주의적인 비현실적 태도입니다. 둘 다 무책임하기는 마찬가지입니다. 원칙을 구호를 외치듯 휘두르기보다는 현실에 대한 침착한 성찰을 심화하면서 그것이 상식적으로 자리를 잡도록 하지 않으면 안 됩니다. 그것이 정교분리 원칙의 실현입니다. 구호는 아무것도 담지 못합니다.

한가한 논의가 되고 말았습니다. 어떤 특정한 사태들을 짚어가면서 옳고 그름을 명쾌하게 단언해야 속이 시원한 것이 오늘 우리들의 갈증이라는 것을 모르지 않기 때문에 이러한 자책이 듭니다. 그러나 그럴 때일수록 우리는 좀더 차분하게 상식적이었으면 좋겠고, 조금 더 욕심을 낸다면 '긴 생각'을 했으면 좋겠습니다.

온갖 예상치 못한 어처구니없는 일들이 거의 모두 생각을 되생각하지 않는 데서 말미암는다는 생각이 들기 때문입니다. 무엇보다도 우리는 우리 자신이 정치인이면서 종교인이고, 종교인이면서 정치인으로 살아가고 있는 것이 현실임을 잊지 않는 데서부터 이 문제를 살폈으면 좋겠습니다.

참 좋은 말씀인데…

이 땅위에
있습니다

종교는 하늘 위에 있지 않습니다. 종교는 이 땅위에 있습니다. 그것
은 이 땅위에서 온갖 것을 다 겪으며 살아가는 사람들의 경험이 담
고 있는 '어떤 오롯함'입니다. 그것이 때로 거룩한 것으로 느껴지기
도 하고, 닿을 길 없는 드높은 것으로 우러러보이기도 하고, 건드리
면 안 될 귀한 것이어서 멀리 떨어져 있어야 할 것 같기도 하여 신
성이라든가 초월이라든가 신비라고 일컬어지기는 하지만, 그 말이
야 어떻든 그러한 말을 만들 수밖에 없는 것은 지금 여기에서 우리
가 직접적으로 겪는 '어떤 경험' 때문에 가능합니다. 그러므로 종교
는 우리가 안고 있는 삶의 현실이고 우리가 겪는 일상입니다.

그렇지만 우리는 그것이 마치 '하늘 위에' 있는 것처럼 여
깁니다. 그리고 지금 여기를 다 버리고 그곳으로 가야 하리라고 생
각합니다. 삶이 곤혹스럽고 그 무게가 질식할 것 같고 그 아픔이
견딜 수 없이 심할수록 우리는 그렇게 생각합니다. 그래서 종교는
마치 아침이슬처럼 그렇게 영롱하고 순수하며 조금만 땅의 때가

묻으면 스르르 하늘로 사라지는 그런 것이라고 느끼기도 합니다. 그래서 온갖 정성을 기울여 우리는 우리 경험에 모처럼 담긴 이 귀한 것이 내내 '하늘 위에' 있기를 바랍니다. 그것이 스러지지 않기를 바라는 것입니다.

생각해 보면 이것은 참으로 감격스러운 일입니다. 우리한테 이러한 경험이 있어 순수와 완전과 우리가 바랄 수 있는 온갖 온전함을 다 갖춘 현실이 실재하리라는 '믿음'은 우리로 하여금 마침내 사람다운 삶을 살 수 있는 희망을 가지게 합니다. 그리하여 우리는 그 '하늘 위에' 있는 종교가 있어 우리가 비로소 살 수 있는 것이라는 고백을 하는 데 조금도 주저하지 않습니다. 참 좋은 일입니다. 이렇게 살 수 있는 삶을 일컬어 '축복'이라 하여 조금도 어색하지 않습니다.

우리는 이러한 감격을 거저 소모하지 않습니다. 우리는 '하늘 위'가 있음을 실증하면서 그것을 규범으로 하여 어떻게 이 땅위의 삶을 살아야 하는가 하는 문제에 대한 답변을 선포합니다. 이렇게 하는 과정에서 자연히 종교는 스스로 '하늘 위에' 오르게 됩니다. 권위를 갖게 되고, 그 권위는 절대적인 것이라고 전제합니다. 우리의 감격은 이렇듯 절실합니다. 그 절실함은 '이 땅'을 향한 사랑으로 발언됩니다. 그래서 우리는 이러한 감격을 세상에 대한 관심으로 전환하면서 '이 땅'을 구원해야 한다는 책무를 느낍니다.

참 좋은 말씀인데…

그 일을 위해 목숨도 아끼지 않습니다. 이보다 더 아름다운 일은 없습니다. 스스로 경험한 감격을 전하는 사랑의 행위란 사람이 할 수 있는 최상의 일이기 때문입니다.

그렇지만 사람이란 참 소심하고 끼리끼리 오순도순 살고 싶은 아쉬움을 가집니다. 그래서 '이 땅'에서 그러한 감격을 살면서도 그 감격에 쉽게 공감하는 사람들끼리 사는 것을 더 좋아합니다. 어떤 악의가 있어 그런 것이 아닙니다. 사람 됨됨이가 본디 그러합니다. 그래서 그러한 사람들끼리 모여 이런저런 이름의 종교공동체라고 하는 제도를 마련하고 거기 머물기를 즐깁니다.

당연합니다. 만족스럽고 행복하기 때문입니다. 그래서 '이 땅'에서 살면서도 '하늘 위에' 있는 양 살아갑니다. '이 땅'에 감격을 전하는 일이 사랑인 줄 모르지 않지만 그러한 일을 하려면 다칠 마음의 결이 너무 곱고 여려서 그런지 그 번거로움을 짐짓 피하고자 합니다. 이미 충분히 행복하니까요.

하지만 이러한 태도가 비현실적인 것임을 모르지 않습니다. 그래서 '하늘 위에' 있는 것 같은 행복함에 취하지 말고 '이 땅' 위에서 일어나는 일에 관심을 기울이자는 깨달음의 소리가 점점 드높아집니다. '종교의 사회에 대한 관심'이 참으로 종교적인 것이라는 분명한 가르침도 종교 안에서 자리를 잡았습니다. 그렇게 하기 위한 여러 모습의 많은 노력들도 구체적으로 실천되고 있습니다. 참 다행한 일입니다. 마침내 '이 땅'에서 '하늘'의 임재를 확인할 수 있을 것이기 때문입니다. 종교는, 거듭 말씀드리지만, 하늘 위에 있는 것이 아닙니다.

그런데 다시 생각해 보면 종교는 '하늘 위에' 있는 것이 아닐 뿐만 아니라 '홀로 있는 섬'도 아닙니다. 참 알 수 없는 일이지만 종교는 스스로 '이 땅'위에 있으려 하는 그러한 진실한 모습 속에서도 스스로 '땅이 아니라 하늘로' 이 땅위에 있으려는 몸짓을 드러냅니다. 그래서 이른바 '사회에 대한 관심'을 당위적인 것으로 주창할 때조차 묘하게 하늘에서 땅으로 군림하는 듯한 모습을 보입니다. 어쩌면 당연한 것이라고 할 수 있을는지 모릅니다.

그러나 '이 땅'위에서 사는 그저 소박한 사람들의 눈에는 그것이 마치 나와 상관없는 저쪽에서 홀로 거룩하게 노니는 '다른 것'으로 보여 별로 심각하게 받아들여지지 않습니다. 자기네 언어로 자기네 문제에 대한 자기네 해답을 자기네끼리 감격하며 살아가는 '외딴섬'처럼 보이는 것입니다. 더구나 그 종교의 발언이 대화가 아니라 규범적인 절대성을 지닌 것으로 과해지는 것이고 보면 '이 땅'위에 사는 사람들의 마음은 점점 더 종교로부터 소외될 수밖에 없습니다.

그런데 실은 '이 땅' 쪽에서도 '하늘 위에' 있듯 살아가는 사람들에게 할말이 무척 많습니다. 묻고 싶은 것도 많고, 아니라고 말하고 싶은 것도 많고, 틀렸다고 말하고 싶은 것도 참 많습니다. 그러나 그러한 말을 나눌 어떤 기회도 별로 없습니다. '하늘'로 '이 땅'에서 살아가는 종교는 무엇보다도 자신은 옳고 이곳은 그르다는 전제를 가지고 다가오기 때문입니다. 그래서 그저 소박하게 살아가는 많은 사람들에게는 어떠한 특별한 계기가 없는 한 종교는 저 바다 한가운데 홀로 있는 외딴섬처럼 느껴집니다. 더 심하면 '표류하는 섬'이라고 묘사하고 싶은 충동조차 느낍니다. "믿는 사람은 믿고 안 믿는 사람은 안 믿고 그러는 것이 종교지 뭐!" 그렇게 종교를 대합니다.

그러나 이러한 현상은 그리 좋은 것이 아닙니다. 만약에 종교가 이 땅에 있기로 마음을 먹었다면, 그리고 그럴 수밖에 없는 것인데, 서로 이야기를 나누어야지 일방적인 선언으로 자기가 할 일을 끝내면 안 됩니다. 아주 직접적으로 말한다면 '사회에 대한 관심'뿐만 아니라 '사회의 종교에 대한 관심'에도 관심을 기울여야 합니다.

"누가 우리한테 이야기하지 말라고 그랬나?" 하고 종교 쪽에서 말씀하실지 모르겠습니다. 그러나 이러한 말씀은 사람들이 종교에 대해 가지는 태도의 실상을 모르시기 때문에 하시는 말씀입니다. 사람들은 의외로 소박하고 수줍습니다. 종교는 '하늘 위에' 있는 것 같은 귀함 때문에 함부로 해서는 안 되리라는 속생각들을 감추고 있습니다. 그래서 할말이 많아도 용기를 내지 못합니다. 이 사람들의 입을 열어주어야 합니다. 더 강조해서 말한다면 이러한 '이 땅'위에 있는 사람들의 입을 여는 것은 '전적'으로 종교에 책임이 있습니다. "사회에 대한 관심을 가지자"는 종교의 사랑이 '종교에 대한 사회의 관심'에 대한 관심과 연계되지 않으면 그것은 이상한 독선이 될는지도 모릅니다.

종교는 이 땅위에 있습니다. 종교는 외로운 섬이 아닙니다. 이 땅에 대한 관심도 좋지만 '종교에 대하여 하고 싶은 많은 말이 있다는 사실도 유념해 주었으면 좋겠습니다.

참 좋은 말씀인데…

몸 새롭게
익히기

종교는 인간의 물음에 대한 해답으로 있는 문화입니다. 아니면 물음이라고 개념화할 수 있는 것들에 대한 해답을 메아리치는 어떤 현상을 그렇게 일컫는 것이라고 해도 좋습니다. 그렇다면 종교는 '해답 있음'에 대한 신뢰를 문제정황 안에서 살아가는 것이라고 말할 수 있습니다.

그런데 흔히 우리는 그러한 해답이 선험적으로 실재하는 것인데, 다만 우리가 그것을 찾아내지 못했던 것이라고 생각합니다. 여러 종교들이 그 '해답'을 '지금 여기'의 실재성을 넘어서거나 지워버리는 데서 비롯한다고 가르치면서 '초월'의 간여가 현실화하든가 '신성'으로의 전이를 이루든가 실재의 '무화'(無化)에 이르러야 비로소 문제없음의 정황이 빚어진다고 주장하기 때문입니다.

그렇다면 이러한 문화, 곧 종교의 출현은 '지금 여기'의 현실을 절망적일 만큼 문제일 뿐이라고 여기는 경험과 이어진 것입니다. 그런데 바로 그 '지금 여기'의 경험주체는 우리 인간입니다. 그리고 그때 인간은 '몸으로서의 존재'입니다. 인간의 현존은 몸 없이 확인될 수 없기 때문입니다.

당연한 일입니다. 태어남은 몸의 출현입니다. 그러므로 몸이 없으면 '그 사람'은 없습니다. 또한 몸의 소멸은 더 이상 '그 사람'의 삶 경험을 지속하거나 확장하지 않습니다. 그러므로 삶을 문제 있음으로 경험한다는 것은 근원적으로 몸이 그렇게 인식한 것이고, 몸이 그렇게 발언한 것입니다. 그렇다면 몸이 없었다면 문제도 있을 까닭이 없습니다. 문제 있음은 몸 있음과 다르지 않습니다.

흥미로운 것은 '물음과 해답 그리고 몸'이 이어지는 삶 일반에 대한 이러한 인식이 자리잡는 과정에서 '주체인 몸'과 '객체인 몸'의 분화라는 현상이 나타났다고 하는 사실입니다. 그리고 전자는 '정신'이라 이름 하면서 비물질화되어 갔고 후자는 그것과 구분되는 물질로서의 '몸'(육체)이 되어갔습니다. 따지고 보면 아예 몸 없으면 나뉘지도 않았을 '정신과 육체의 분화'가 이루어진 셈인데 그것은 '사람의 파열'이기도 합니다. 그리고 이러한 계기는 동시에 육체에 대한 철저한 폄훼를 문화화하게 했습니다.

육체 없음의 지향은 꿈의 내용이 되었고, 그것을 실천할 수 있는 의지가 믿음의 격률(格率)이 되었습니다. 정신과 육체는 하

참 좋은 말씀인데…

늘과 땅, 빛과 어둠, 생명과 죽음, 선과 악, 진실과 허위 등의 구도로 다듬어졌습니다. 전자의 완성을 위한 후자의 지양에서부터 아예 택일적인 결단에 이르기까지 그 수행(修行)의 길도 다양하게 펼쳐졌습니다. 때로는 '육체를 통한 육체의 완성'이라는 역설적인 접근이 자칫 육체의 긍정적 승인을 함축하는 것으로 읽혀지기도 하지만, 실상은 그렇지 않았습니다. '몸의 분열'과 '육체의 평가절하'는 인류의 문화 전체 안에서 총체적이고 보편적이었고 종교는 그것의 전형적인 담지자가 되었습니다.

마침내 그 '분열 이후'를 살아가는 우리에게 이른바 근원적인 '몸 담론'은 현실성을 확보하지 못할 만큼 모호합니다. 우리는 다만 '정신과 육체'라는 정형화된 도식을 전제하는 자리에서 겨우 후자를 논의할 수 있을 뿐이기 때문입니다. 그래서 우리가 오늘 겪는 '몸 담론'은 '육체 담론'과 뒤섞여 못내 낯설기만 합니다.

하지만 '육체'에 대한 담론이 '부분적'인 것이라는 자각은 '몸 담론'을 종교의 새로운 주제이게 하고 있습니다. 분열 이후임에도 불구하고 그 이전의 '몸'은 사라진 것이 아니라 잊힌 것임을 터득하기 시작한 것입니다. 인카네이션(incarnation, 몸이 됨)이 몸 담론을 위한 해답의 상징으로 새롭게 등장하는 것은 바로 이러한 계기에서 이루어지는 일입니다. 그것은 본래 '신의 인간 됨'을 뜻하는 그리스도교 신학용어입니다. 신과 인간의 만남, 그러니까 신과 인간의 분열의 화해를 상징하는 것입니다. 그것은 신의 인간지배도 아니고 인간의 신 됨이라고 하는 오만도 아닙니다. 인카네이션은 신과 인간이 만나 빚는 새로운 현실입니다. 그리고 그것만이 진정한 실재입니다. 신만의 현실도, 인간만의 현실도 진정한 실재는 아니기 때문입니다.

그러므로 이 독특한 개념은 '사람의 파열'을 초래하면서까지 정신의 고양이나 육체의 버림이 해답임을 운위한 종교문화의 그릇된 육체관을 치유하면서 진정한 몸 담론을 가능하게 할 것으로 기대되고 있습니다. 몸은 버리거나 극복하거나 지워야 할 것이 아니라 그것 자체로 완성되어야 하는 것임을 그 상징은 시사하고 있는 것입니다.

그렇다면 몸은 무엇인가요? 종교의 새로운 해답은 그것이 "신비가 구현되는 구체적인 실재"임을 발언하기 시작하고 있습니다. 우리는 '영'이기보다 '우선 몸'으로 실재하기 때문입니다. 바야흐로 우리는 몸을 새롭게 익히지 않으면 안 되는 자리에 이르러 있습니다.

참 좋은 말씀인데…

4

세월 빠르고, 세상 참 많이 변했지만…

이 **좋은**
것을…

점점 마음에 들지 않는 것이 자꾸 눈에 뜨이고 귀에 들립니다. 못마땅한 것이 한둘이 아닙니다.

　요즘 저는 한 주일에 하루를 서울에서 기차로 두 시간 거리에 있는 도시에 가서 지냈습니다. 오가는 시간이 족히 네 시간을 넘고 보니 그 시간이 지루하여 가끔 잠을 청하기도 하지만 반시간을 넘게 자는 경우는 드뭅니다. 문득 깨어 자연히 밖의 풍경도 보고, 이런저런 생각도 합니다. 또 그 긴 시간이 아깝고 귀해 조금 눈이 피곤해도 열심히 책을 읽습니다.

　그런데 이렇게 말하는 것은 정말이지 말일 뿐, 실제로는 잠도 못 자고, 풍경을 즐기지도 못하고, 사색에 빠지지도 못하고, 책을 읽을 수도 없습니다. 앞에서 말씀드린 대로 그럴 수 있으면 오죽 좋을까 하는 '공상'을 현실인 듯 말씀드렸을 뿐입니다. 까닭인즉 시끄럽고 소란하기 때문입니다. 그 길이 잘 알려진 아름답고 즐

269

거운 행락길이어서 그렇겠습니다만 남녀노소 가릴 것이 없습니다. 젊은이들은 젊은이들대로, 어른들은 어른들대로, 아이들은 아이들대로, 어른아이는 어른아이대로, 남자는 남자대로, 여자는 여자대로, 남녀는 남녀대로, 어느 누구도 남을 마음 쓰면서 조신하게 자기네 말과 행동을 삼가지 않습니다. 불쾌하기 이를 데 없습니다. 마침내 귀마개를 샀습니다. 소리를 아주 막아주지는 않지만 그래도 높은 파열음은 상당히 걸러주어 여간 다행하지 않습니다.

마땅찮은 것은 이런 것만이 아닙니다. 젊은이들을 보면 속이 상합니다. 이제는 그 '싱싱한 친구들'이 귀엽게 보이고, 젊은 남녀가 같이 팔짱을 끼고 걸어도 마치 제가 사제(司祭)라도 된 듯 그들의 사랑을 축복하고 싶어지는데도 그들을 마주치고 보면 마음에 들지 않는 것이 참 많습니다. 머리끝에서 발끝까지 마음에 드는 모습이 거의 보이지 않습니다. 배꼽을 내놓는 것은 말할 것도 없고, 삐죽삐죽한 머리모양, 찢어진 옷, 연신 두드리면서 게임을 하는지 문자를 보내는지 알 수 없는 '휴대폰 놀이' 등이 도무지 마음에 들지 않습니다. 지나는 사람이 있든 없든 괘념치 않고 남녀가 입을 맞추는 일도, 몸을 비비며 껴안고 있는 것도 불편하기는 마찬가지입니다. 이런 일들은 귀마개로 해결될 수도 없습니다. 그러니 그저 마음만 편하지 않을 뿐입니다. 마땅찮기 때문입니다.

게다가 젊은이들은 십중팔구 귀에다 줄을 꽂고 있어 때로는 무슨 말을 해도 눈이 마주치기 전에는 아예 반응이 없습니다. 얼마 전에도 전철을 타고 어느 대학을 가는데 내리는 역이 어디여야 하는지 분명하지를 않아 마침 앞에 앉아 있는 젊은이한테 내리는 역을 물었습니다. 그런데 아무 반응도 없었습니다. 자는 것도 아닌데 두 번이나 물은 제 말을 아예 듣지 못한 듯한 표정입니다. 슬그머니 부아가 났습니다. 그런데 보니 귀에 줄을 꽂고 있었습니다. "그러면 그렇지. 귀꽂이를 하고 있으니 옆에 누가 있는지, 누가 자기에게 무슨 말을 하고 있는지 알 도리가 있나?" 하는 생각이 들었습니다.

그렇다고 해서 귀에 줄을 꽂고 앉아 세상과 나는 아무 상관없다는 투로 자신에게 몰입하고 있는 그 모습을 그럴 수 있겠다고 여긴 것은 아닙니다. 마땅찮기는 여전히 다르지 않았습니다. 자신만의 어떤 삼매경에 들어 있는 그 모습이 한심스럽기조차 했습니다. 그저 확 줄을 뽑고 "네가 무엇을 듣고 있는지 몰라도 사람 소리도 좀 듣자!" 하고 소리를 치고 싶었지만 그러지는 못했습니다. 세상이 어떤데 내가 감히 이런 '불손한' 생각을 하고 있나 하고 스스로 저를 달랬을 뿐입니다.

그런데 얼마 전에 제 자식이 저에게 선물을 하나 주었습니다. 조그만 상자를 내주면서 "이것 아주 괜찮은 거예요. 한번 써보세요. 기차를 타실 때나 길을 걸으시면서 이것을 사용하시면 아주

머리가 맑고 편해지실 거예요. 아버지께서 좋아하시는 것으로 가득 채웠으니까 마음껏 즐기세요."

그것은 뜻밖에도 귀에 꽂는 긴 줄이 달린 음악을 듣는 기계, 엠피쓰리였습니다. "아니, 이걸 귀에 꽂고 다니라고 나한테 주는 거냐? 싫다! 난 그 꼴 안한다. 어서 가지고 가거라!" 하고 싶었지만 선물을 한 성의가 고마워 아무 말도 하지 않고 받았습니다.

자식이 돌아가고 난 뒤, 혼자 앉아 줄을 귀에 꽂고 스위치를 넣었습니다. 순간 저는 깜짝 놀랐습니다. 웅장한 교향곡이 울려나오는데 그 소리는 귀에서 들리는 것이 아니라 머리 위에서 울리고 있었습니다. 저는 음악당의 한복판에 앉아 있는 것 같았습니다. 아니, 분명히 그렇게 있었습니다. 아주 감동적이었습니다.

저는 요즘 기차나 버스나 전철이나 길거리를 가리지 않고 언제나 귀꽂이를 출렁이며 다닙니다. "원 저런 주책없는 늙은이가 있나" 하는 소리가 귀에 들리는 듯하지만, 저는 막무가내입니다. 제 즐거움에 빠져 그런 말이 들리지를 않습니다. 그러면서 혼자 중얼댑니다. "이 좋은 것을 젊은이들이 저희끼리 즐기다니! 못된 놈들 같으니라구!"

제 사는 꼴이 이 모양입니다.

그런데 이 글은 아주 옛날에 쓴 것입니다. 그때 그 행락길은 안락하고 빠른 고속도로도 났고 아주 세련되고 말끔한 기차도 생겨 전혀 달라졌습니다. 달라진 것은 저도 마찬가지입니다. 요즘에는 일주일에 하루, 남녘에 있는 도시를 왕복 다섯 시간을 기차에서 보내며 오갑니다. 그런데 엠피쓰리는 벌써 치운 지 오랩니다. 저는 휴대전화에 담긴 책을 읽으면서, 때로는 거기 담긴 음악을 들으면서, 도서관과 음악당을 자유롭게 드나듭니다. 휴대전화에 실린 인터넷으로 편지를 받고 보내기도 합니다, 신문도 텔레비전도 방송도 보고 듣습니다. 사진도 보내고 받습니다. 그 모든 것을 휴대전화로 제법 '글로벌'하게 즐깁니다. 당연하게 이제는 젊은이들을 원망하지도 않습니다.

그런데 불안합니다. 겨우 따라붙은 젊은이들 뒤끝에 매달린 셈인데, 언제 어떻게 그 젊은이들이 훌쩍 저를 제치고 앞으로 달려 나아가 또다시 저를 당혹하게 할지 모르기 때문입니다. 그러나 할 수 없습니다. 그렇게 되면 다시 한번 "이 좋은 것을…" 하고 한마디하고는 또 슬그머니 눈치 보며 뒤따를 수밖에요. 그때 또 한 번 자식한테 신세질 수 있기를 바랄 뿐입니다.

젊은이들에게 화를 내는 어리석은 생각은 호리라도 마음에 담지 않겠습니다.

세월 빠르고, 세상 참 많이 변했지만…

내일 일을
말하면

내일 일을 말하면 귀신도 웃는다고 합니다. 미래를 예측하거나 예언하는 일이 얼마나 '어림없는 일'인지 실감하게 하는 말입니다.

사실상 미래는 미지(未知)로 특징지어집니다. 어제는 겪어 압니다. 오늘도 지금 여기에서 겪고 있어 그래도 꽤 압니다. 하지만 미래는 그렇지 않습니다. 깜깜합니다. 아직 겪지 않았기 때문입니다. 그러고 보면 세상에 분명한 것은 '경험한 것'밖에 없는지도 모릅니다.

하지만 우리는 겪어 아는 과거나 오늘에만 머물지 못합니다. 익히 또는 제법 아는 차원에서 안주할 수 없는 것이 삶입니다. 불가피하게 미래를 향해 치닫습니다. 그래서 모르는 내일을 알아야 하고, 미지를 직면해야 합니다. 생각해 보면 두려운 일이지만 어쩔 수 없습니다. 바로 이러한 사실 때문에 삶은 소극적으로 말하면 늘 무모한 '도전'이고 적극적으로 표현한다면 창조적인 '감행'으로 묘사됩니다. 삶은 이러합니다.

그런데 만약 미지인 미래가 삶이 필연적으로 부닥쳐야 하는 현실이 아니라면, 그래서 지금을 지속한다든지 어제로 되돌아가는 일만 가능하다든지 한다면, 지금 우리의 삶은 어땠을까요. 그 모습이 사뭇 달랐을 것 같습니다.

이를테면 지금 우리가 하듯, 어제를 인(因)으로 여기고 오늘을 그 과(果)로 여겨 이를 통해 알지 못하는 내일을 조심스럽게 점치는 일은 없을 것입니다. 다시 말하면 '미루어 짐작하는 앎'이란 없고 '직접적으로 취득한 확실한 앎'만 있기 때문에 진지한 사고(思考)란 무의미하고 즉각적인 행동만이 삶의 격률이 될 것입니다. 당연히 미래를 그리면서 어떤 꿈을 꾼다는 것은 아예 있을 수도 없는 일일 것입니다. 만약 꿈꾸기가 있다 해도 그것은 가장 어리석은 짓일 수밖에 없습니다. 꿈이란 미지에의 좌절이 빚는 의식의 파행 현상쯤으로 여길 것이기 때문입니다.

그러므로 우리에게 때로 미덕이기도 한 기다림은 게으른 삶의 모습일 수밖에 없을 것입니다. 그것은 직면한 사태에 대한 무지가 빚는 불가피한 방어기제가 낳는 행위인데, 이미 겪고 익힌 사태만이 펼쳐진 마당에서 그러한 태도를 취한다는 것은 성숙하지 못한 행태일 수밖에 없기 때문입니다. 따라서 폐쇄된 현실에다 '숨

세월 빠르고, 세상 참 많이 변했지만…

통을 틔워주는' 상상력은 심각한 질병으로 인식될 수밖에 없을 것입니다. 그것은 비현실적이고 자기기만적이고, 그래서 차마 입에 담지 못할 부끄러운 일이기 때문입니다.

어쩌면 그러한 현실 속에서 가장 타기해야 할 천박한 도덕이 있다면 그것은 틀림없이 '희망'일 것입니다. 희망이란 미래를 준거로 할 때만 가능한 덕목입니다. 그런데 있는 것은 겪은 과거와 겪고 있는 지금뿐인데 그 맥락에서 희망을 이야기한다는 것은 참담한 일입니다. 왜냐하면 희망은 결국 어제와 오늘을 몽땅 지워버릴 것이기 때문입니다. 그것은 '내일이 없는 삶'의 존재바탕을 제거하는 일과 다르지 않습니다. 따라서 이 정황에서 요청해야 할 사유 틀이 있다면 그것은 회상이고, 기려야 할 덕목이 있다면 그것은 회한(悔恨)입니다. 그리고 그 회한의 실천적 윤리는 다른 것이 아닙니다. 이겼거나 획득했던 것으로 회상되는 것을 어떤 일이 있어도 다시는 놓지 않기 그리고 졌거나 잃은 것으로 기억되는 것을 이를 악물고 되찾기입니다.

지난주에 귀한 손님이 한 분 우리나라를 다녀갔습니다. 무하마드 유누스(Muhammad Yunus)가 그분입니다. 가난의 대명사처럼 일컬어지는 방글라데시에서 절대빈곤자에게 무담보 소액대출을 하는 그라민은행을 세워 온 세계에 가난과 경제, 인간과 제도에 대해 근원적으로 되살피게 하는 엄청난 충격을 주고 있는 분입니다.

이 일로 그가 2006년도 노벨평화상을 받았다는 사실을 굳이 밝혀야 할지 잘 모르겠습니다. 아무튼 이 자리에서 그분이 하는 일에 대해 자상한 소개를 할 수는 없습니다만, 그분이 주장하는 세 가지 사항을 꼭 언급하고 싶습니다.

하나는, 가난에 대한 그분의 인식입니다. 그는 다음과 같이 말하고 있습니다. "이 세상에 있는 가난은 [자연스러운 것이 아니라] 인간이 빚은 것(artificial creation)이다." 다음으로 지적하고 싶은 것은, 가난한 자에 대한 그의 신뢰입니다. 그는 다음과 같이 말하고 있습니다. "가난한 사람은 [꾸어간 것을] 언제나 되갚는다." 그는 자기의 경험을 통하여 이를 다음과 같이 설명하고 있습니다. "은행을 시작하면서 27불씩 42가정에 꾸어주었는데 99%가 갚았다. 그리고 지금은 그 열매로 7천 500만 명에게 70억 불을 대출하고 있다." 결과도 중요하지만 그는 그 결과 이전에 신뢰를 전제했었습니다.

그리고 그는 자신의 희망을 다음과 같이 말합니다. "우리는 2030년까지 가난박물관을 세우겠다." 그는 이러한 말도 하고 있습니다. "우리의 자식들이 그 박물관에 와서 자기 조상들이 얼마나 비인간적이었는지 배울 수 있을 것이다." 그리고 이러한 말도 하고 있습니다. "인간은 노예제도(slavery)를 이겨냈다. 인종차별(apartheid)도 이겨냈다. 달에 사람도 보냈다. 그런데 가난을 이겨내지

세월 빠르고, 세상 참 많이 변했지만…

못할 까닭이 있는가?"

우리는 "가난은 하늘도 어쩌지 못한다"는 속담을 가지고 있습니다. 아픈 일입니다. 그 자학적인 인식의 자리에서 보면 유누스의 인식은 전혀 현실성이 없습니다. 우리에게는 "산길을 홀로 걸을 때 만날까 두려운 것은 짐승이 아니라 사람"이라는 속담도 있습니다. 슬픈 일입니다. 그 자리에서 보면 유누스의 신뢰는 어리석은 일입니다. 앞서 지적한 바 있습니다만 우리는 "내일 일을 말하면 귀신도 웃는다"는 속담도 말하고 있습니다. 허무주의가 이리 심각할 수가 없습니다. 이러한 자리에서 보면 유누스의 희망은 한갓 농담, 그것도 유치한 농담에 지나지 않습니다.

유누스를 오늘 우리를 판단하는 절대적인 준거로 제시하려는 것은 아닙니다. 그분의 꿈과 지금 그분이 하고 있는 그라민은행이 오늘 세계의 문제에 대한 유일한 해답이라는 것을 주장하려는 것도 아닙니다. 그분의 프로젝트에는 그 나름의 문제가 없지 않습니다. 우리는 얼마든지 그분에 대한 비판적 평가를 할 수 있습니다. 하물며 그가 노벨평화상 수상자라는 권위에 장하여 하고 싶은 말을 하고자 하는 것도 아닙니다. 그렇게 사치스럽지는 않고 싶습니다.

하지만 분명한 것은 우리가 그분에게서 지금 여기 우리의 현실 안에서 전혀 들을 수 없는 '소리'를 들을 수 있다고 하는 사실입니다. 그것은 한 맺힌 아귀다툼의 소리가 아닙니다. 있는 것은 어제뿐이라고 절규하면서 거기에서 온통 삶의 규범을 찾아 오늘을 빚어야 비로소 인간답다고 하는 소리도 아닙니다. 신뢰할 수 있는 것은 사람들의 분노와 증오뿐이라고 하는 소리가 아닙니다. 그것은 '희망의 소리'입니다. 내일을 바라보게 하고, 미래를 기다리게 하고, 새로운 누리를 상상하게 하는 소리입니다.

유누스는 2030년에 가난박물관을 짓겠다고 말하면서 이렇게 말합니다. "방글라데시로부터 비롯하여." 그해에 우리는 어떤 박물관을 개관하고 싶으십니까? "우리로부터 비롯하여."

삽화
몇 개

하나.

모두들 교복을 입고 다니는데 그럴 수 없는 아이들이 있었습니다. 그 아이들은 늘 두드러졌습니다. 겨울이면 더 심했습니다. 아침조회에 모이면 다른 학생들은 모두 '검정'인데 이 아이들은 그렇지 못했습니다. 갈색이나 연한 회색은 그래도 괜찮았습니다. 노란색이나 빨간색의 옷을 입은 아이들도 있었습니다. 요즘은 흔히 '시설에 있는 아이들이라고 하는 모호한 호칭으로 부르지만 그때는 아주 직설적이었습니다. 그 아이들은 '고아원 아이들'이었습니다. 6·25전쟁 직후의 이야기입니다.

그 아이들이 그럴 수밖에 없었던 까닭인즉 단순합니다. 수용된 아이들은 늘어나고 먹이고 입히는 것이 쉽지 않았던 때, 그래도 미국에서 쏟아져 들어오는 구호물자로 갖은 모양, 갖은 색깔의 옷이지만 따뜻하게 입히는 것만으로도 한숨을 돌릴 처지에

학교에 보내는 수십 명 아이들의 교복을 마련한다는 일은 그야말로 '시설' 형편에 어림도 없는 일이었기 때문입니다.

그런데 그 '다름'은 그저 다름으로 있지 않았습니다. 그 아이들은 검정으로 정연하게 다듬어진 판에서 오식(誤植)된 활자처럼 늘 사람들의 눈에 띄었고, 그래서 주목을 받았습니다. 그리고 자주 놀림감이 되었습니다. 그저 지나치는 선생님이 거의 계시지 않았습니다. 친구들도 다르지 않았습니다. 잘해도 두드러졌고, 잘못해도 두드러졌습니다. 성격이 좋아도, 성격이 그렇지 못해도 상관없이 그 아이들은 사는 것이 편하지 않았습니다. 오래 지나지 않아 교복 못 입는 일은 가셨지만 지금도 그때를 기억하는 동창들은 그 아이들을 이를테면 '노란 옷 입었던 아이'라고 부릅니다. 참 오래 갑니다. 또 그 아이들은 아이들대로 그때의 고독과 분노와 자학과 체념을 잊지 못합니다. 참 긴 그늘입니다.

둘.

동한이는 아버지가 백인입니다. 저도 처음 만났을 때 이 아이에게 우리말을 해도 되는지 망설였습니다. 생김새가 그랬습니다. 저녀석도 교복을 못 입은 아이처럼 무척 외롭겠구나 하고 저는 생각했습니다. 그러나 그녀석은 구김 없이 쾌활했습니다. 친구들과 까불고 장난치고 늘 즐거웠습니다. 아이들도 동한이를 이상하게 본다든지 놀린다든지 하는 일이 없는 듯했습니다. 그런 일을 당하기에는 그 녀석이 훌쩍 성숙해 있는 것 같았습니다.

그러나 얼마 지나지 않아 저는 그녀석의 행동이 어쩐지 자연스럽지 않다는 느낌을 받았습니다. 때로는 까부는 것이 지나쳤습니다. 때로는 의도적인 과장이 느껴지기도 했습니다. 거의 한 해가 다 지났을 무렵 저는 그 아이와 우연히 단둘이 있을 기회가 있었습니다. 저는 그 아이의 성적을 걱정하는 교사의 전형적인 모습으로 그와 이야기를 나누었습니다. 그리고 아무 말 없이 듣고만 있는 그 아이에게 공부를 더 잘해야 하잖느냐는 말을 하면서 저도 모르게 이렇게 말했습니다. "검정 옷들 사이에서 혼자 노란 옷을 입고 살아야 했던 내 고독 같은 것을 너도 지녔겠지만 말야!"

그때 그 아이가 갑자기 말문을 열었습니다. 그리고 내뱉듯이 이렇게 말했습니다. 그렇게 말한 것으로 지금 기억됩니다.

"흰둥이가 이렇게 영어를 못하면 어떻게 하느냐는 꾸중을 영어선생님한테서 들을 때, 네 동생은 껌둥이냐고 친구들이 놀릴 때, 선생님 같으면 이를 악물고 공부만 하실 수 있어요? 노란 옷은 벗어버리면 그만이지만 저는 안 되잖아요…"

저는 아직도 그때의 섬뜩했던 마음을 잊지 못합니다. 절망도 할 수 없고, 그렇다고 희망을 품을 수도 없는 중학교 3학년 아이가 할 수 있는 일이란 오직 자기를 지우려 미칠 듯이 까불고 장난치는 일 외에 없었으리라는 것을 확인하면서 말입니다. 저는 지금 동한이에 대한 그리움조차 마음대로 숨쉬지 못합니다. 정말 미처 아직도 일탈을 방황할지도 모른다는 두려움 때문입니다.

셋.

남태평양 타이티는 참 아름다운 섬이었습니다. 화가 고갱이 왜 여기에서 삶을 마감했는지 짐작될 만큼 환상적이었습니다. 그리고 통계를 찾아보지는 못했지만 혼혈이 많은 것이 확연히 눈에 띄었습니다. 백인, 흑인, 황인 그리고 그들이 뒤섞여 낳은 여러 혼혈인들로 섬이 가득 찬 것 같았습니다.

제가 그곳을 방문한 것은 하필이면 성탄 전야였습니다. 겨울에만 겪던 절기를 한더위 속에서 맞는 것이 흥미롭기도 했고 어색하기도 했지만, 저는 흥분을 감출 수 없었습니다. 성탄장식을 한 호텔을 벗어나 시내로 나가고 싶었습니다. 남국의 성탄을 보고 싶었기 때문입니다. 그러나 억수 같은 비가 쏟아져 꼼짝도 할 수 없었습니다. 저녁에 하릴없이 텔레비전을 켰습니다. 성탄 특집 프로

세월 빠르고, 세상 참 많이 변했지만…

그램이 방영되고 있었습니다. 농구장 같은, 아니면 커다란 창고 같은 곳에서 합창단이 캐럴을 부르고 있었습니다. 다갈색 피부의 폴리네시아인들, 백인들, 동양인들 그리고 그들을 모두 합친 것 같은 또 다른 사람들이 뒤섞여 노래를 부르고 있었습니다.

소리를 지르는 것 같은 그들의 소박한 노래가 오히려 그래서 감격스러운데 귀에 익은 캐럴 끝에 갑자기 우리가 올림픽 때 그렇게 열심히 부르던 〈손에 손잡고〉의 멜로디가 흘러나왔습니다. 온갖 피부색깔의 합창단원들은 손에 손을 잡고 캐럴의 마지막 순서를 그 노래로 장식하고 있었습니다. 화면은 점점 여러 색깔들의 손이 서로 손잡고 하늘로 뻗은 모습을 크게 보여주면서 끝났습니다. 순간 저는 "새로운 인종의 탄생만이 새로운 캐럴을 낳는구나!" 하는 감동을 느끼면서 속으로 혼자 외쳤습니다. "잡종 만세!"

크리스마스가 멀지 않습니다. 우리 옆에는 새터민들이 있습니다. 오식된 활자 같은 외로운 우리 가족입니다. 우리 안에는 다문화가족들이 있습니다. 자칫 어린 나이에 짐짓 미친 척하지 않으면 삶을 스스로 견딜 수 없는 내 혈육들입니다. 외국인 노동자들도 있습니다. 피부색깔이 다르고 얼굴모습이 달라도 "손에 손잡고 벽을 넘어서"를 함께 부를 수 있는 지금 여기에 우리와 함께 있는 유일한 친구들입니다.

그러고 보면 우리는 모두 여기 이렇게 한데 모여 사는 '잡종'들입니다. 아니, 잡종이어야 합니다. 그 자의식만이 오늘 우리가 내일을 열 수 있는 유일한 가능성이고 희망입니다. '잡종 오바마 현상'이 보여주듯이 말입니다. 이렇게 말하고 싶습니다.

세월 빠르고, 세상 참 많이 변했지만…

훌륭한
사람

이런 말씀을 드리면 또 옛날을 그리는 '낡은 이야기'로 전해질지 모르겠습니다만 아무래도 이 말씀을 드려야 할 것 같습니다. 다른 것이 아닙니다. 전에는 부모님들이 아이들을 키우면서 자식들에게 "훌륭한 사람이 되어라!" 하는 말씀을 늘 하셨습니다. 물론 그때그 '훌륭한'에 담긴 것이 사전적인 의미에서의 '매우 좋은'이라든지 '칭찬할 만하다'든지 '퍽 아름답다'는 것만을 뜻하는 것은 아니었습니다. 때로는 높은 관직에 오르라든지 돈을 많이 벌라든지 하는 의미를 담고 그렇게 이야기되기도 하였습니다.

하지만 적어도 '훌륭한 사람'이라고 할 때는 그 말뜻이 상당히 폭이 넓고 둥글어서 이른바 '전인적'(全人的)인 함축을 지닌 것만은 분명했습니다. 달리 말한다면 '사람다운 사람이 되어야' 하는 규범을 전제하거나 자식이 어떤 구체적인 직(職)을 가지고 살더라도 그러한 정서를 바탕에 깔고 살아야 한다는 희구를 그렇게 "훌륭한 사람이 되어라!" 하는 말 속에 담았던 것입니다.

그런데 이러한 이전 부모의 모습이 이제는 무척 낯설게 되었습니다. 지금 부모들이 자식들에게 기대하는 발언과 비교해 보면 그렇습니다. 모두 그런 것은 아니겠습니다만, 지금 우리들은 자식들에게 "훌륭한 사람이 되라"는 말을 거의 하지 않습니다. 아예 '훌륭한'이란 말이 익숙지 않은 언어가 되어버렸습니다. 그 대신 직접적이고 구체적인 직(職)을 지칭하면서 "너는 이러저러한 사람이 되어야 한다"고 말합니다. 이를테면 대통령이 되라든지, 연예인이 되라든지, 돈을 많이 버는 사람이 되라든지, 인기 있는 스포츠맨이 되라든지 하고 말하는 것입니다. 혹 '훌륭한'이란 말을 사용할 때도 그 말은 '사람'을 수식하지 않습니다. 다만 특정한 직종을 수식하면서 그 직종에서 성공한 모습을 기리는 투로 쓰입니다. '훌륭한 정치인'이나 '훌륭한 연예인' 등으로 쓰일 때가 그러합니다.

물론 우리는 '훌륭한 사람'보다 '훌륭한 경제인'이라고 할 경우가 더 분명하게 내 자녀를 사람다운 사람으로 만들 수 있는 데 도움이 된다고 할 수도 있습니다. 하지만 이럴 경우 이전에 비해 '전인적인 사람'의 자리를 '전문적인 기능인'이 차지하게 되는 것은 아닌가 하는 생각이 듭니다. 그 둘을 굳이 나눠 생각하는 것이 옳은 것은 아니겠습니다만 어쩐지 '전인성'(全人性) 또는 '사람다운 사람'이 '직'(職)에 밀려 쫓겨나 버리는 것은 아닌가 하는 불안이 이는 것입니다.

세월 빠르고, 세상 참 많이 변했지만…

그래서 그런지, 말을 좀더 이어본다면, 오늘 우리에게 아쉬운 것은 이를테면 '학자다운 사람'은 있는데 '사람다운 학자'는 찾아보기 힘들다는 사실입니다. '언론인다운 사람'은 있는데 '사람다운 언론인'도 눈에 잘 뜨이지 않는다고 말해도 좋습니다. 우리네 삶의 온갖 곳에서 이런 현상이 철철 넘치고 있습니다.

결국 이러한 현상은 '훌륭한' 사람을 묘사하기 어렵게 합니다. 훌륭한 '사람'이 아예 있을 수가 없는 것입니다. 그렇기 때문에 "훌륭한 사람이 되라"고 가르칠 수도 없습니다. 그러한 사람이라고 일컬을 수 있는 모델이 없기 때문입니다. 훌륭한 연예인의 모델도 있습니다. 본받을 만한 과학자도 있습니다. 그러나 본(本)이 되는 인간상(人間像)을 그리는 것은 거의 불가능합니다. 인간다운 연예인, 인간다운 과학자가 없는 것입니다.

물론 사람이 온전하기란 쉽지 않습니다. 쉽지 않은 것이 아니라 실은 현실적으로 있을 수 없을지도 모릅니다. 모자란 구석이 하나도 없는 사람은 없기 때문입니다. 이것이 꽉 차면 저것이 비고, 저것이 두드러지면 이것이 움푹합니다. 두루 살펴 흠 없기란 사람살이에서 거의 있을 수가 없는 일입니다. 그렇다면 공연히 비현실적인 온전한 인간상을 만들어놓고 이에 이르지 못하는 사람을 사람으로 여기지 않는 것은, 그러한 태도 자체가 이미 인간성에 대한 배신이기도 합니다. 그러니 당연히 '훌륭한 사람'을 일컫지 않는 것이 오히려 나을 수도 있습니다.

하지만 그렇지 않습니다. 그럴수록 우리는 우리가 바라는 이상적인 인간상을 애써 모색해야 합니다. 그런 사람을 찾아 '본'으로 삼도록 해야 합니다. 그렇게 일컬을 수 있는 사람을 당장 우리 현실에서나 역사 안에서 찾을 수 없다면 우리는 어떤 모습의 인간이 우리가 이상적인 인간상으로 그려질 수 있을 것인가 하는 것을 진지하게 스스로 빚어 서술해야 합니다. 국사학자 정옥자 교수는 그의 『우리 선비』라는 저서의 표지에다 다음과 같은 글을 쓰고 있습니다.

> 우리 선비. 나의 빈곳을 채워줄 정신의 사표. 하늘 아래 두려운 것은 오직 지조와 백성의 소리였던 그들, 새벽에 일어나 손수 이불을 개고 독서와 사색 속에서도 실용기술을 익혔던 그들, 저녁 시간 친히 했던 자녀교육에서부터 유산분배에까지 남녀차별이 없던 그들, 눈길 닿는 곳 무한하지만 일상에선 고정관념 없이 살뜰했던 참사람의 초상, 내 안에 흐르는 올곧은 마음의 원천.

이렇게 묘사된 조선 선비가 '사람다운 사람'인 '훌륭한 사람'의 마땅한 모델이라고 주장하려는 것은 아닙니다. 그렇게 하기에는 기술된 인간상이 지나치게 소박하고 또 그만큼 '계급적'이기도 합니다. 그러나 주목할 것은 저자가 절박하게 모색하는 "나의 빈곳을 채워줄 정신의 사표"와 그 모색이 도달한 끝에서 고백하는 "내 안에 흐르는 올곧은 마음의 원천"에 대한 겸허하고 행복한 승인입니다.

그렇다면 우리가 진정으로 아쉬워해야 할 것은 '훌륭한 사람'의 부재가 아닙니다. "훌륭한 사람이 되라"는 가르침의 실종도 아닙니다. '사람'과 '기능'의 도치(倒置)도 아닙니다. 세상이 바뀌면서 달라진 규범의 혼란 때문에 빚어지는 옛날 격률의 부적합성도 아닙니다. 오히려 나 자신의 텅 빈 공허, 그 정신적 가난을 실토하는 일이 우선되지 않으면 안 되는데 그 일이 이루어지지 않고 있다는 사실이 진심으로 아프게 아쉬워해야 할 일입니다.

그런데 만약 이 일이 이루어진다면 우리는 우리 자신의 정직한 부끄러움 속에서 예상하지 못했던 허다한 '훌륭한 사람들'을 만날 수 있게 될지도 모릅니다. 아마 그럴 것입니다. 그렇다면 문제는 내 겸허의 부재입니다. 내가 겸손해지면 사표(師表) 아닐 어떤 사람도 없을 것이기 때문입니다. 그리고 모든 사람들이 그렇게 '훌륭한 사람'이 될 때, 그 훌륭함이 내 안에 흐르는 마음의 원천이 될 것은 당연한 일입니다.

이에 이르면 이제 우리는 이전과 오늘의 괴리를 더 겪지 않아도 될 것 같습니다. "훌륭한 사람이 되어라!" 하고 말하면서 그대로 이어 "훌륭한 정치인이 되어라!"라고 말할 수 있을 것이기 때문입니다. 이어 붙인다면 이렇게 말할 수 있습니다. "훌륭한 사람이 되어 훌륭한 정치인이 되어라!"라고 말입니다. 이렇게 말하면서 자식들을 가르치고, 이렇게 말하면서 오늘 우리 사회를 잘 꾸려갔으면 좋겠습니다.

세월 빠르고, 세상 참 많이 변했지만…

외국어 **학습**에 거는
기대

궁금한 것이 있습니다. 영어가 우리네 학교에서 이루어지는 전체 배움 경험에서 차지하는 비율이 얼마나 되는지요. 이를 정확하게 측정할 능력은 제게 없습니다. 그러나 제가 자란 세월을 돌아보거나 지금 자라는 아이들의 경우를 들여다보면서 말씀드릴 수 있는 것은 '영어 배우느라' 보냈거나 보내는 세월로 소모된 삶의 양은 분명히 영어 이외의 것을 배우느라 보낸 세월들 모두 합한 것에 못지 않으리라는 사실입니다. 게다가 '영어를 잘해서'와 '영어를 못해서' 때문에 아예 운명이 달라진 경우까지 들면 영어 배움의 비중은 소모된 세월의 양을 수치화하는 것으로는 어림도 없는 '절대적인 무게'를 갖고 있다고 해도 지나치지 않을 듯합니다.

그런데 이 일이 우리에게 처음 있는 일은 아닙니다. 일찍이 한문(漢文)을 공부한 경험도 별로 다르지 않았을 것 같습니다. 그때는 한문을 익히는 일이 계층적 한계를 가진 것이었는 데 비해 오늘날의 영어의 경우에는 그것이 상당히 허물어져 '학교'에 들어가지 않은 소수를 제외하고는 누구나의 일이 되었다는 사실만 다르지, 한문학습의 비중은 오늘보다 더 엄청난 것이었을지도 모릅니다. 한문 익힘은 이른바 '잘삶'을 위한 규범적인 전제라고 할 수 있었으니까요.

아무튼 내 나라 말이 아닌 낯선 말을 배우려고 이렇게 아예 삶을, 그것도 어리디어린 세월로부터 '젊음'에 이르는 세월을 온통 기울인다는 것은 '놀랍기도 하고 끔찍한 일'이기도 합니다. 하지만 그렇다고 이 일을 두고 흔히 접하는 '민족주의적인 울분'을 토한다거나 이와 다르지만 마찬가지로 익숙한 이른바 '선진적인 사명감'을 새삼 강조하려는 것은 아닙니다.

제가 늘 스스로 흥미로워하는 것은 그런 울분이나 사명감이 아니라 자기 언어와 자기 문자를 가진 한 공동체가 자기네 삶을 기울여 다른 낯선 문자와 언어를 배운다고 하는 사실이 초래할 '문화적 의미'가 과연 무엇일까 하는 것입니다. 이를테면 정치적 의미라든지 경제적 의미는 비교적 명확한데, 굳이 이름 붙여 문화적 의미라고 한다면 그것은 도대체 어떤 것이라고 서술할 수 있을까 하는 것이 제 관심사입니다.

이를테면 이렇습니다. 외국어를 공부한다는 것은 '다른 언어'를 배운다는 것입니다. 그런데 다른 언어란 단어의 음가(音價)도

세월 빠르고, 세상 참 많이 변했지만…

다르고 그 단어의 개념도 직역이 불가능할 만큼 다릅니다. 그 말을 있게 한 길고 오랜 경험의 축적이 그 단어에 함축된 의미나 느낌을 미묘하게 다르게 합니다. 뿐만 아니라 구문(構文)도 다릅니다. 특히 우리말과 영어 그리고 한문의 경우는 더더욱 그렇습니다. 문법이 다릅니다.

따라서 이러한 다름을 '경험'하는 일이 품을 불안에 대한 염려도 없지 않습니다. 외국어 학습 때문에 자기를 상실할 수 있다는 우려는 어제오늘 이야기가 아닙니다. 앞에서 언급한 민족주의적인 울분이 아니더라도 '우리의' 순수가 훼손되고 맑음이 오염된다는 걱정이 꽤 깊습니다. 뿐만 아니라 그 다름의 경험은 다른 사유방식과의 만남이기 때문에 이를 학습하다 보면 이제까지 내게 익숙한 사물인식의 틀이 뒤집혀 아예 전통적인 의미체계가 혼란스럽게 된다는 지적도 그저 넘길 일은 아닙니다. 게다가 우리가 사용하는 어떤 하나의 용어가 다른 언어들과 만나면서 중첩된 개념들을 담게 되고, 그래서 그 용어가 불투명해져 소통이 모호해진다는 걱정도 예사로운 일은 아닙니다.

하지만 그렇다고 해서 다른 언어를 배우지 않을 수 없습니다. 세상이 좁아지고, 그래서 내 세계가 넓어졌기 때문에 우리는 낯섦과의 만남을 살지 않을 수 없기 때문입니다.

그래서 억지로 양지를 찾는 작업일지 모르지만, 가만히 생각해 보면 다른 언어의 학습은 그러한 염려가 지닌 잃음보다 얻음이 더 많을 수도 있습니다. 저는 이렇게 주장하고 싶습니다.

지극히 당연한 일이지만 다시 강조한다면 무릇 말을 배운다는 것은 그저 소통을 위한 도구를 확보한다는 것과는 다릅니다. 다른 언어를 학습하면 타인의 경험에 스며들 수 있습니다. 그렇게 되면 사물을 묘사하는 내 감각이나 언어가 내 언어만을 사용할 때보다 두드러지게 풍부해집니다. 더 나아가 사물을 맞고 그것에 다가가는 나의 태도도 달라집니다. 다양해지는 것입니다. 뿐만 아니라 타자 앞에 서는 나 자신에 대한 새로운 앎도 생깁니다. 다른 언어를 통한 내 언어에 대한 성찰이 가능해지기 때문입니다. 자연히 내 삶의 지평이 확장되고, 그만큼 보이지 않고 들리지 않던 것이 보이고 들립니다. 사유방식도 훨씬 유연하고 넉넉해집니다. 하나의 언어만을 익힌 때와는 달리 다양한 사유, 다양한 의미를 확보하고 누릴 수 있기 때문입니다. 한마디로 우리는 외국어 학습을 통해 그 '이전보다 성숙한 자아'를 기대할 수 있게 된다고 말할 수 있습니다.

그렇다면 우리처럼 열심히 외국어를 공부하는 나라의 언어문화는 그렇지 않은 나라보다 두드러지게 '좋아야' 옳습니다. 말하기도, 쓰기도, 듣기도 하나의 언어만을 익히고 사는 나라의 사

세월 빠르고, 세상 참 많이 변했지만…

람들보다 더 풍요로워야 합니다. 묘사의 상세함, 분석의 치밀함, 함축된 의미의 그윽함이 훨씬 나아야 합니다.

물론 오늘 이 땅덩이 위에서 자기네 언어 하나만을 고집할 수 있는 나라는 현실적으로 없습니다. 하지만 우리의 경우, 외국어 학습의 그 눈물겨운 노력을 감안할 때 우리는 서로 자기 주장을 편다거나, 사물을 그리거나 자기를 알리는 글을 쓴다거나, 남이 이야기를 할 때 듣는 그 태도 등에서 상대적으로 더 투명하고 논리적이며, 더 다감하고 깊으며, 더 진지하고 정중하게 반응할 수 있어야 합니다. 적어도 언어문화가 그렇게 자리잡고 있다는 어떤 낌새가 뚜렷하게 드러나야 하는 것입니다.

거듭 말하지만 낯선 언어를 익힌다는 것은 내 언어가 풍요로워지고 내 사유가 경직을 풀고 더 부드러울 수 있는 가능성을 마련해 주는 것이고 삶과 세상이 깊고 넓어지는 것이라 믿어지기 때문입니다.

그런데 참 이상한 일입니다. 아무래도 이런 주장은 논리적으로는 그르지 않지만 현실에는 있지 않은 것 같아 불안합니다. 왜냐하면 그렇게 외국어를 어렸을 때부터 다 자란 나이에 이르기까지 열심히 공부하는 우리의 언어문화는 뜻밖에 가난하고, 또 변명할 수 없이 말쑥하지도 못합니다. 우리의 언어는, '다른 언어 배우기'에 주눅이 든 탓인지, 치밀하기보다 단순하기를 바라고, 복합문장을 통한 '공간 짓기'보다 단순문장의 중첩을 통한 '지평연장'을 꾀하려는 경향이 뚜렷합니다. 일상용어들은 풍부하다기보다 다른 언어들과 섞여 너저분하게 되고 있고, 주장의 발언들을 듣고 있노라면 사유의 유연성이라기보다 의식의 균열현상이 논리라는 이름으로 펼쳐지는 듯해서 당혹스러움에 빠지기도 합니다.

이러한 제 서술이 제대로 우리 언어문화를 진단한 것인지 아닌지 자신이 없습니다. 게다가 우리의 언어사태에 대한 이러한 묘사가 옳다 하더라도 그것이 이른바 외국어 학습 때문인지 아닌지는 불분명합니다. 전혀 실증되지 않은 것이기 때문입니다. 그렇다면 이러한 주장은 다만 '불순한 짐작'인지도 모르겠습니다. 따라서 이러한 진술은 실은 안하느니만 못한 일입니다. 그런데도 왠지 그렇다고 말해야 '외국어 학습의 문화적 실효 없음'이라는 부끄러움을 조금이라도 덜 수 있을 것 같은 못난 희구를 억제할 수가 없습니다.

아무튼 참 답답합니다. 특별히 온갖 매체가 쏟아놓는 글들, 학계의 주장들, 종교의 자기 주장의 발언들, 정치의 장에서 소용돌이 하는 언어들을 보고 들을 때면 그러한 변명이라도 스스로 마련하지 못하면 질식할 것 같아 견딜 수가 없습니다. 이를테면 동의하지 않으면서도 보람을 느끼는 토론을 할 수 있으면 좋겠는데,

세월 빠르고, 세상 참 많이 변했지만…

서로 다른 것을 지향하면서도 공감할 수 있는 사유를 할 수 있으면 좋겠는데, 그런 언어문화를 어디서도 확인할 도리가 없습니다.

자기 나라 말뿐만 아니라 남의 말조차 생애를 기울여 배우는 우리 언어문화가 언제 그로 인한 풍요로움을 꽃피울 수 있을는지요. 다른 언어 배움의 문화적 의미가 과연 무언지 거듭거듭 궁금합니다.

건빵 몇 개의 사진

추위는 참 견디기 힘듭니다. 그랬었습니다. 지금도 추위를 생각하면 견딜 일이 아득해집니다. 미리 덜덜 떨리기조차 한다고 묘사해도 좋을 정도로 추위가 두렵습니다. 뭐 생리적으로 몸이 추위를 못 견디게 되어 있어 그랬었다는 것을 말씀드리는 것이 아닙니다. 저는 추위를 누구보다도 꽤 잘 견딥니다. 오히려 겨울보다 여름이 더 견디기 어렵습니다. 게다가 이제는 추위걱정을 도무지 하지 않고 삽니다. 그런데도 그때 추위를 생각하면 오금이 저립니다. 뼛속에서부터 얼어오기 때문입니다.

우리는 한방에서 이레들 명씩 살았습니다. 선생님들은 그래야 큰아이들이 작은아이들을 돌볼 수 있으리라고 여기신 듯합니다. 또 그래야 했습니다. 하지만 그 방에서의 삶은 그렇지 않았습니다. 작은아이들은 큰아이들의 '먹이'일 뿐이었습니다. 이를테면 큰아이가 작은아이의 세수를 시켜주어야 했는데, 그 일조차 어떤 큰아이도 한 적이 없습니다. 물로 얼굴을 씻어주는 것이 아니라

세월 빠르고, 세상 참 많이 변했지만…

주먹이나 매로 다스리면 세 살짜리 작은아이도 세수를 한다는 것을 큰아이들은 다 알고 있었습니다.

겨울이면 저녁 다섯시에 군불을 땠습니다. 산에서 주워온 나뭇가지들을 방마다 배급을 받아 불을 지폈는데 군불 때는 시간이 20분을 넘은 적이 없습니다. 큰아이들은 그 일을 서로 맡으려 했습니다. 다른 아이들이 언 물을 깨트리며 걸레를 빨아 청소를 할 동안 아궁이 앞에서 불을 때며 얼굴이 벌겋게 달아오를 수 있다는 것은 더할 수 없는 특권이고 '행복'이었기 때문입니다. 그러나 군불을 지폈다고 방이 따뜻한 것은 아니었습니다. 겨우 아랫목 방석만한 넓이가 냉기를 가셨을 뿐인데, 땔감이 아주 적었던 탓도 있지만 불을 때는 아이가 불을 아궁이 깊이 넣지 않고 저 혼자 쬐고 있었던 탓이 더 컸음에 틀림없습니다.

선생님들은 방마다 돌아다니며 작은아이들을 아랫목에 누이고 큰아이들은 윗목에서 자도록 했습니다. 하지만 그것은 선생님이 확인하는 순간뿐이었습니다. 으레 작은아이들은 윗목으로 밀려났고 큰아이들이 아랫목을 차지했습니다. 그런데 큰아이들이나 작은아이들이나 아침에 일어나도 누구나 몸이 제대로 펴지지 않았습니다. 밤새도록 모두 추웠으니까요.

선생님 눈을 피해 우리는 틈만 나면 햇볕이 있는 담장 밑에서 서로 몸을 비비댔습니다. 동동거리면서, 서로 밀면서, 누구도 아무 말도 하지 않으면서 그렇게 있다가 햇볕이 가시면 모두들 조는 닭처럼 쭈그리고 앉아 오돌거렸습니다. 큰아이들도 그랬으니 작은아이들은 말할 나위도 없습니다. 실제로 선생님들은 우리를 보면서 늘 그렇게 말씀하셨습니다. "조는 병아리 같은 놈들! 좀 뛰고 해봐. 추위를 이겨야 하잖아!" 햇볕이 사라지면서 스며드는 추위의 무서움을 조금이라도 짐작하셨다면 선생님들이 그런 말씀을 하실 수는 없었을 것입니다.

하지만 선생님의 그러한 말씀은 옳은 말씀입니다. 제가 선생님이었다 해도 그렇게 말했을 것입니다. 우리는 추위를 견디지 못하는 못난 병아리새끼들이었습니다. 하지만 그렇게 추위를 견딜 수 없었습니다. 배가 고팠기 때문입니다.

저는 지금도 추위가 더 힘든지 배고픔이 더 힘든지 잘 모르겠습니다. 추워서 배고팠는지 배고파서 추웠는지 분간이 되질 않습니다. 그러나 우리는 무척 배가 고팠습니다.

가끔 우유죽을 먹기도 하고, 때로 소금에 절인 배추가 김치처럼 곁들여진 밥을 먹을 때도 있고, 통조림 생선토막이 배급이 되기도 했습니다. 어처구니없는 일이지만 어느 때는 아침에 일어나 죽 줄을 서서 간유(肝油)를 한 숟갈씩 먹은 일도 있습니다. '높은 사

세월 빠르고, 세상 참 많이 변했지만…

람'이 보러 온다는 날, 우리는 그랬습니다. 그리고 "우리는 매일 간유를 먹고 있습니다" 하고 말해야 하는 것을 '학습'하기도 했습니다. 그런 날 저녁이면 우리는 너나없이 설사를 하느라 밤새 변소를 드나들었습니다.

하지만 대체로 여느 때면 우리는 안남미 밥 한 공기와 그 위에 각설탕만한 버터 한 조각 그리고 찍어먹을 간장그릇이 놓인 밥상에 앉곤 했습니다. 크게 세 숟갈이면 밥그릇은 바닥을 드러냈습니다. 우리는 커다란 소리로 합창하듯 감사의 기도를 드리며 그렇게 끼니를 이었습니다.

그런데 큰아이들이 작은아이들의 밥을 뺏어먹는 일은 없었습니다. 자신 있게 말씀드리지만 절대로, 절대로, 없었습니다. 가끔 큰아이들이 작은아이에게 밥을 꾸는 일은 있었습니다. 한 숟가락을 꾸면 다음 끼니에 한 숟가락 반으로 갚았습니다. 아무리 작은아이의 밥이라도, 큰아이가 자기 밥을 꾸어간다는 것을 모를 정도로 작은아이의 밥이라도, 큰아이들은 그렇게 갚았습니다. 윗목 찬데로 작은아이를 밀쳐버리고 아랫목을 차지한 큰아이도 그렇게 했고, 으레 떼쓰고 우는 작은아이 세수시켜 주는 일이 귀찮아 매로 다스리는 큰아이도 그랬습니다. 먹는 일에는 누구나 그랬습니다.

그러고 보면 아무리 추위가 심해도 배고픔보다 견디기 어려운 것 같지는 않습니다. 배가 부르면 얼마든지 견딜 수 있는 것이 추위라고 해도 좋을 듯합니다. 그리고 사람은 아무리 그릇되었다 하더라도 배고픔을 공감하는 한, 배고픔을 이용한 못된 짓은 할 수 없을 만큼은 착한 듯싶습니다.

지원받은 예산을 다 떼어먹고 결식아동들에게 주었다는 점심그릇, 거기 있는 건빵 몇 개 그리고 아이들이 그 점심을 먹을 수 있어 감사하다는 편지를 썼었다는 보도를 보면서 저도 모르게 흐르는 눈물을 걷잡을 수 없었습니다. 분노 때문이었는지, 부끄러움 때문이었는지, 설명할 수 없는 자학 때문이었는지 알 수가 없습니다.

그러나 분명한 것이 있습니다. 추위에 오들오들 떨며 '조는 병아리' 같은 놈들도 '그 짓'은 안했습니다.

세월 빠르고, 세상 참 많이 변했지만…

내가 **평등**을
지지하는 까닭

사람은 서로 다릅니다. 날 때부터 그러합니다. 물론 빈손으로 태어나는 것이 사람이고 보면 그 발가숭이 사람이 서로 다를 까닭이 없습니다. 그래서 그 상태에서는 어떤 다름도 있을 수 없다 하여 인간은 평등한 것이고, 인간이 지닌 근원적인 권리는 누구에게나 동일한 것이라고 말합니다. 그렇습니다. 사람은 사람이기에 누구나 평등하게 사람대접을 받아야 합니다. 그렇지 않으면 사람살이가 아닙니다.

　　하지만 이러한 주장은 '현실'을 몽땅 걸러낸 서술입니다. 사람은 태어날 때부터 같지 않습니다. 성(性)도 다르고, 생긴 모습도 다릅니다. 태어나는 때와 장소도 같지 않습니다. 부모가 다릅니다. 유전인자도 같을 수가 없습니다. 게다가 삶의 조건이 또한 다릅니다. 넉넉한 조건도 있고 각박한 조건도 있습니다. 그러니 자연히 다르게 자라게 되고, 따라서 어떤 것을 할 수 있는 기회도 공평하게 지닐 수 없고, 성취하는 일도 차이가 나게 마련이며, 이에 대한 보상도 일정할 수 없습니다.

물론 삶이 이렇게 타율적으로만 이루어지는 것은 아닙니다. 사람은 주어진 삶의 조건을 넘어서는 힘을 꽤 지니고 있습니다. 그래서 상당한 정도 자신의 힘으로 또는 서로 마음을 같이하고 힘을 합하여, 주어진 한계를 넓히기도 하고 넘어서기도 합니다. 그렇게 해서 할 수 있는 한 서로 같지 않은 탓에 생기는 가슴앓이나 역겨움, 어려움이나 불편을 줄이고 덜려고 애를 씁니다.

인류가 이룩해 온 정치체제의 발전을 좇아보면 그렇게 힘들여 이룬 궤적을 환하게 확인할 수 있습니다. 다양한 수식이 붙기는 하지만 민주주의란 그러한 다름을 넘어 사람이 사람을 사람으로 대접하기 위한 평등을 실현하려는 인간의 꿈이 도달한, 그래도 아직까지는 최선의 결실이기도 합니다.

그러나 이러한 일들이 사람 간의 차이를 없애지는 않습니다. 그런 자율적인 노력 때문에 오히려 더 커다란 다름이 개인 간에 생기기도 합니다. 도대체 그런 능력도 어쩌면 처음부터 동등하게 개개인에게 주어진 것이 아니기 때문에 그렇다고 할 수 있습니다. 또 정치제도를 비롯하여 여러 제도적 장치를 통해 인간의 평등을 구현하겠다는 간절한 소망과 노력이 부당한 차별을 줄이는 데 크게 기여하는 것은 분명하지만, 삶이 그렇게 소박하지만은 않습니다. 삶은 생각하는 것보다 훨씬 복잡하고 소란스러워서 우리가 바라는 평등의 이념만으로 말끔하게 다듬어지질 않습니다. 평등 때문에 자유가 억제되는 것이 하나의 예입니다.

그렇다면 오히려 불평등한 것이 '자연'이고 그것을 따르는 것이 '순리'라고 해야 옳을지도 모르겠습니다. 더 강하게 표현한다면 평등을 이루겠다는 것은 마치 물을 거슬러 흐르겠다는 억지를 부리는 것과 다르지 않게 도저히 불가능한 것을 가능하다고 일컫는 것인지도 모릅니다.

그런데 흥미로운 것은 평등의 이념이 그 효용을 한번도 인류사에서 잃어본 적이 없다는 사실입니다. 그 이념은 그 비현실성에도 불구하고 차별로 인한 아픔을 고발하는 것으로는 더없이 '실용적'일 뿐만 아니라 세상을 온통 뒤엎어버리고 싶은 억울함을 토해 내기에는 더할 수 없이 시원한 명제이기도 하기 때문입니다. 그래서 평등을 이념적 지표로 선포하는 것만으로도 사람들의 삶은 '새 하늘과 새 땅'에 대한 꿈으로 끓어오릅니다. 또한 그것을 주창한다는 사실만으로도 그는 의로운 힘의 권화(權化)가 됩니다. 그래서 때로 평등은 지향해야 할 이념이기보다 권력을 취하기 위한 수단으로 그 효력을 더 발휘하기도 합니다.

그렇기 때문에 그러리라 짐작됩니다만, 바로 이 계기에서 우리는 평등을 실현하는 일이 실은 '끝없는 불평등'으로 점철하는 역설'임을 역사에서 확인하곤 합니다. '평등을 위한 불평등한 힘의 행사'가 불가피하다는 것을 증언하게 되는 것입니다. 그렇다면 평등은 뜻밖에 허구적인 이념일 수 있습니다.

지금껏 말씀드린 이러저러한 이유로 저는 아무래도 평등주의자의 자리에 들어서지는 못할 것 같습니다. 평등의 주장은 구조적으로 기만적이라고 믿기 때문입니다. 비록 차이와 차별을 구분하지 못한다든지, 평등해야 하는 '본질'을 평등하지 못한 '현실'을 통해 가리고 지우려는 무기력한 태도라고 꾸중하실지라도 그렇습니다. 그런데, 그럼에도 불구하고, 저는 이제까지의 논의와는 다른 근거에서 사람은 평등한 존재이고, 또 평등해야 마땅하다고 감히 주장하고자 합니다.

생각해 보십시다. 사실 모든 평등담론은 '잘났음'을 준거로 하고 있습니다. "너보다 잘났으니까!"라든지 "너 나보다 잘난 것 뭐 있니?"라든지 하는 것을 바탕으로 사람의 평등에 대한 생각이나 언행이 돋습니다. 다름과 차별이 그러한 진술을 준거로 펼쳐집니다. 그리고 그것은 가장 윤리적인 경우, "너나 나나 다르지 않게 존중받아야 한다!"는 것으로 귀결되는데 결국 그 말은 누구나 '잘났다'는 말과 다르지 않습니다.

세월 빠르고, 세상 참 많이 변했지만…

그런데 그 귀결은 비현실적입니다. 왜냐하면 '잘남'은 또다른 '잘남'과 더불어 '더 잘남'을 확인하기 위한 불가피한 갈등을 낳기 때문입니다. 그렇다면 잘남에 근거한 평등담론은 근원적으로 자기모순을 스스로 안고 있습니다.

하지만 뜻밖에도 만약 '못남'을 준거로 하면 평등담론이 아주 달라집니다. "내가 너보다 못났어!"라든지 "나는 모자라!"라든지 하는 것을 바탕으로 생각이나 언행이 돋으면 그 윤리적 귀결은 "네가 나 좀 채워줘!"라든지 "너 없으면 나 못 살아!"가 될 수밖에 없습니다. 그래서 "너나 나나 다 못난 처지에 잘났다면 얼마나 잘났겠니? 못난 대로 서로 도와주면서 살아야지!" 하게 되면, 다름과 차이는 못된 차별에 이르기보다 서로 보완하면서 삶을 이전보다 더 조화롭게 할 수 있는 바탕이 됩니다. 그럴 것입니다. 우리는 그렇다는 것을 실제로 경험하며 삽니다. 그렇다면 못남에 근거한 평등담론은 비현실적이지 않습니다. 우리네 일상 속에 있는 소박한 삶의 이야기이기 때문입니다.

사람들, 전혀 같지 않습니다. 결코 평등하지 않습니다. 그러한 의미에서 차이와 차별은 아픈 일이지만 불가피합니다. 태어날 때부터 다르지 않다고 하는 평등의 이념은 너무 소박하거나 너무 작위적입니다. 그러나 사람은 평등합니다. 그 '못남의 자리'에서 보면 철저하게 그러합니다. 작심하고 자기를 속이지 않는다면, 끝내 잘남에 함몰되지 않는다면, 못남에서의 이 평등을 부정할 사람은 하나도 없을 듯합니다.

너나없이 우리는 미망 속에 있어 깨달음에 이르기에는 먼 자리에 있는 답답하고 괴로운 존재들입니다. 너나없이 우리는 죄인이어서 온전함에 이르기에는 한없이 모자란 부끄러운 존재들입니다. 그래서 모두 못났고, 모자라고, 구겨지고, 때묻은 존재들입니다. 이 사실에서 우리는 누구나 예외일 수 없습니다. 우리는 너나없이 다를 수 없는 평등한 존재들인 것입니다. 그리고 바로 이 '못남' 때문에 우리는 서로 채워주며 살아갑니다. 겨우 살 수 있게 되는 것입니다.

이런 자리에서 저는 철저하게 평등을 지지합니다.

세월 빠르고, 세상 참 많이 변했지만…

게오르규의
『25시』

아직 어렸을 때, 겨우 중학교에 막 입학한 해에 저는 6·25를 겪었습니다. 제 선배들은 전장(戰場)에서 죽거나 영웅이 되었습니다. 제후배들은 엄마품에서 전장의 공포를 배고픔으로 겪었습니다. 그러나 저는 전장의 주역이기에는 너무 어렸고, 엄마품에서 살육의 공포를 외면하기에는 너무 컸습니다. 제가 겪은 것은 다만 두려움과허기, 증오와 죽음, 절망과 설명할 수 없는 '어떤 운명' 등인데, 저는그것을 지금 그렇게 개념화하고 있는 것이지 그때는 다만 공포에쫓기는 맹목적인 도피, 그것도 '불가능한 도피'가 일상이었다고 회상합니다.

오르내린 전선(戰線)이 제가 사는 마을을 떠나 저만치 북상(北上)했을 즈음, 저는 겨우 그 공포에서 조금 비켜선 자리에 있음을실감했지만 이미 그때는, 제게 지금껏 남아 있는 상흔(傷痕)이 담고있듯, '갈가리 찢긴 삶'이 또 다른 절망을 안겨주고 있었습니다.

저는 이 모든 일이 꿈이었기를 바라 때로는 심하게 고개를 가로젓곤 하였습니다. 그러나 그럴수록 현실은 그것이 결코 꿈이 아님을 더 뚜렷하게 제게 드러내곤 했습니다. 마침내 '어쩔 수 없음' 또는 '이것이 내 운명임'이라는 자학이 불가항력적으로 저도 모르게 제 속에서 저를 향해 발언하는 것을 듣기 시작했을 때, 그때 제가 만난 것이 게오르규(Constantin Virgil Gheorghiu)의 『25시』(Vingt-Cinquème Heure)였습니다.

저는 이 책을 김송 선생님이 번역한, 지금도 왜 그랬는지 잘 알 수 없지만 프랑스 삼색기로 장정한 두 권으로 된 것으로 읽었습니다. 중학교 2학년 때였습니다. 거기 나오는 주인공들은 저보다 나이들이 훨씬 많았습니다. 지금 생각하면 제가 그들의 삶을 이해했다고 말한다면 그것은 당치 않은 것일 터이지만, 그러나 저는 그때 그 책을 읽으면서 이 책은 바로 '내 이야기'를 하고 있는 것이라고 느꼈습니다.

순진하고 착하기만 한 요한 모리츠는, 과장한다면 바로 저였습니다. 제가 왜 이 살육의 현장에 있어야 하는지 알 수 없듯이, 그도 전장과 수용소를 전전하면서 자신의 운명을 설명할 수 없었습니다. 그리고 예상하지 않았던 일들이 끊임없이 일어나는 것도 다르지 않았습니다. 갑작스러운 공포는 그렇게 갑작스러운 사태로 거짓말처럼 사라지는가 하면, 잠시의 고요는 또 그렇게 잠시 후 경

세월 빠르고, 세상 참 많이 변했지만…

련을 일으킬 듯한 공포의 회오리 속으로 빠져들곤 했습니다. 저도 모리츠도 다르지 않았습니다. 제 주변의 사람들이 다 그랬고 그와 관계된 사람들도 마찬가지였습니다. 우리는 전쟁의 소용돌이에 함께 있었기 때문입니다.

그러나 이 책을 두 번, 세 번, 거듭거듭 읽으며 도저히 저 자신이 할 수 없는 제 이야기를 이 책이 더할 수 없이 절실하게 발언하고 있음을 공감하는 언저리에서 저는 조금씩 제 '운명'을 빚는 어떤 틀이 몽롱한 채, 그러나 한결 뚜렷하게 보이기 시작하는 것을 느꼈습니다. 체제라는 것, 인간이 만든 문명이라는 것, 자신이 선택하지 않은, 그러나 주어진 약소국의 국민이라는 것, 배신, 망상, 오만 그리고 이에 이어진 그 밖의 온갖 것들.

저는 제 삶의 틀이 지닌 이 엄청난 무자비하고 무감각한 힘과 직면해 있다는 사실이 절망스러우면서도 처음으로 그 힘에 대한 분노를 느꼈습니다. 그것은 전장의 한구석에서 타다 남은 나무토막 같은 저에게 새로운 싹이 돋을 수도 있다는 것을 예시하는 길조이기도 하였습니다.

그리고 또 있습니다. 저는 그래도 '사람다움'과 '사랑'이 끝내 지워질 수 없음도 조용히 제 마음바닥에 지니기 시작하였습니다. 비록 드러나게 웃을 수는 없지만 남모르게 지닐 수 있는 사랑마저 구겨지는 것은 아니었습니다. 13년 만에 만난 아내 스잔느가 입었던 푸른 옷, 아내 로라에게 자기가 쓰던 안경을 전해 달라고 말하고는 뚜벅뚜벅 철조망으로 다가가 삶을 끝내는 트라이안 코루가의 죽음은 저에게 비극적인, 그러나 삶을 위로해 주는 슬픔이었습니다.

전쟁이 낯선 세대는 행복합니다. 그러나 그 행복을 지키기 위해 우리는 전쟁을 '음미'해야 합니다. 『25시』는 제게 '전장 속의 나를 읽게 해준' 최초의 책이었습니다. 그리고 그 여운은 아직 제게서 사라지지 않고 있습니다.

세월 빠르고, 세상 참 많이 변했지만…

어린 왕자를
다시 만났습니다

『어린 왕자』를 또 읽었습니다. 몇 번째인지 잘 모르겠습니다. 아무튼 여러 번 되풀이해서 읽었다는 것만은 뚜렷합니다.

그런데 읽을 때마다 '감동'을 받습니다. 책을 열면서부터 글에서 눈을 뗄 수가 없습니다. 조금은 유치하면서도 그래서 순수한 삽화, 그것이 그럴 만하구나 하는 공감을 불러일으키는 이른바 '모자'와 '코끼리를 삭이고 있는 보아뱀' 그림은 글보다 더 많은 호기심을 자극하면서 종내 글읽기에 빠지지 않으면 안 되도록 이끌어갑니다.

어린 왕자의 모습도 다르지 않습니다. 새침하고, 쓸쓸하고, 여리고, 착하고, 조금은 놀란 눈으로 겁을 먹은 것 같은 그 모습은 저도 모르게 따뜻하게 그리고 조용하게, 그에게 다가가지 않으면 안 될 그러한 모습으로 제 마음을 열게 합니다. 어쩌면 글이 없었어도 그러한 친구가 제게 다가왔다면 저는 많은 이야기를 나누었을 터이고, 그래서 정이 들었을 것이고, 그러다 헤어지고 나서는 몹시 가슴이 아팠을 것임에 틀림없고, 마침내 저는 그 이야기를 이 책보다 더 길게 썼을지도 모릅니다.

그랬습니다. 이 책을 처음 읽었을 때 그랬고, 몇 번인지 알 수 없는 여러 번의 읽기에서도 되풀이해서 그랬습니다. 사실 제 『어린 왕자』 읽기는 '소설'을 읽었다기보다 '그림책'을, 아니 '그림'을 읽은 것이었습니다. 그렇기 때문에 그림과 떼어놓고 글을 읽을 수가 없었고 또한 글을 떼어놓고 그림을 볼 수 없었는데, 그래도 저는 이 책에서 그림과 글 중에서 어느 것을 택할 것이냐고 누군가 묻는다면 저는 틀림없이 그림을 택하겠노라고 말할 것입니다.

까닭은 다른 것이 아닙니다. 글은 그림에 담기는데 그림은 글에 담기지 않기 때문입니다. 조금 다르게 말한다면 글은 개념과 논리의 울 그리고 문법이라는 틀을 통해 자신을 구체화하지만 그림은 그렇지 않습니다. 사물이 글에 담기면 갑자기 '가슴'이 작아지고 '머리'가 커지는데, 그 사물이 그림이 되면 자기가 '있는' 울과 틀을 깨트리면서 거기 '있게' 됩니다.

그래서 그림에 담긴 사물은 아무에게나 어느 때나 어느 곳에서나 자기를 이야기하게 합니다. 그 이야기들이 맞는지 틀리는지 하는 데 대해 그림은 마음 쓰지 않습니다. 그림은 '가슴'도 '머리'도 아닌 상상력 속에서 태어납니다. 그러니까 그림은 '영혼에 날개가 달리게 하는 것'이라고 말할 수도 있습니다. 그림은 이 책에서 '있으면 좋고 없어도 상관없는' 삽화가 아닙니다. 그림이 없으면 이 책도 없습니다. 그래서 저는 이 책은 글을 읽듯이 읽지 말고 그림을 보듯이 읽어야 한다고 주장하고 싶기조차 합니다.

그런데 알 수가 없습니다. 저는 이 책을 제가 '어렸을 때' 읽지 않고 '살 만큼 산 나이'에 읽었다는 것이 다행스럽다고 느끼곤 했습니다. 그런 생각이나 느낌을 꼼꼼히 살핀 적은 없습니다만 아마도 다음과 같은 경험 때문이었던 것 같습니다.

사람들은 제각기 자기 트라우마를 지닙니다. 그것을 벗어나기가 쉽지 않습니다. 그래서 이를테면 4·19가 그렇고, '광주'가 그렇습니다. '촛불'도 그럴 수 있고, 일제의 강점기도 그럴 수 있습니다. 그 트라우마가 세상을 보는 척도가 됩니다. 제게는 6·25가 그렇습니다.

춥고, 배고프고, 무섭고, 사람을 믿을 수 없는 쓸쓸한 세월이었습니다. 학교에서 단체로 영화구경을 가곤 했습니다. 그런데 영화를 보면 장면이나 이야기 흐름이 하나도 제게는 들어오지 않았습니다. 저는 다만 "저 사람은 어디서 언제 돈을 벌기에 저렇게 잘 돌아다니나?" 하는 궁금증 그리고 "돈을 벌어야 돼! 돈을!" 하고 다짐하던 기억밖에 아무것도 없습니다.

어린 왕자는 사업가를 만납니다. 그리고 사업가의 맹목적인 소유욕에 당혹스러워합니다.

> 나는 내 소유의 꽃을 하나 가지고 있는데, 매일 물을 줘요. 그리고 화산도 세 개 갖고 있는데 매주 깨끗이 치워주고요. 사화산 또한 앞으로 어떻게 될지 모르기 때문에 깨끗이 청소해 주죠. 그것은 내가 소유하고 있는 화산이나 꽃에게는 아주 이로운 일이에요. 그러나 아저씨는 별들에게 유익한 일을 전혀 하지 않잖아요.

저는 이 이야기를 제가 돈을 벌고 가족을 먹여살리는 일을 시작한 다음에 읽은 것이 참 다행스럽습니다. 그러잖았다면 저는 어린 왕자에게 "너는 나보다 꽤 많은 것을 가지고 있구나!" 하고 비아냥거렸든지, 아니면 돈버는 일이 맹목적이게 될 수밖에 없다면 그런 일을 하지 않고 사는 것이 참으로 잘사는 일이라고 여기면서 어른이 되었을지도 모르기 때문입니다. 그런데 그런 어른은 생각만 해도 끔찍합니다.

제 아버님은 그 전쟁통에 당신의 시신도 남겨놓지 않고 '사라지셨습니다. 그 어른은 저를 '길들이실' 시간도 갖지 못하셨고,

세월 빠르고, 세상 참 많이 변했지만…

저는 그 어른을 위해 '소비한 시간'도 없었습니다.

> "네 장미를 그렇게 소중하게 만든 것은 바로 네 장미를 위해서
> 정성들여 쏟은 시간이야."
> "내 장미를 위해 소비한 시간…"
> 어린 왕자는 명심하기 위해서 또다시 되뇌었다.
> "사람들은 이 진리를 잊어버렸어."
> 여우가 계속 말을 이었다.
> "그러나 너는 그걸 절대로 잊지 마. 네가 길들인 것은 언제까지
> 나 너의 책임일 뿐이야. 너는 네 장미에 대한 책임이 있는 거란
> 다."
> "나는 내 장미에 대해 책임이 있다…"
> 어린 왕자는 명심하고자 또 되뇌었다.

저는 이 글을 제 전쟁의 트라우마가 정말 꿈속에서나 가
끔 악몽으로 나타나곤 할 때쯤 읽은 것이 얼마나 다행인지 모릅니
다. 그렇지 않았다면, 그래서 아직 아버님의 체온을 잊지 않으려
몸부림할 때 읽었다면, 어쩌면 저는 지금 없을지도 모릅니다.

그러고 보면 이 책 곳곳에서 저는 이 이야기를 '어렸을 때'
읽지 않아 다행이다 하는 대목들을 수도 없이 만납니다. 이 책이
실은 "사람이란 무릇 …해야만 하느니라" 하는 비현실적인 독선을

흩뿌리고 있다는 생각을 하게 하기 때문입니다. 자기 이외에는 그 누구도 의식이 없는 채 살고 있다고 전제하는 오만이 아니라면 어떻게 이런 이야기를 이렇게 아름답게, 이렇게 간절하게, 이렇게 사려 깊게 그리고 이처럼 아프게 감동적으로 쓸 수가 있고 그릴 수 있겠습니까? '오만'이 아니라면… 그런 생각을 했었습니다.

그러나 아직 어렸을 때 읽지 않아 다행하다는 제 고백은 또 다르게 생각해 보면 이제 나이 먹어 읽게 되어 다행하다는 말과 다르지 않습니다.

"바로 여기예요. 나 혼자 가게 내버려두세요."
그리고는 그는 두려웠는지 그 자리에 앉았다. 그리고는 다시 이런 말을 했다.
"아저씨! …내 꽃은 …그건 내 책임이에요. 그런데 그 꽃은 너무나 연약해요. 너무 순진하단 말에요! 아무 소용도 없는 가시 네 개를 가지고 온 세상으로부터 자기를 보호할 수 있다고 생각해요…"
나도 역시 더 이상 서 있을 수가 없어서 그의 옆에 나란히 앉았다.
"바로, 그게 전부예요…."

저는 이 글을 '지금' 다시 읽을 수 있다는 것이 얼마나 행

세월 빠르고, 세상 참 많이 변했지만…

복한지 모릅니다. 오만한 것은 작가가 아니라 저고, 순수를 위장하는 것은 그가 아니라 저라는 사실이 저리게 밀려오기 때문입니다.

그렇다면 『어린 왕자』는 맑은 마음이 전해 주는 '순수의 이야기'가 아닙니다. 그것은 이미 충분히 오염된 아픈 마음이 아프고 아파 쏟아내는 '참회의 이야기'입니다. 그래서 그것은 '글'(논리)이 아닙니다. '그림'(이미지)입니다. 작가도 이렇게 말합니다.

> 이것이 내게는 가장 아름다운 것이자 가장 쓸쓸한 풍경이기도 합니다. 이것은 앞페이지와 같은 그림이지만 나는 여러분들이 잊지 않도록 하기 위해 다시 그렸습니다. …이 그림을 자세히 봐 두십시오. …제발 서두르지 마십시오. …그때 웃으며, 금발머리를 휘날리고 우리가 하는 질문에 대답이 없는 어린 아이가 나타나면 당신은 그가 누군지 알 수 있을 겁니다….

생텍쥐페리가 '다시 그림을 그렸듯' 저도 언젠가 또다시 '그 그림을 읽을 것'입니다. 그리고 언젠가는 내 그림을 그리고 이야기를 쓸 것입니다.

* 생텍쥐페리, 『어린 왕자』(박지현 옮김, 도서출판 인화, 2002)를 대본으로 함.

김천의료원 6인실 302호에 산소마스크를 쓰고

암투병중인 그녀가 누워 있다

바닥에 바짝 엎드린 가재미처럼 그녀가 누워 있다

나는 그녀의 옆에 나란히 한 마리 가재미로 눕는다

가재미가 가재미에게 눈길을 건네자

그녀가 울컥 눈물을 쏟아낸다

한쪽 눈이 다른 한쪽 눈으로 옮겨 붙은 야윈 그녀가 운다

그녀는 죽음만을 보고 있고

나는 그녀가 살아온 파랑 같은 날들을 보고 있다

좌우를 흔들며 살던 그녀의 물 속 삶을 나는 떠올린다

그녀의 오솔길이며 그 길에 돋아나던 대낮의 뻐꾸기 소리며

가늘은 국수를 삶던 저녁이며 흙담조차 없었던

그녀 누대의 가계를 떠올린다

두 다리는 서서히 멀어져 가랑이지고

폭설을 견디지 못하는 나뭇가지처럼 등뼈가 구부정해지던

세월 빠르고, 세상 참 많이 변했지만…

그 겨울 어느 날을 생각한다
그녀의 숨소리가 느릅나무 껍질처럼 점점 거칠어진다
나는 그녀가 죽음 바깥의 세상을 이제 볼 수 없다는 것을 안다
한쪽 눈이 다른 쪽 눈으로 캄캄하게 쏠려버렸다는 것을 안다
나는 다만 좌우를 흔들며 헤엄쳐 가
그녀의 물 속에 나란히 눕는다
산소호흡기로 들어마신 물을 마른 내 몸 위에 그녀가 가만히
적셔준다

_ 문태준 「가재미」

"시에 허기질 때가 있습니다."

산문의 논리가 가닥가닥 뒤엉킨 미로를 헤매다 지치면 그
렇게 말하고 싶습니다. 아니, 꼭 그렇게 말할 겁니다. 그러나 그렇
게 말한다 해서 그러한 언급이 저를 모두 설명해 주는 것은 아닙
니다. 설명이 충분하지 않은 것이 아니라 잘못 설명하고 있는지도
모른다는 생각이 들기 때문입니다. 저는 시가 산문의 보완기능으
로 있는 것은 아니라는, 시에 대한 생각을 가지고 있기 때문입니
다. 어쩌면 그러한 생각을 시에 대한 제 '신앙'이라고 해야 옳을지도
모릅니다.

제 실제 생활을 보면, 그러니까 제 삶의 맥락이랄까 그런 것을 죽 금 긋듯이 그리고 보면, 그것은 논리의 숲입니다. 이른바 공부하며 산다는 자리는 그렇게 묘사될 수밖에 없습니다. 아무리 그 숲에서의 삶이 힘든 정황이라 할지라도 그 숲은 그렇게 논리로 다듬지 않으면 안 되는 자리입니다. 논리를 좇지 않으면 그 숲속에서 실종된 채 헤어나올 길이 없습니다. 그런 판에 그 숲의 완성을 시를 매개로 의도할 수는 없는 일입니다.

그렇다면 도대체 시를 향한 제 허기는 어인 까닭인지요?

잘 모르겠습니다. 산문이 산문을 원하듯, 시는 시를 원한다고 말하고 싶습니다. 그러나 저는 시 이전의 시가 아닙니다. 그렇다고 말할 수 없습니다. 그래서 이러한 서술은 제가 시를 허기져 하는 일에 대한 아무런 설명도 되지 못합니다.

그렇지만 제 안에 시가 스스로 방치했거나 간과했거나 망각한 것이라고 해야 옳을 어떤 마음결이 울렁일 때가 있습니다. 그랬다고 느끼는 순간 저는 저도 모르게 제가 한동안 '시를 굶었다'는 자의식을 일깨우게 됩니다. 그리고 허겁지겁 시를 탐합니다.

그런데 시라는 이름의 시가 모두 시는 아니라는 사실을 알게 되는 것은 바로 그때입니다. 온통 꿀꺽거리며 허기를 메운 시

세월 빠르고, 세상 참 많이 변했지만…

가 모두 시가 아니라는 사실을 시들이 스스로 드러냅니다. 그것은 배신의 경험처럼 시리디시린 일입니다. 하지만 마음 안에 시린 아픔만이 쌓이는 것은 아닙니다. 시를 만났다는 안도가 그 시림보다 더 뜨겁게 나를 위로해 줍니다. 시와 만나는 것이 아니라 시다운 시와 만날 수 있기 때문입니다. 얼마나 다행한 일인지요.

「가재미」와의 만남이 그랬습니다. 아내의 책상에 달마다 쌓이는 문학 전문지들과 시집들을 훔쳐 읽으며 제 허기를 달래던 어떤 날 저는 문태준의 그 시를 읽었습니다. 저는 헉하고 울어버렸는데, 그래서 울컥울컥 눈물을 쏟았는데, 저는 어느 틈에 가자미였습니다. 저는 "한쪽 눈이 다른 쪽으로" 쏠려버린 몸을 "좌우로 흔들며 헤엄"치며 다가가는 가자미 옆의 가자미였는데, 이 가자미는 자기도 모르게 열여섯 행의 이 시를 한꺼번에 삼키고는 왈칵왈칵 토해 내고 있었습니다. 그리고 반추가 이어졌습니다.

어쩌면 이 시는 정갈한 산문이라고 하는 편이 옳습니다. 하나하나의 행이 그대로 완성된 문장입니다. '~처럼'으로 묘사된 사물들은 순진한 직유라고 해도 좋을 듯합니다. "그녀의 물 속에 나란히 눕는다"든지 끝행의 "그녀가 가만히 적셔준다"로 맺는 문장이 이 글은 시라고 강변하는 것 말고는 그렇다고 해야 옳습니다. 그러나 이런 언급이야말로 시에 허기를 느끼는 정서로는 얼마나 '나이브'한 발언인지요. 그런데 그렇게 말씀 안 하셔도 압니다, 저 자신도요.

그래도 이어 무식하게 말을 잇겠습니다. 결국 이 시는 문장의 중첩이 시로 변형된 것입니다. 하지만 이런 서술은 저를 슬그머니 불안하게 합니다. 그러한 서술은 실은 인식의 범주 안에 들수 있는 서술이 아닙니다. 그러한 현상 자체가 실재하지 않기 때문입니다. 문장의 중첩이 시를 낳지는 않습니다. 억지로 그 중첩을 상승의 계단이나 심화의 지층으로 여겨봄 직하지만 제 읽음에서 그런 '과정'이 없었는데 그렇다고 말하는 것은 다만 산문의 숲속에 머물고 있는 사람의 '인식과잉'을 드러낼 뿐입니다.

저는 그저 이 시의 읽음 그것 자체로 이 시가 덜커덩 한꺼번에 제 안에 내려앉았을 뿐이라고 말하는 것밖에 다른 말을 할수가 없습니다. 그러니 산문적인 시행의 중첩이 시로 변형된다는 것을 발언한 것은 서둘러 취소해야 할 부끄러운 이 문단의 서두였다고 서둘러 말씀드려야겠습니다.

그런데 분명한 것이 있습니다. 울음을 토하게 한 시는 울음을 설명하지 않습니다. 그렇다고 해서 그 울음이 시를 설명하지도 않습니다. 도대체 까닭을, 이 경우에는 울음의 까닭인데, 시를 통해 찾아내려는 의도는 시를 배반하는 일입니다. 시는 까닭을 밝히지 않습니다. 그런 일을 할 줄 몰라 시입니다. 저도 모르는 솟구

세월 빠르고, 세상 참 많이 변했지만…

치는 눈물이 그 시에 메아리쳤다는 고백 말고 무엇을 어떻게 진술할 수 있을는지 저는 모르겠습니다. 무릇 고백은 나 자신에 대한 정직일 뿐 대상의 승인도 수용도 아닌 걸요.

그런데 아무리 시의 허기를 시로 채운다 해도 시가 채워주는 포만감은 없습니다. 허기에 대한 위로가 있을 뿐인데, 그래서 시는 시일 수밖에 없습니다. 그래서 불가불 그 위로가 허기를 다시 충동하는 것은 분명하지만 이야말로 싫지 않은 반복입니다.

어느 해, 문인 120명이 이 시를 가장 좋은 작품으로 뽑았다는 소문을 나중에 들었습니다. 영양가가 가장 좋은 식품이라는 말처럼 들려 조금은 불편했습니다. 저는 시에 허기졌을 뿐 산해진미를 탐한 것은 아니기 때문입니다. 그런 뽑기 없이 그저 저 같은 속인(俗人)들로 하여금 시를 읽게 해줄 수는 없는지요. 시를 낳으시는 시인 여러분.

이 시가 좋았습니다. 참 좋습니다.

저는 '경제'에 대해 아무것도 모릅니다. 컴퓨터를 잘 모르는 사람을
'컴맹'이라 하던데 경제를 모르는 사람을 '경맹'(經盲)이라 한다면 저
는 둘째가라면 서러울 경맹입니다.

저는 만사에 어리고 모자랍니다. 제 사람됨이 그리 용렬
(庸劣)한 탓입니다. 그러니 모르는 것이 경제만은 아닙니다. 정치도,
과학도, 예술도 모릅니다. 그런데 참 다행입니다. 제각기 그 분야
에 전문가들이 계시니 그분들이 말씀하시는 것을 잘 듣고 애써 헤
아리면 아무리 '맹'이라 해도 그나마 더듬거리며 살 수는 있을 거라
는 '신념'을 지니고 있기 때문입니다. 그리고 사실 우리 모두 그렇게
살아갑니다.

그런데 경제는 다른 어떤 것보다 제 삶의 일상을 마구 옥
죄는 현실입니다. 한마디로 돈의 여유가 좀 있으면 숨을 쉬겠는데
그렇지 않으면 글자 그대로 속수무책감을 느낍니다. 그처럼 피부

세월 빠르고, 세상 참 많이 변했지만…

로 매일 느끼는 현실이라면 경제가 무언지 잘 배우고 익히며 살면 좋을 텐데 그게 쉽지 않습니다. 경제는 가까이 갈수록 사뭇 더 복잡하고 혼란스럽기만 합니다. 전문가들의 말을 경청해 보아도 마찬가집니다. "기막힌 사람이 다 있군!" 하시겠지만 제가 겪은 당혹스러움의 사례를 들어보겠습니다.

신용카드를 사용하면 여러모로 편리하다는 권유를 받아 카드를 만들어 쓰고 있습니다. 참 편합니다. 돈을 들고 다니지 않아도 되니까요. 그런데 겁이 납니다. 내 손안에 돈이 없는데도 돈을 쓸 수 있다는 것은 돈을 꾸는 경우, 곧 빚을 지는 경우 말고는 없는 법인데 카드로 그럴 수 있다는 것은 결국 빚을 지는 거라는 생각이 들어 마음대로 쓰지를 못했습니다. 그랬더니 그 카드의 사용 빈도와 액수가 높지 않다 하여 제 신용등급이 낮아졌다는 통보를 받았습니다. 그 순간 화가 났습니다. "나는 돈을 아낀 것밖에 없는데 그렇게 살면 신용불량자라니!" 어처구니가 없었습니다. 만고에 이런 법이 있나 하는 것이 제 반응이었습니다.

그 제도의 이른바 '이념'과 실제적인 '기능'과 당해 주체들의 '이익'을 잘 모르기 때문인데, 아직도 저는 그 판단을 수용하지 못하고 있습니다. 그저 "우리 신용카드를 잘 이용하지 않는군요. 그럼 아예 신용카드를 없애면 어떻습니까. 실은 그것이 고객의 편의만을 위한 것이 아니라 우리가 장사를 하는 일이기 때문에, 사용을 하지 않으면 우리에게 이문이 남지 않거든요. 그러니 좀 고려를 해주시죠" 한다면 저도 '신용등급의 고저'가 함축한 기술적(技術的)인 개념에 너그러울 수 있을 텐데 그렇지 않았습니다. 지금은 은행의 대응이 많이 나아졌습니다만 아무튼 제 경맹의 수준이 이러합니다.

더 바보 같은 말씀을 드리겠습니다. 저는 '주식시장'이라는 것을 잘 모릅니다. '고상'하고 '전문'적인 많은 어휘와 정연한 논리로 그 당위성을 말씀들 하시지만 제게는 그것이 결국 우연에 맡겨 일확천금을 꿈꾸는 투전판과 구조적으로 어떻게 다른지 확인할 길이 없습니다. 게다가 거기에 투자하는 일도 "일하기 싫으면 먹지도 마라" 할 때의 '일'의 범주에 드는지 알 수가 없습니다. 하기야 투전도 노동이라면 할말은 없습니다. 그런데 저는 노동을 하지 않고 얻는 이득이란 근원적으로 부정한 것이라는 고정관념을 가지고 있습니다. 아무튼 농경문화를 거쳐 이미 거의 사라졌다는 산업사회의 가장자리에 겨우 붙어 있는 사람이니 지금 여기의 삶의 구조를 몰라도 너무 모르기 때문인 것을 저도 잘 압니다만 어찌 됐든 이것이 제 경맹의 실상입니다.

요즈음 이른바 금융산업에 위기가 불어닥쳤다는 이야기를 들었습니다. 세상이 다 휘청거리는 듯했습니다. 아직도 그 요동에서 인류는 온전하게 벗어나지 못한 것 같습니다. 그 파장이 몰고

세월 빠르고, 세상 참 많이 변했지만…

온 여러 모습의 어려움이 개개인의 삶을 해일처럼 쓸어버리는 사태가 여기저기서 벌어졌습니다. 그것은 불길한, 그리고 현실적인 재앙입니다.

그런데 저는 이 사태 속에서 들키면 몰매 맞을 묘한 쾌재를 남몰래 부르짖었습니다. 투전판은 언제나 결국 자기 스스로 그 판을 뒤엎으면서 끝납니다. 그것이 투전판의 생리입니다. 투전판은 사람을 먹여살리는 것도 아니고, 세상살이가 투전판에 의해 지탱되는 것도 아닙니다. 없는 현상은 아니지만 있어서는 아니 될 현상이 곧 투전판입니다. 그런데 금융위기란 곧 투전판이 자멸하는 바로 그 판의 종말이라고 인식되면서 마치 왜곡된 현상이 바야흐로 바로잡힐 것 같은 희망이 솟구쳤습니다.

이제 이렇게 투전판이 망하고 나면, 그래서 그 판이 사라지면, 돈 놓고 돈 먹는 돈 많은 사람들의 잔치도 없어질 것이고, 그 부자가 부러워 흉내를 내다 팔자 망치는 빈자의 환상도 깨지리라고 생각했습니다. 사회주의의 소멸 앞에서 자본주의의 승리를 확인한 양 들떴던 우스꽝스러운 자기도취도 이제 철저하게 깨지면서 어떻게 사는 것이 참으로 인간이 인간답게 사는 것인지에 대한 근원적인 성찰과 더불어, 좌도 우도 아닌 새로운 가치와 제도들이 움틀 거라는 기대도 했습니다. 차마 드러내지는 못했지만 가슴이 뛰었습니다. 많은 현명하고 적극적인 사람들이 틀림없이 '새 질서와 새 틀'을 만들어낼 거고, 사람들은 '새 생각'을 하지 않을 수 없으리라고 믿었습니다.

오래전에 제가 다듬었던 음식기원 신화의 내용도 새삼 상기되었습니다. 여러 문화권에 널려 있는 음식신화를 살펴보면 다음과 같은 공통적인 사실이 발견됩니다. 먹이는 모두 생명의 주검이라는 것. 그러니 살기 위해 죽여야 하고, 살리기 위해 죽어야 하는 것이 동물인 인간의 역설적인 삶의 실상이라는 것. 그런데 인간은 오직 살기 위한 죽임만을 추구할 뿐 살리기 위한 죽음은 절실하게 생각하지 않아 문제를 일으킨다는 것. 그리고 욕심낸 먹이는 반드시 썩어 결국 버린다는 것. 먹이의 버림은, 그러므로 나 아닌 다른 존재를 죽이는 일과 다르지 않다는 것. 그러므로 먹이는 혼자 먹는 것이 아니라 늘 더불어 잔치하듯 먹어야 한다는 것.

투전판이 깨지면 이러한 신화가 새로운 오늘의 언어로 음송되고, 그러면 사람살이가 더 낫게 '달라'지리라는 기대에 들뜨기조차 했습니다. 그러면서도 다른 한편, 그나마 투전판이 깨지면 벌어질 소름끼치는 두려움이 예상되어 몇 번이고 제 황당한 비현실적인 꿈을 지우려고 마구 고개를 흔들기도 했습니다. 갑자기 굶주린 인파가 광장과 거리를 메우면서 하늘과 사람들을 향해 절규하는 모습이 그려지기도 했고, 분노와 절망과 자학과 체념이 인간의 마지막 존엄마저 삼켜버리는 참상이 손에 닿을 듯 그려지기도 했

세월 빠르고, 세상 참 많이 변했지만…

기 때문입니다. 그러면서 경맹의 주제에 당치 않은 꿈을 꾸는 저 자신의 무책임한 환상에서 벗어나야겠다고 다짐을 하기도 했습니다. 그래서 앞으로는 무모한 생각을 지우고 아무 말 없이 '잘살아야겠다'고 저 자신을 다독거리기도 합니다.

그런데 경제가 '회복'되고 있다고 합니다. 그 조짐이 보인다고들 합니다. 경제전문가들의 이야기니 존중할 수밖에 없습니다. 그런데 덜커덕 겁이 납니다. 그러면 잘살게 될 희망에 즐거워야 할 텐데 왜 이리 두려운지 모르겠습니다. '회복'이라는 말이 어쩐지 투전판이 다시 활기를 띠게 될 거라는 말로 들리기 때문입니다.

'회복'이 아니라 '바꿈'은 끝내 아직 먼 이야기인지요. 경맹의 무식한 넋두리를 그저 웃어주시기 바랍니다.

낮가림과
오만의 **문화**

세상이 좁아졌습니다. 밖의 나들이가 쉬워졌습니다. 올여름에도 국민 대이동이라고 할 만한 여행객이 공항을 드나들 것입니다. 한때는 외국에 다녀온 사람이 우러러보인 적도 있었습니다. 그런데 이제는 고이 이곳에 머물러 사는 사람이 귀해 보입니다. 세상 많이 달라졌습니다.

그런데 공연히 심각한 체하는 언급인지는 몰라도 생각해 보면 바깥나들이란 결국 좁아지는 세상에서 낯선 것과의 만남이고, 그렇게 만난 낯선 것 이해하기고, 나아가 그 낯선 것들과 친해지고 어울려 살기 위한 것입니다. 그러려면 당연히 다른 언어, 다른 역사, 다른 몸짓, 다른 생각 틀과 부닥쳐 그것을 진지하고 성실하게 다가가 익히려는 노력을 기울여야 합니다. 바로 그 다름을 아끼고 귀하게 여겨야 하는 것입니다.

그런데 이상하게도 우리는 그렇게 낯선 곳을 휘젓고 다니

세월 빠르고, 세상 참 많이 변했지만…

면서도 낯선 것을 부닥쳐 만나려고도 하지 않고, 생소한 것에 대한 진지한 관심도 별로 없습니다. 좀 과장을 한다면 고추장이나 김을 싸가지고 나가 그것 먹다 옵니다. 밤새도록 우리끼리 술 먹고 놀다가 낮에 여행하는 동안에는 차 안에서 잠만 잡니다. 눈만 뜨면 보이는 낯선 경관인데도 만날 기회가 없습니다. 그래서 나들이를 하고 왔는데도 남는 것은 찍은 사진에 나온 자기들 얼굴을 보며 동행들과 키득거리는 것이 전부입니다. 이게 도대체 무슨 '낯가림'인지 모르겠습니다.

제법 그 낯가림을 수줍은 겸양이라 할 수 있다면 그것이 문제될 까닭은 없습니다. 좀 세월이 가고 만남이 잦아지면 지워질 것이기 때문입니다. 하지만 그렇지 않습니다. 이상하게도 진지한 만남은 피하면서도 우리 것을 최고라고 우기면서 뽐내고 우쭐하는 데는 누구에게도 지지 않습니다. 남의 것은 안중에도 없습니다. 우리 것이 지고한 것이라는 주장과 나란히 다른 것들은 모두 형편없는 것이 됩니다. 그래야 한다고 하는 이상스러운 신념을 가지고 있습니다.

어떤 사람들은 그것을 애국이라고 말하기도 합니다. 그러나 그것은 아무리 곱게 보려 해도 열등감이거나 피해의식에서 나오는 반응이고, 성숙하지 못한 몰골을 드러내는 부끄럽고 치사한 일이지 애국과는 아무런 관계가 없습니다.

하기야 개항 이후가 겨우 한 세기인데 바깥나들이가 세련되기를 바라는 것이 잘못인지도 모릅니다. 그러나 그 세월이 문제가 아니라 끝내 달라지지 않는 우리 문화의 수준 또는 우리 의식의 구조인 것 같습니다. 올림픽을 치른 것이 벌써 20년 가까운 옛날입니다. 그런데 외국인 노동자들에게는 존칭어를 거의 사용하지 않습니다. "그러셨습니까?"라든지 "이렇게 하세요"라고 하는 말을 그들에게 하는 경우를 찾아보기 힘듭니다. 그저 반말입니다. 그것도 거의 원색적인 경멸을 깔고 발언됩니다.

이 설명할 수 없는 오만의 원인이 무엇인지 알 수가 없습니다. 그저 우리가 못나서 그런 것 아닐까 하고 생각할 뿐입니다.

여러 해 전에 인도의 사르나트에 있는 녹야원에 간 일이 있습니다. 모든 아픔에서 풀려나는 지혜를 부처님께서 설파하신 '처음 자리'에 서는 감동은 사뭇 경건한 것이었습니다. 그런데 환청인 듯 문득 찬송가 소리가, 그것도 우리말로 들렸습니다. 저는 제 귀를 의심했습니다. 그러나 그것은 현실이었습니다. 한 젊은이가 제게 말했습니다. "여기 와서 구원의 복음을 전파하는 것이 꿈이었는데 이제 이루었습니다. 감격스러울 뿐입니다."

팔다리에 힘이 빠졌습니다. 분노 때문도 아니고, 부끄러움 때문도 아니었습니다. 두려움 때문이었습니다. 상식 없음의 그림자

세월 빠르고, 세상 참 많이 변했지만…

가 드리울 긴 공포가 거기 환한 웃음으로 있었기 때문입니다. 그리고 이 그림자는 지금 우리의 더운 여름을 불안과 분노와 연민과 원망으로 뒤덮고 있습니다.

특정 종교의 문제가 아닙니다. 우리 문화의 자화상이 그러합니다. 다름과 직면하여 살아야 하는 세계에서 낯가림과 오만의 이 기이한 병존을 살아가는 우리 문화의 못난 수준이 문제입니다.

재미
있으니까!

'재미'가 철철 넘치고 있습니다. 재미가 없으면, 적어도 재미가 첨가 되지 않으면, 되는 것이 없습니다. 어느 목사님이 그러시더군요. "설 교도 재미가 없으면 아무도 안 들어!" 바야흐로 재미는 신의 자리 와 맞먹는 경지에까지 이른 것 같습니다.

보고 나면 마음이 편하지 않은 TV 프로그램이 있었습니다. 지금도 방영되는지는 모르겠습니다. 확인하고 싶었지만 그러지 않기로 했습니다. 그 프로그램을 언급하려는 것이 이 글의 목적은 아니기 때문입니다.

하지만 아무래도 그 프로그램을 구체적으로 이야기해야 제 의견을 펼 수 있을 것 같습니다. 그 프로그램은 오락 프로그램 입니다. 그러므로 '재미'를 위한 것입니다. 그런데 그 내용은 특정 한 사람을 속이는 일입니다. 속이는 사람들의 진지함은 이를 데 없 습니다. 거짓을 얼마나 정성들여 치밀하게 준비하는지 속는 사람

세월 빠르고, 세상 참 많이 변했지만…

은 자기가 부닥친 일에 자기를 겨눈 어떤 속임수가 들어 있으리라고는 꿈도 꾸지 못합니다. 당연한 일입니다만 거짓이 치밀하고 진지할수록 속는 사람은 속이는 사람들을 그만큼 더 신뢰합니다.

그 프로그램은 다음과 같은 도식을 갖습니다. 속이는 사람들은 우선 속는 사람의 순수하고 진정한 마음에다 자기네 덫을 놓습니다. 그리고는 속는 사람이 자신의 온 마음을 기울여 반응하도록 상황을 설정합니다. 그리고 그 한 사람을 숱한 속이는 사람들이 에워싸고 다면적인 접근을 합니다. 이른바 총체적인 기만이 이루어집니다.

이처럼 지속적이고 다양한 전면적인 기만을 알아차릴 수 있는 사람은 거의 없습니다. 이윽고 속는 사람이 자신이 속았다는 것을 알게 됩니다. 그 순간, 그는 황당해집니다. 갑작스러운 당혹, 절망적인 허탈 그리고 깊은 바닥에서 이는 배신감 등이 한데 어우러져 소용돌이칩니다. 그렇다는 것을 시청자들은 그의 표정을 통해 읽을 수 있습니다.

그때, 속인 사람들은 '재미'를 위해 '속임 놀이'를 했다고 속은 사람에게 자신들의 한 일과 의도를 밝힙니다. 악의가 전혀 없던 일이라면서 그를 위로하기조차 합니다. 그러면서 유쾌하게 웃습니다. 짐작건대 그 순간 속은 사람의 당혹은 창피함으로 바뀌고 허탈은 가중될 것입니다. 그러나 분노를 터트릴 수도 없습니다. 결국 쓰디쓴 실소(失笑)와 더불어 "당하지 말았어야 할 일을 당했구나!" 하는 불운을 스스로 처연해하면서 그 상황을 멍청하게 끝낼 수밖에 없습니다.

이 모습을 보면서 시청자들은 희희낙락합니다. 통쾌한 웃음이 터지고 '재미'있었다는 찬탄이 입니다. 속은 사람의 아픔이 크면 클수록 그 재미는 배가합니다. 그 프로그램을 만든 사람들은 더없이 흐뭇할 것입니다. 의도가 적중했기 때문입니다.

그런데 직설적으로 말한다면 이 프로그램은 사람을 속여 골탕을 먹이고는 그가 괴로워하는 것을 보고 재미있어 하는 놀이입니다. 달리 말하면 '기만과 가학의 재미'를 기획하고 제작하고 방영하면서 이를 보면 모두 행복할거라는 현실인식과 철학이 거기 담겨 있습니다. 그렇다면 이것은 비록 놀이라 할지라도 좋은 놀이가 아닙니다. 못된 놀이입니다.

'재미'란 이런 것이 아닙니다. 누구나 언제 어디서나 재미가 있다면 킬킬거리며 웃을 수는 있습니다. 하지만 그 재미가 지닌 '웃을 수 없는 구조'를 간과해서는 안 됩니다. 그저 소박하게 내가 속임을 당한 사람이 되어보면 결코 모든 사람이 웃는 자리에서 나도 덩달아 웃을 수 없는 어떤 한계를 느끼지 않을 수 없을 것입

세월 빠르고, 세상 참 많이 변했지만…

니다. 중요한 것은 바로 그 점입니다. 재미나 즐거움은 '무고(無辜)한 사람을 속여 아프게 하기'를 통해 이루어지는 것이 아닙니다.

물론 이에 대한 반론도 가능합니다. 호이징가의 호모 루덴스(놀이하는 인간)를 들지 않더라도 놀이의 속성 중에 '속임'이 들어 있다는 것을 우리는 부정하지 못합니다. 놀이에서의 속임은 그것이 부풀림이든 감춤이든 비틂이든 놀이를 놀이답게 하는 요소라는 사실을 우리는 겪어 압니다.

놀이를 놀이답게 하는 것만이 아닙니다. 악의적인 기만과 늘 부닥치곤 하는 것이 삶인데 이처럼 활짝 웃고 끝날 수 있는 '무사(無邪)한 기만'이야말로 오히려 긴장과 해이(解弛)를 즐겁게 출렁이게 하여 삶을 생동하게 하는 유용한 장치라고 할 수 있습니다. 분명히 그러합니다.

그러니 이러한 것이 '재미'라는 것인데 이에 대해 도학자(道學者)적인 잣대를 들이대면서 옳으니 그르니, 선하니 악하니 하는 것은 옹졸하기 짝이 없는 짓이라는 꾸중을 들어도 할말이 없습니다. 재미는 재미일 뿐인데 그것을 가지고 재미 아닌 다른 잣대로 그 의미나 가치를 논한다는 것은 현실에 발을 딛고 사는 사람다운 모습이 아니라는 비판을 피할 수도 없습니다. 삶을 살아보았다면 당연히 함께 껄껄 웃고 그칠 일을 자기가 너그럽지 못한 것은 생각하지 않고 다른 사람의 넉넉함에 시비를 거느라 바쁜 꼴밖에 되지 않기 때문입니다.

하지만 '재미는 재미일 뿐'이라는 말로 재미논의를 닫아버려서는 안 됩니다. 어떤 것에나 가치나 의미가 없을 수 없는 것이 인간의 삶이라면 재미도 예외일 까닭이 없습니다. 그렇다면 왜 재미인지를 주장하는 '재미철학'을 철저히 진술해야 합니다.

'속임 놀이'에 대한 어느 편의 의견이 옳은지 택일적인 판단은 쉽지 않습니다. 어쩌면 이 둘을 아우르면서 넘어서는 또 다른 자리에서 이 문제가 논의되기까지 공연한 논쟁은 삼가야 할지도 모릅니다. 하지만 오늘 우리 사회가 '재미가 절대화된 사회'가 되어 있을 뿐만 아니라 '절대화된 재미에 의해 모든 가치가 수렴되는 문화'를 살고 있는 것만은 분명합니다. "왜 그렇게 생각하니?"라든지 "왜 그렇게 행동하니?" 하고 물었을 때 "재미있으니까!" 하는 한마디에 어떤 물음도 침묵하고 마는 것이 오늘의 실정인 것만은 틀림없습니다.

그래서 그런지 세상살이가 온통 '속임 놀이'만 같습니다. 상식도, 합리적 사유도, 비판적 지성도, 감상적 낭만도, 경건한 의례도, 창조적 상상도 그렇게 일컬어지는 표제와는 달리 모두 '재미 장터'에서 신바람난 '속임 놀이판'같이만 보입니다. 재미로 수식되

세월 빠르고, 세상 참 많이 변했지만…

지 않으면 그 어느 것도 지탱하지 못하기 때문입니다. 그렇지 않다면, 그것이 무엇이든, "마침내 속였다!"는 쾌감과 "재수 없이 속았다!"는 허탈함 사이에서 킬킬거리며 웃지 않고는 살아갈 수 없는 오늘의 정황을 어떻게 설명해야 할지 난감할 뿐입니다.

그런데 알 수 없는 일입니다. 아무리 속임 놀이의 기획과 연출이 어떤 일도 하지 못할 바 없는 절대성을 발휘하며 재미를 낳는다 할지라도 그 재미 또한 누구도 웃지 않을 '때'에 이르게 마련입니다. 아무도 재미있어 하지 않으면 재미는 스스로 소멸합니다. 그것이 '재미'와 '재미주체'의 운명입니다. 개그는 지속하지만 영속하는 개그 프로그램은 없습니다. 문제는 '언제' 재미가 제풀에 사라지느냐 하는 것입니다.

늘 즐겁게 살기를 바랐다고 해서 쾌락주의자로 불리는 에피쿠로스는 다음과 같은 말을 한 적이 있습니다. "사려 깊고 아름답고 정의롭게 살지 않고서는 즐겁게 사는 것이 불가능하다." 그 '때'를 짐작게 하는 말입니다. '재미있으니까!'는 결코 재미를 묻는 물음에 대한 정답일 수 없습니다.

그녀가
하지 않은 **말**

얼마 전에 한 젊은 어머니를 만났습니다. 초등학교 3학년과 1학년에 다니는 자녀를 둔 그 어머니는 여느 어머니와 많이 달랐습니다. 그녀는 주부의 모습도 아니고 학부모의 모습도 아니었습니다. 적어도 '전통적인 시각'에서 보면 그러합니다.

그녀는 무엇보다도 표정이 발랄했습니다. 말도 분명하고 거침이 없었습니다. 그렇다고 해서 다른 사람에게 불손하다든지 예의를 갖추지 못한다든지 하는 것도 없었습니다. 언어의 선택이 자연스럽고 부담이 없었습니다. 옷 입은 모습도 참 좋았습니다. 사치스럽지 않으면서 귀한 태를 내는, 그러면서도 산뜻하고 환한, 그러한 인상을 주었습니다. 저는 상당히 기분이 좋았습니다.

전문직 종사자는 아니었지만 여러 시민운동들에 관심을 가지고 선택적으로 참여하고 있었습니다. 이른바 '의식 없이 사는 삶'을 스스로 경멸하는 깨어 있음이 파릇파릇하게 싱싱했습니다.

세월 빠르고, 세상 참 많이 변했지만…

상식이 풍부했고 어떤 주제에 관해서는 상당한 전문적인 식견을 가지고 있었습니다. 그러한 자질에 바탕을 둔 것이라고 여겨지는데, 그녀는 대체로 사회현실이나 삶의 일상적인 모습들에 대해 비판적인 인식을 지니고 있었습니다. 그러나 그러한 그녀의 태도가 다른 사람들을 힘들게 하지는 않았습니다. 대체로 그녀의 판단은 건강했고, 때로는 미처 다른 사람들이 유념하지 못한 것마저 지적하곤 했기 때문입니다. 분명한 자의식과 그것을 뒷받침하는 지적 조건의 충족, 저는 그녀가 존경스러웠습니다.

그녀 자신의 발언에 의하건대 살림도 여간 짭짤하게 하는 것이 아닌 듯했습니다. 수돗물을 틀어놓고 설거지를 하는 못된 버릇을 딱해한다든지, 유행을 따르지 못해 안타까워하는 친구들을 연민의 눈으로 바라본다든지, 애써 아끼면서도 남편의 이유 있는 지출에 대해서는 조금도 잔소리를 하지 않는다든지 하는 분명한 태도가 인상적이었습니다. 그녀의 남편은 아주 행복한 사람이라는 부러움조차 느꼈습니다.

결코 살림이 넉넉하지는 않지만 더 넉넉하게 되기 위하여 안달을 하기보다 자기 분수 안에서 삶을 한껏 누리며 살고 싶고, 또 그렇게 살아간다는 이야기를 들었을 때 저는 그녀의 성숙의 비결이 무엇일까 궁금해지기조차 했습니다. 음악회를 가지 않아도 좋아하는 음악을 선택하여 들을 수 있고, 강변을 거닐면서 자기만의 삶을 스스로 반추할 수 있고, 문득 어느 날 남편과 아이들에게 쪽지편지를 남겨놓고 하룻밤 자고 오는 여행을 할 수도 있는 삶을 자기는 즐긴다는 말에 저는 그녀가 그렇게 할 수 있도록 해주는 가족들 속에서 더할 수 없이 행복한 여인으로 살아가는구나 하는 감동조차 느꼈습니다.

자식에 대한 이야기를 하는 대목에서 그녀는 어떤 때보다 더 발랄해졌습니다. 그녀는 자식이 결코 부모의 소유물일 수 없다는 것을 힘주어 말했습니다. 자식은 독립된 인격이라는 말도 했습니다. 그리고 그녀는 자식의 의도를 존중하고자 노력하며, 자식의 재능을 키우고자 자식에게 협조하고, 또 자식의 꿈을 부모라는 구실로 구기지 않도록 스스로 단단히 조심을 한다는 말도 했습니다. 자식들이 스스로 하고 싶은 것을 하면서 살도록 도와주는 일, 그러한 자식의 자유롭고 창의적인 삶이 방해를 받지 않도록 최소한의 공간을 마련해 주는 것이 부모의 의무라는 '어려운' 말도 했습니다. 저는 새삼 자녀교육에 관한 강의를 듣는 것 같은 착각마저 가졌는데, 조금도 불쾌한 것은 아니었습니다. 그만큼 그녀는 진지했습니다.

사무적인 일과 이런저런 사사로운 이야기들을 나눈 다음 우리는 자리에서 일어났습니다. 그녀는 성큼성큼 사무실 문을 향해 걸어갔고 저는 그 뒤를 따랐습니다. 커다란 유리문은 열린 다음

세월 빠르고, 세상 참 많이 변했지만…

자동적으로 닫히게 되어 있었습니다. 그녀는 문을 열고 계속 앞을 향해 갔고, 저는 두어 발짝 뒤를 따르다 저절로 닫힌 문에 머리를 부닥칠 뻔했습니다. 저는 뒤도 돌아보지 않는 그녀를 바짝 따라가 이번에는 홀에서 나가는 두번째 문을 제가 먼저 열었습니다. 그리고 그녀가 다가오면서 자연스레 그녀 자신이 문을 이어받아 잡고 나오리라고 예상했습니다. 그러나 그녀는 조금도 개의치 않고 뚜벅뚜벅 문을 나왔고 그다음에 오는 낯선 사람에게 저는 열린 문을 이어받도록 해야 했습니다.

조금 당혹스러웠지만 우리는 즐겁게 헤어지는 인사를 했습니다. 그리고 돌아서면서 저는 비로소 그녀가 전혀 하지 않은 말이 있었음을 알았습니다. 다른 사람과의 관계에 대한 이야기는 그녀의 그 분명한 자신에 관한 이야기 안에서 전혀 찾아볼 수 없었습니다.

소비의
도덕

얼마 전에 새로 입주가 시작된 아파트 단지의 모습을 아직 지울 수
없습니다. 새로 이사 오는 사람들이 한꺼번에 몰려 짐을 들여놓느
라 고가사다리와 승강기가 쉴 틈이 없었습니다. 사람과 짐과 이삿
짐트럭들이 한데 엉켜 단지는 소란스럽기 그지없었습니다. 그런데
그 북새통에서 쏟아져 나오는 것들이 있었습니다. 멀쩡한 문짝들,
유리를 깨트린 문틀들, 한번도 쓰지 않은 변기들, 반짝거리는 새 설
거지통과 그 받침대들 그리고 조명기구와 벽이나 바닥의 타일조각
들, 장판과 바닥에 깔았던 것들, 찢어 뜯어낸 멀쩡한 새 벽지들.

　　　사람들의 표정도 다양했습니다. 그것을 바라보면서 아예
망연자실하는 사람, 부러움으로 바라보는 사람, 분노를 느끼는 사
람… 그리고 집을 그렇게 뜯어내고 새롭게 꾸미며 바꾸는 사람들의
태도도 마찬가지로 다양했습니다. 의기양양한 사람, 편리하고 아
름답기를 바라 애써 꾸민다는 사람, 도대체 공사가 날림이어서 그
저 들어가서는 살 수 없다고 분노하는 사람….

세월 빠르고, 세상 참 많이 변했지만…

이제 그 북새통도 옛날이 되어버렸습니다. 아무도 그때 일을 기억하고 있지도 않고 되삭이려 하지도 않는 듯합니다. 모두 같은 단지 안에서 사는 '정다운 이웃'일 것이기 때문입니다. 하지만 신문에서 실직자의 수가 백만 단위로 오르내리는 보도를 볼 때면, 파업의 소식이 들리고 갈 곳 없는 젊은이들의 자조적인 탄식을 들을 때면, 그때 그 모습이 새삼스러워집니다.

그리고 지나면서 들었던 '일하던 분들'의 대화가 다시 들립니다. 한 사람이 무슨 물건인지 만지면서 "이것은 버리기 아깝네!" 하고 말하자 옆에 있던 사람이 받아 한 말은 이런 것이었습니다. "돈 많은 사람들 돈 쓸 데가 없으니 하는 돈 지랄이지… 잔소리 말고 버려! 이 일도 없으면 우리는 뭐 먹고살려고 그래?"

사람들 씀씀이가 제 기준으로 보면 예사롭지 않습니다. 경제가 좋아져서 그렇다고 하면 그나마 그러려니 할 수도 있겠습니다. 정말 그랬으면 좋겠습니다. 경제가 잘 풀리고 좀 느긋해지면 제각기 하고 싶었던 일도 할 수 있을 것이고, 허리띠도 좀 풀고, 자존심도 드높이고, 제법 꿈다운 꿈을 꾸면서 미래도 설계할 수 있을 것입니다. 사람살이 어쩌니 저쩌니 해도 배부르고 편할 수 있는 경제적인 환경이 꾸려지는 것이 가장 중하지 않을 수 없습니다.

찌들고 시든 표정들이 어서 가시고, "아빠 힘내세요"라든가 감동을 쥐어짜면서 이웃사랑을 가르치는 텔레비전의 프로그램들도 좀 줄었으면 좋겠습니다. 오래간만에 제 연구실에 찾아온 젊은 친구가 "어쩐 일이냐?" 하고 묻는 인사에 고개를 푹 숙인 채 "잘렸어요" 하는 말도 이제는 듣지 않았으면 좋겠고, "아직 백습니다" 하는 어두운 표정도 더 만나지 않았으면 좋겠습니다. 제발 경제가 훨씬 나아졌으면 좋겠습니다.

그런데 불안합니다. 씀씀이가 왜 이리 헤픈지요. 그런데도 소비의 증가가 경기가 회복된 결과가 아니라 오히려 경기회복의 중요한 동인이기 때문에 소비를 촉진하자고 설명하는 그러한 발언도 들립니다. 그 논리를 저처럼 경제를 모르는 사람은 따라갈 수가 없습니다. 자못 마음이 편하지 않습니다. 제가 경제에 무식한 소치로 무지한 반응을 보이고 있는 것은 분명합니다. 하지만 왜 이리 마음이 불편한지요.

새로 입주하는 아파트 가구를, 아무리 내 돈 가지고 내 마음대로 쓴다고 주장할 것이지만 그렇게 떼어내고 부수고 갈아치워도 되는지요. 아니, 비록 소비가 경기회복의 결과라 할지라도 그렇습니다. 경기가 어려울수록 값비싼 물건이나 음식이나 놀이 등등이 더 기승을 부린다는 것을 어떻게 이해해야 할는지요.

저는 어느 옷 파는 집에서 팬티 한 장에 10만 원 단위의 가격표가 붙어 있는 것을 본 적이 있습니다. 그때 저는 제가 범죄를 하는 현장에서 그 범인이 되고 있다는 혼란스러운 자의식에 빠졌습니다. 거듭 말씀드리지만 제 무식에 더해 제 '가난' 탓에 이런 반응을 한 것이리라고 스스로 판단하고 있습니다. 그러나 아무리 경제라는 현상이 스스로 가진 어떤 격률대로 흐르는 것이라 할지라도 사람의 짓인데 도대체 '씀씀이 늘음'이 어떻게 해서 '기릴 만한 가치'로 전제되고 있는 것인가 하는 근원적인 회의를 저는 불식할 수가 없습니다.

소비가 없으면 생산도 없다는 말도 알아듣겠고, 경제적인 삶의 지혜란 구두쇠처럼 막무가내로 쓰지 않는 것이 아니라 쓸데 쓰고 쓰지 않을 데 쓰지 않는 것이라는 것도 모르지 않습니다. 그러므로 이른바 씀씀이 늘음에 대해 '거품소비'라는 비판적인 인식이 일고 있음도 반갑게 공감하고 있습니다.

하지만 이와 아울러 이른바 '가진 사람들의 사치스러운 소비'는 당연하고 필요한 행위로 간주되는 분위기조차 이루어지고 있다는 사실이 건강한 것인지요. 그리하여 있는 사람들이 자기네 돈 가지고 무슨 짓을 하든지 왜 상관이냐라든지, 그 사람들이 그렇게라도 돈을 풀지 않으면 없는 사람들은 어떻게 살 거냐고 하는 발언을 우리는 당연하고 자연스러운 것으로 여겨야 할는지요. 앞에서 예로 든 일하는 분들의 그러한 발언에 담긴 실의와 분노와 자학과 적의를 제가 외면할 수 없었다면 저는 생래적으로 못된 사람인 것인지요.

　정직하게 말씀드립니다만 저는 지금 어떤 이념을 발언하고 있는 것이 아닙니다. 소박한 일상의 감상(感傷)입니다. 그런데 이러한 감상과 이른바 혁명의 동인과의 거리가 빤히 보인다면 이는 예사로운 이야기일 수 없지 않습니까?

　벌되 성실하고 정직하게 벌고, 쓰되 알뜰하게 아끼면서 존절히 써야 한다는 덕목은 이제 오늘의 현실에서는 철저하게 무의미한 것일까요? 쓸데 쓰고, 안 쓸데 안 쓰는 소비의 도덕을 그저 "돈이란 돌아야 하니까"라고 하는 어처구니없는 당위로 침묵시켜도 되는 것일까요? 있는 사람이 '여유'를 마련하여 다른 사람들과 나누는 일은 끝내 비현실적인 꿈일까요? 가지지 못한 사람은 철저하게 게으르고 재수 없는 사람들이어서 쓸 돈을 마련 못하는 것일까요?

　'있는 사람의 자성(自省)'과 '없는 사람의 자존(自尊)'에 기반을 둔 소비의 도덕이 새삼 아쉽습니다.

세월 빠르고, 세상 참 많이 변했지만…

착함이 저지르는
파괴

어떤 방송사에서 어려운 형편에 있는 사람을 찾아가 집을 지어주고 이를 방영하는 프로가 있었습니다. 이러저러한 집안의 딱한 사정이 소개되고, 카메라는 거의 엉망이라고 할 수 있는 집의 구석구석을 비추어주었습니다. 그리고 며칠 뒤, 그 집은 꿈도 꾸지 못했을 모습으로 바뀌고, 놀라고 감격하고 어쩔 줄 모르는 황홀한 그 집 주인들의 모습을 환상적인 빛깔을 배경으로 드러내 보여주었습니다.

집을 수선해 준 사람들의 노고, 동네사람들의 협조, 그 집 식구들의 아픈 삶들이 뒤섞여 마침내 빚어내는 결말은 그 당사자들이 아니더라도 눈물을 흘리지 않을 수 없는 감동 그 자체였습니다. 저는 한번도 이 프로를 마른눈으로 볼 수가 없었습니다.

행복은 어느 날 그렇게 기적처럼 찾아오는 것인 듯했습니다. 예상하지 않았던, 그리고 상상도 할 수 없었던 일이 일어나 이제까지의 그늘이 가시고 아픔도 사라진 채 다른 세상에서 다른 사람이 되어 살게 되는 것, 어쩌면 행복이란 그런 것이라는 것을 실증하기 위하여 단단히 마음먹고 만든 프로인 듯했습니다.

그런데 어느 날 저는 이 프로를 보다 그만 화가 났습니다. 어떤 집을 소개해 주고 있었는데 부엌인지 목욕탕인지 살림방인지 구분이 되지 않는 방의 한구석에는 얼키설키 전선들이 엉킨 듯 늘어져 있었고, 파이프는 물이 새는지 꽤 폭이 넓은 고무줄로 친친 감겨 있었습니다. 선반인지 벽인지 바닥인지도 모를, 구분되지 않는 공간에는 이렇게 저렇게 살림이 쌓여 있었는데 그 모습도 그대로 보여주었습니다. 늘어지는 천장을 받치려고 애써 발라놓은 테이프들이 힘을 잃고 늘어져 있는 것도 보여주었습니다.

사회자는 전선도 잡아 빼고, 파이프를 감았던 고무줄도 쭉쭉 잡아당기고, 천장도 북 뜯어내고, 어지럽게 쌓인 살림들을 툭툭 치면서 이렇게 말했습니다. "아이구, 이렇게 하고도 살아왔다는 것이 이해가 안 됩니다."

물론 저는 그 사회자가 얼마나 그 집주인이 고생을 했는지 강조하면서, 이제는 아주 다른 멋진 집을 선사할 거니까 마음놓고 부정적인 측면을 과장했으리라는 것을 모르지 않습니다. 하지만 그가 '이해할 수 없다'고 묘사한 그 삶이 마냥 그렇게 뜯어내고 지우고 없애야 할 만큼 그저 비참하고 무의미한 것이었을까 하는

세월 빠르고, 세상 참 많이 변했지만…

생각이 들었습니다.

오히려 제가 그 집의 구석구석에서 발견한 것은 어려운 형편 속에서도 온갖 지혜를 다해 현실을 극복하려는 노력의 흔적이었고, 그것을 온 식구들이 한마음으로 견디어온 그 따뜻함이었습니다. 그러므로 비록 '이해할 수 없다'고 판단된 현실이지만 그것은 그대로 그 가족의 '저리게 아픈 행복'이 서린 자취들이었습니다.

새집을 싫어할 사람이 어디 있겠습니까? 더구나 그것이 뜻하지 않은 선물로 주어지는데 감격하지 않을 사람이 어디 있겠습니까? 게다가 참으로 환상적인 집이 생기는데 황홀한 눈물을 흘리지 않을 사람이 누가 있겠습니까? 하지만 이제까지의 삶이 그렇게 '모욕'을 당할 수는 없습니다. 자기네 형편에서 그 나름대로 애써 최선을 다해 온 삶이 그렇게 '이해할 수 없는 것'으로 치워질 수는 없습니다.

저는 그 주인공들이 그 뒤 그 새집에서 어떻게 살아가고 있는지 모릅니다. 틀림없이 행복하게 지낼 것입니다. 그런데 어쩌면 그것은 새집이 가져다준 행복이라기보다 이제까지 고생하며 살아오는 과정에서 아무도 모르게 쌓여온 따뜻함과 애씀이 새집을 마련하는 계기에서 크게 꽃핀 행복이 아닐까 하는 생각이 듭니다.

행복은 어느 순간 갑자기 내 눈앞에 나타나는 것은 아닌 것 같습니다. 그것은 삶의 마디마디에서, 삶의 구석구석에서, 자기도 모르는 순간순간에 고이 포개지고 쌓이면서 어느덧 삶이 고맙게 느껴지는 그런 것이 아닌가 싶습니다. 행복은 저기 어느 자리에 있는 물건처럼 그렇게 내 삶으로부터 먼 거리에 있어 그것을 내 손안에 넣으면 이루어지는 그런 것은 아닌 것 같습니다. 행복은 지닐 수 있는 것이 아니라 삶을 진실하게 틈을 들이며 살아가는 동안 아무도 모르게 내 삶을 채색하는 그런 것 같습니다. 그래서 문득 어느 순간에 남들이 내 삶을 보며 "너는 참 행복하게 살고 있구나!"라고 말할 때 나도 비로소 그렇게 느껴지는 그런 것이 행복이라고 생각됩니다.

　　그러므로 매순간, 지금 여기에서의 삶이 '행복'하게 느껴지지 않으면 내가 행복할 수 있는 때란 없다고 말해도 될 것 같습니다. 지금 여기에서의 삶의 조건이 그 나름대로 고맙고 따뜻하고 정겹지 않으면 내가 행복할 수 있는 조건이란 끝내 있을 수 없는 것이라고 해도 좋지 않겠습니까.

　　파이프가 터지고, 물이 새고, 방이 썩어 들어가고, 수리할 돈은 없는데, 그런데 누군가가 머리를 짜내 폭넓은 고무줄을 구해 친친 동여매고 온 식구들이 이제는 물이 새지 않아 참 좋다고 즐거웠던 경험이 없었다면 새집이 아무리 환상적으로 마련되었다 할

　　세월 빠르고, 세상 참 많이 변했지만…

지라도 그 집을 누리고 산다는 것은 불가능할지도 모릅니다. 그렇다면 엉망인 집 안을 돌아보며 '이해할 수 없다'고 탄식한다는 것은 삶을 몰라도 참 많이 모르는 언급이 아닐 수 없습니다.

그 귀한 프로를 비난하려는 것은 아닙니다. 다만 제가 말씀드리고 싶은 것은 행복이란 살아온 삶의 색깔이고 결이지 따로 지녀야 할 물건처럼 그러한 것으로 있는 것은 결코 아니라는 것입니다. 행복은 내 삶 속에서 스스로 크는 내 삶의 가장 깊은 진실입니다.

베푸는 착함이 누리던 행복을 깨트릴 수도 있다는 짐작이 공연한 제 공상이기를 바랄 뿐입니다.

사람살이와
짐승**살이**

사람은 홀로 살지 않습니다. 여럿이 더불어 살아갑니다. 그런데 사람은 모두 사람이되 한결같지는 않습니다. 서로 다릅니다. 얼굴도 다르고, 몸 생김새도 다르고, 생각도 다르고, 스스로 귀하게 여기는 것도 다릅니다. 그러므로 사람살이는 서로 다르다는 것을 인정하는 것으로부터 시작해야 합니다. 이를 인정하지 못한다거나 인정하지 않으려는 사람은 아직 사람구실을 할 수 있는 사람이 아닙니다. 한참 더 자라야 합니다.

그러므로 세상살이란 것이 서로 '다른 사람'들과 더불어 살면서 이루어지는 것이라는 것을 알지 못하는 사람들이 세상을 휘젓고 다니도록 놓아두어서는 아니 됩니다. 더 자랄 때까지 그런 사람들이 잘 크도록 정성을 다해 다독거려 주어야 합니다. 사람살이가 이러합니다. 인류의 문화사가 무엇보다도 가르치고 배우는 일에 애쓰는 모습을 보여주는 것은 바로 이러한 까닭 때문입니다.

세월 빠르고, 세상 참 많이 변했지만…

그런데 비록 서로 다르다는 사실을 인정한다 할지라도 이에 대한 반응 또한 한결같지 않습니다. 그 다름을 갈등구조로 이해하여 다름을 서둘러 지워버리고 하나가 되어야 한다고 생각하는 사람들이 있습니다. 그리하여 다름으로 이해된 나 아닌 사람들을 어떻게 해서든 나와 같이 만들거나 아니면 아예 없애려고 합니다. 누가 무어라 해도 그것이 마땅한 일이라고 여기며 온갖 수단을 다 씁니다. 설득, 호소 등으로부터 위협, 폭력 등에 이르기까지 선택에 한계가 없습니다.

게다가 다름은 그름이라는 등식을 가지고 부닥치는 이러한 다름에의 접근은 이기고 지는 일을 최종적인 귀결로 전제합니다. 그리고 그때 이기면 살아남지만 지면 죽어 없어지는 것으로 여깁니다. 그러므로 이러한 경우 '다른 사람'과의 만남은 언제나 생사를 두고 다투는 싸움일 수밖에 없습니다. 삶은 다름과 더불어 사는 것이기 때문에 철저하게 처절한 싸움이고, 지면 죽는다는 신념으로 살아갑니다. 그 같은 삶이 때로 비장미가 넘치는 영웅의 모습으로 묘사될 수도 있습니다.

하지만 그것은 사람살이가 아니라 짐승살이입니다. 거기에는 약육강식하는 짐승의 으르렁거림밖에, 그것이 초래하는 낭자한 선혈의 흔적밖에 그리고 언젠가는 자기가 행한 폭력의 부메랑 때문에 스스로 자신의 소멸을 확인할 수밖에 없는 비극적인 종말밖에 없습니다. 사람살이가 이럴 수는 없습니다.

하지만 또 다른 반응도 있습니다. 비록 다름이 내 마음을 상하게 하기도 하고, 분노를 불러일으키기도 하고, 내 진전에 장애로 여겨지기도 하고, 그래서 마침내 다름을 아예 없어야 할 것이 있는 것이라고 판단하고 싶다 할지라도 오히려 그것이 지닐 수 있는 또 다른 모습을 들여다봅니다.

서로 같아서는 결코 경험할 수 없었을 것을 터득한다든지, 내가 미처 감당할 수 없던 일에 도움을 받을 수 있다든지, 서로 다름을 받아들이면서 갑자기 펼쳐지는 새로운 삶의 지평을 확인한다든지 하면서 다름은 곧 조화로움을 가능하게 한다는 사실을 새삼 깨닫기도 합니다.

이렇게 되면 '다름'과 더불어 사는 삶은 승패를 가리는 싸움터가 아니라 다름이 어우러져 빚는 아름다운 현실이 됩니다. 뿐만 아니라 그름은 다름을 준거로 한 판단에서 생기는 것이 아니라 옳음을 준거로 하여 이루어지는 것이라는 사실을 일컫게 됩니다. 더불어 사는 어울림이 얼마나 아름다운 삶을 길쌈하는지를 알게되는 것입니다. 이것이 삶입니다.

다름을 금 그어야 비로소 자기를 확인하고, 그렇게 잘라

낸 다름을 그름으로 여겨야 또한 비로소 자기의 옳음을 확인하고, 그러한 자기와 자기 옳음의 자리에서 죽기 살기로 싸움을 벌이는 것이 실로 진정한 삶이라고 여긴다면, 그러한 사람은 아직 사람구실을 하기에 너무 모자랍니다. 짐승살이를 사람살이로 착각하고 있기 때문입니다.

그런데 오늘, 우리 사람살이의 한복판에서 짐승들의 포효가 너무 시끄럽다고 말하고 싶어집니다. 가슴이 아픕니다.

생사관의 빈곤

살아 있는 것은 모두 죽습니다. 그것이 생명의 실상입니다. 사람도 다르지 않습니다. 반드시 죽게 되어 있습니다. 다만 언제 어떻게 죽을는지 모르고 살아갈 뿐입니다. 그러므로 죽음은 낯선 것 같지만 오히려 익숙한 일상입니다. 그래서 사람들은 죽음을 예감하고, 죽음에 대한 태도를 스스로 다듬습니다. 죽음을 이해하고 설명하려 합니다. '죽음의 의미'라고 할 법한 자기 나름의 관(觀)을 가지는 것입니다.

그러한 죽음관은 개인 따라 다르기도 하고, 문화와 역사에 따라 다르기도 합니다. 그래서 인류의 역사를 살펴보면 여러 죽음관들이 있었습니다. 그리고 지금도 다르지 않습니다. 사람들은 문화나 역사의 흔적을 좇아, 또 개인의 신념에 따라, 제각기 다른 죽음관들을 가지고 살아갑니다.

그런데 죽음관은 죽음에 대한 이해나 태도에 한정되지 않

세월 빠르고, 세상 참 많이 변했지만…

습니다. 죽음을 어떻게 어떤 것으로 이해하느냐 하는 데 따라 삶이 달라집니다.

죽음에 대한 진지한 태도를 가지는 사람은 삶에 대해서도 진지합니다. 죽음을 경건하게 대하는 사람은 자신의 삶도 그렇게 지니려 합니다. 그러나 죽음을 경멸하거나 값싸게 여기는 사람은 삶을 다루는 태도도 크게 다르지 않습니다. 죽음에 대한 이해와 삶에 대한 이해는 분리되어 있지 않습니다. 어쩌면 죽음도 삶의 한 모습이기 때문에 그렇다고 해도 좋을 듯합니다.

다양한 죽음관들이 있지만 이를 다듬어보면 크게 두 유형으로 나누어집니다. 하나는 죽음을 '삶의 끝'이라고 생각하는 태도이고, 또 다른 하나는 죽음을 새로운 '삶의 시작'으로 이해하는 태도입니다. 동일한 사실에 대한 인식이 이처럼 끝과 시작이라는 정반대의 이해를 낳는다는 것은 흥미로운 일입니다. 그 둘 중의 어느 이해가 옳은지 판단할 수는 없습니다. 죽음은 그에 대한 인식이 경험적으로 실증되는 그러한 사물이 아니기 때문입니다.

하지만 다른 두 죽음이해가 삶을 다르게 채색한다는 것은 분명합니다. 끝이라는 이해는 죽음을 어두움, 절망, 소멸 등으로 묘사합니다. 자연히 삶은 어두움이나 절망이나 소멸을 향한 과정으로 간주됩니다. 그러나 시작이라는 이해는 죽음을 밝음이나 희망이나 새로운 존재에의 변화계기라고 여기면서 삶을 그러한 것을 향해 가는 과정으로 받아들입니다.

　그런데 실은 이 둘이 뒤얽혀 있는 것이 일반적인 죽음이해입니다. 죽음은 끝이고, 끝이니까 시작이라고 하는 역설을 죽음의 현실로 받아들이는 것입니다. 그러므로 죽음을 끝이라고 여기면서 사람들은 지금 여기에서 직면한 문제를 풀려 합니다. 어두운 사례를 든다면 스스로 죽는 자살도 그러하고, 문제의 원인이라고 여겨지는 타자를 살해하는 것도 그러합니다. 죽음이 끝이라는 이해나 신념이 그러한 행동을 정당화해 주는 것입니다. 그래서 스스로 죽든지 남을 죽이면 이제까지 자기를 괴롭히고 있는 지금 여기의 문제가 더 이상 없는 새로운 누리가 펼쳐지리라는 기대마저 가지고 그러한 행동을 하게 됩니다.

　요즘 크고 작은 테러가 그치지 않고 있습니다. 이유야 어떻든 어떤 절박한 문제가 테러를 충동했을 것만은 분명합니다. 오죽해야 죽고 죽이는 일을 한꺼번에 해내겠습니까? 테러방지를 위한 전쟁도 일고 있습니다. 그러나 그렇게 해서 문제가 풀리는 것은 결코 아닙니다. 죽음은 그저 소박한 끝이 아니기 때문입니다.

　죽음 이후도 엄연한 현실입니다. 죽음 이후는 비현실적인 환상이 아닙니다. 죽음의 여운이나 그림자는 상상외로 길고 짙습

세월 빠르고, 세상 참 많이 변했지만…

니다. 오히려 죽어버리거나 죽여버리는 일 때문에 문제는 더 어렵게 얽힙니다.

　　삶을 이렇게 가볍게 그리고 이렇게 소홀하게 마구 다룰 수는 없습니다. 아무래도 우리 죽음관이 천박해진 것 같습니다. 아니면 아예 죽음관이 실종되었는지도 모릅니다. 생사관의 빈곤, 그것이 현대가 직면한 가장 절박한 문제인 듯합니다.

정직은
낡은 덕목인가?

겨울이 갔고, 봄이 왔고 그리고 이제 바야흐로 초여름에 들어서고 있습니다. 기상이변이다, 지구의 온난화다, 말이 많지만 계절의 질서가 무너진 것 같지는 않습니다. 여전히 철은 정직합니다. 그러한 정직을 문화권에 따라 '코스모스'라 부르기도 했고, 천도(天道)라 부르기도 했습니다. 그러나 비록 그러한 표현의 차이는 있지만 그것을 삶의 규범으로 삼아 그것에 맞추어 살아가고자 한 모습은 조금도 서로 다르지 않습니다.

코스모스, 곧 질서에 따라 사는 것이 사람다운 삶이고 하늘이 마련한 원칙을 따라 사는 것이 또한 그러하다는 것을 주장한 것인데, 다른 말로 하면 그것이 곧 '정직한 삶'인 것입니다.

그렇다면 우리는 '정직하지 않은 삶'이란 어떤 것인지도 말할 수 있습니다. 그것은 철이 안 난 삶을 일컫는 것입니다. 봄인지 겨울인지 아예 분간을 못하는 것입니다. 당연히 맞추어 살 분명

세월 빠르고, 세상 참 많이 변했지만…

한 준거가 있을 수 없습니다. 겨울이 겨울인 줄 알아야 추위를 막는 겹옷을 입을 텐데, 그것을 모르니 홑옷을 입고 나섭니다. 자연히 여름에 외투를 입고 나설 수도 있음을 짐작하기 어렵지 않습니다. 사실을 사실대로 알지 못하기 때문에 어떤 사실을 그대로 전할 수도 없는 일입니다. 그러한 사람이 하는 말이 한결같이 '정직하지 않은 말', 곧 거짓말이 되는 것은 자명합니다.

그러나 이래서 생기는 '정직하지 않은 삶'은 아직 희망이 있습니다. 철이 들면 사물을 분간할 수 있을 것이고, 그렇게 되면 사실을 사실대로 말할 수 있게 될 것이기 때문입니다. 하지만 때로 우리는 전혀 다른 모습을 봅니다. 의도적으로 사실을 왜곡하는 경우가 그렇습니다. 지금 자기가 이야기하는 사실을 네모진 것이라고 주장하는데 실은 자기도 그것이 둥근 것인 줄 압니다. 그렇지만 그렇게 이야기하면, 사실을 사실대로 말하면, 자기는 엄청난 손해를 봅니다. 그러니 둥근 것을 네모진 것이라고 우깁니다. 참 고약한 일입니다. 문제는 바로 이러한 '부정직'입니다.

이러한 부정직은 다만 원칙에서 일탈한 모습으로 끝나지 않습니다. 아예 그 원칙 자체를 파괴해 버립니다. 코스모스가 깨지고, 천도가 무너집니다. 원칙 없는 사회가 되어버립니다. 봄이 있는 것도 아니고 겨울이 있는 것도 아닙니다. 자기가 주장하면 겨울도 여름이 됩니다. 거짓말은 뜻밖에도 이만큼의 '위력'을 지닙니다. 그 거짓말이 '힘'과 결탁되면 그것은 못할 짓이 없습니다. 황제가 검은 백조를 보았노라고 말하면 사람들은 너도나도 검은 백조의 아름다움을 칭송하는 것이 '힘있는 부정직'이 낳는 현실입니다.

세상은 엉망이 됩니다. 인식의 준거도 없고, 판단의 기준도 없습니다. 끊임없이 속을 뿐인데, 믿을 것이 없으니 속는 줄 알면서도 믿으며 살 수밖에 없습니다. 산이라 해서 갔는데 바다이고, 떡이라 해서 먹으려 했더니 돌덩이입니다. '거짓말의 문화'는 이러합니다. 부정직의 일상화는 아예 삶 자체를 배신합니다.

불행히도 우리는 오늘 우리 사회에서 바로 이러한 현상을 실감합니다. 다스림은 다스림을 빙자한 거짓을 일상화하고 있습니다. 법은 법을 빙자한 거짓을 마찬가지로 흩날리고 있습니다. 경제도, 교육도, 종교조차 다르지 않습니다. 몇 번 약속을 지키지 못한 적은 있어도 거짓말을 한 적은 없다는 어느 정치가의 발언에서 우리는 부정직과 정직이 어떤 모습으로 우리 사회에 있는지를 판단할 수 있는 전형을 봅니다.

거듭 말하지만 이것은 참담한 상황입니다. 부정직이 힘과 유착하는 것으로 멈추지 않고, 이제는 부정직 자체를 지적 논리가 동원되어 정당화시키는 모습도 일상화되고 있습니다. 정당 대변인들의 성명을 보고 있노라면 흔한 말로 '공부한 것'이 한이 됩니다.

세월 빠르고, 세상 참 많이 변했지만…

이렇게 되면 부정직을 제어할 어떤 것도 이제는 없게 됩니다. 더 교묘하고 더 기막힌 부정직을 스스로 '창조'하는 일 말고는 살길이 없기 때문입니다.

그래서 그런지 이제는 '정직하자'라는 가르침은 아무데도 없습니다. '거짓말하지 마라' 하는 것은 모든 부모와 스승이 자식과 학생을 가르치면서 하는 처음 발언이었습니다. 그래서 어렸을 때부터 사실을 사실대로 이야기해서는 안 될 경우와 직면하여 과연 정직해야 할 것인가 아니면 부정직해야 할 것인가 하는 것을 고뇌하면서 우리의 윤리적 감성이 깨기 시작했었습니다. 정직함이란 삶의 기본이었기 때문입니다.

이러한 생각은 회상 속의 과거를 미화하는 잘못된 의식 탓일까요? 정말 그럴까요? 아니면 정직이라는 덕목이 너무 단순하고 소박해서 오늘의 문화 속에서는 전혀 타당성을 가지지 못한 덕목임을 감지하지 못하는 진부하고 유치한 의식 탓일까요?

아직 계절은 여전한데, 그렇다면 정직도 여전히 우리의 기본적인 덕목으로 아직 있어야 합니다. 천도를 훼손하는 일은 차마 사람이 할 일이 아닙니다.